Marie Cardinal:
Die große Verwirrung
Roman

Deutsch von
Roseli und Saskia Bontjes van Beek

Deutscher
Taschenbuch
Verlag

dtv

Ungekürzte Ausgabe
März 1991
2. Auflage Mai 1991
Deutscher Taschenbuch Verlag GmbH & Co. KG,
München

Titel der französischen Originalausgabe:
›Les Grands Désordres‹

Umschlaggestaltung: Celestino Piatti unter Verwendung
eines Gemäldes von Dorothea Maetzel-Johannsen
Gesamtherstellung: C. H. Beck'sche Buchdruckerei,
Nördlingen
Printed in Germany · ISBN 3-423-11343-X

Das Buch

Als die Psychologin Elsa Labbé nach längerer Abwesenheit in ihre Pariser Wohnung zurückkehrt, die inzwischen von ihrer Tochter Laure bewohnt wurde, findet sie ein Chaos vor. Möbel sind umgestürzt, Bücher aus den Regalen gerissen, die Wände beschmutzt, überall liegen Kleidungsstücke verstreut – und dazwischen leere Injektionsspritzen. Mit der Erkenntnis, daß ihr geliebtes, schönes und kluges Kind heroinabhängig ist, beginnt für Elsa ein neues Leben, in dem nichts, was vorher war, noch Gültigkeit hat. Sie nimmt den Kampf gegen die Sucht auf, ohne zu ahnen, was für ein Zerrissensein zwischen Hoffnung und Verzweiflung, was für eine qualvolle körperliche und seelische Erfahrung dies bedeuten wird. Noch nie wurde dieses brennende Thema unserer Zeit mit so eindringlicher und schmerzlicher Deutlichkeit literarisch gestaltet. Marie Cardinal hat ihrem Roman die eigene Erfahrung mit der Drogenabhängigkeit ihrer Tochter zugrunde gelegt.

Die Autorin

Marie Cardinal wurde am 9. März 1929 in Algier geboren und kam mit fünfzehn Jahren nach Paris, wo sie Philosophie studierte. 1953 bis 1960 war sie als Universitätsdozentin im Ausland tätig. Seitdem arbeitete sie für Zeitungen und veröffentlichte Romane und autobiographische Werke. In deutscher Sprache u.a. erschienen: ›Schattenmund‹ (1979), ›Der Schlüssel liegt unter der Matte‹ (1980), ›Die Irlandreise‹ (1981), ›Die Reise nach Algerien‹ (1982), ›Selbstgespräch mit Klytämnestra‹ (1984).

Für Alexis, Bénédicte, Benoit,
Bruno, Dorian, Frédo, Murielle,
Tania, Titi ...

Sie trug ein strenges, graues Kostüm, schwarze Strümpfe und ein rosa- und mauvefarbenes Tuch um den Hals.

Wie alt? Zwischen vierzig und fünfzig.

Eine große, blonde Frau.

Sie bewegte sich und drückte sich aus wie Leute, die einen gewissen Bekanntheitsgrad genießen.

Ein Tablett mit zwei Tassen und einem Teller mit trockenem Kuchen war mir zu Ehren vorbereitet worden. Sie bot mir einen Stuhl an und ging dorthin zurück, wo ihre Küche sein mußte, indem sie sagte: »Ich hole den Tee. Oder mögen Sie lieber Kaffee? Einen Fruchtsaft? Etwas anderes...? – Also Tee, schön.«

Der Salon war angenehm, im »Kolonialstil«: Bäume im Blumentopf, Vorhänge aus indischen Baumwollstoffen, auf dem Boden weiße Ziegenfelle. Ich stellte fest, daß ich auf dem einzigen Sessel im Raum saß. Ansonsten Kissen und ein rosa Ledersofa, aus der Form geraten, aber doch schön. Alles war ein wenig abgenutzt, die Tassen und Untertassen paßten nicht zusammen. An den Wänden Gemälde und Stiche, die ich später genauer betrachten und schätzen lernen sollte, die jedoch in dem Augenblick in mir nur den Wunsch erweckten, sie anzusehen.

Sie kam mit ihrer Teekanne wieder, goß eine Tasse ein, reichte sie mir und goß eine zweite für sich selbst ein. Sie zeigte auf ein Kissen. Ich bemerkte, daß sie die Gewohnheit hatte, sich auf den Boden zu setzen. Sie machte gezielte Bewegungen, um andere Kissen heranzuziehen, sie um sich her zu ordnen und sich bequem darauf niederzulassen. Das erstaunte mich. Ich hatte damit gerechnet, einer konventionelleren Person zu begegnen. Deshalb fühlte ich mich in meinem Sessel konventionell. Sie schüchterte mich ein.

Sie begann die Unterhaltung:

»Wie ich Ihnen schon am Telefon sagte, verdanke ich es Doktor Bourget, daß ich mit Ihnen Kontakt aufnehmen konnte. Ich finde, daß sein Buch über die Ernährung ein gutes Buch ist, viel mehr als ein einfaches Sachbuch, viel mehr als das. Bücher über Ernährung, heutzutage... Sie wissen, was ich meine. Aber dieses ist fesselnd, es ist sehr gut geschrieben, es gibt zu denken, es ist angenehm zu lesen. Ich hatte die Gelegenheit, Doktor Bourget dazu zu beglückwünschen, und er selbst hat mir von Ihrer Zusammenarbeit erzählt und mir Ihre persönlichen Daten mitgeteilt ... Sie sind schon lange in diesem Beruf?«

»Seit etwa zwölf Jahren ... oder eher fünfzehn.«

»Wie kommt man dazu, die Bücher anderer zu schreiben? Ich hoffe, ich bin nicht zu indiskret.«

»Ganz und gar nicht. Zu Beginn habe ich es gemacht, um meinen Lebensunterhalt zu verdienen, und dann, weil es mir gefiel ... Damit bleibe ich bei der Schriftstellerei und bereichere mich am Wortschatz des einen oder anderen ... Das erlaubt mir, meine eigenen Bücher zu schreiben.«

»Es tut mir leid, ich habe keines Ihrer Bücher gelesen. Sie schreiben ...«

»Romane ... ja, Kriminalromane ... Im Grunde würde ich gerne Romane schreiben, die die Kritiker nicht ausschließlich als Kriminalromane abstempeln.«

»Und es gelingt Ihnen nicht?«

»Doch, es gelingt mir, aber sie haben wenig Erfolg. Es sind Krimis, ohne Krimis zu sein. In Frankreich gilt das als Mischgattung. Hier muß man die Bücher in Schubladen einordnen können, mit Etiketten versehen ... Ich muß davon nicht leben.«

»Dabei fällt mir gerade ein, ich kenne Ihre Bedingungen nicht.«

»Das hängt ganz von der Arbeit ab. Im allgemeinen verlange ich eine Pauschale, und wenn ich sehr viel Zeit und Energie investieren muß, verlange ich auch eine Gewinnbeteiligung ...«

»Als Neger ... so sagt man doch?«

»Ja, ja, das stimmt.«

»Sie schreiben vor allem Sachbücher?«

»Fast ausschließlich. Aber daß wir uns richtig verstehen: Ich schreibe nicht, ich übertrage. Ich versuche, in die Haut der Person zu schlüpfen, die das Buch signieren wird, und mich mit ihr zu identifizieren. Ich verwende alles, was man mir gibt, alles, was ich sehe und höre: Worte, Fotos, Texte, Sprechgewohnheiten ... Ich habe etwas von einem Chamäleon ... Ich tue das gern.«

»Ich merke, daß diese Arbeit Sie interessiert. Wissen Sie, es ist seltsam, aber ich habe vor langer Zeit Ihren Beruf auch ein wenig ausgeübt. Als ich Studentin war. Um meine Tochter großziehen und meine Studien fortsetzen zu können, bin ich Sekretärin bei Professor Greffier gewesen: Sie haben sicher schon von ihm gehört, er hat vor einigen Jahren beinahe den Nobelpreis bekommen... Er ist Physiker, genauer gesagt eine Kapazität in Wärmetechnik. Er gab mir einige Texte zu korrigieren und mit der Maschine zu schreiben, die zur allgemeinen Verbreitung bestimmt waren und die er für wissenschaftliche Zeitschriften verfaßte... nun, das hat nicht gerade viel mit dem zu tun, was Sie machen. Ich redigierte nicht, ich korrigierte seine Fehler in Satzbau und Orthographie... Ich habe viel dabei gelernt... aber das ist lange her.«

Sie begann darüber zu sprechen, was sie gerne las, was sie gelesen hatte. Nebenbei hat sie mir eine Freude gemacht, sie hat Chester Himes erwähnt. Ihrer Ansicht nach muß man seine Krimis lesen, um New York zu verstehen. Und um ihre Höflichkeit zu erwidern, habe ich nebenbei zu ihr gesagt, daß er eines meiner Idole sei, was übrigens der Wahrheit entspricht.

Sie hatte eine schöne, tiefe Stimme, mit der sie zu verführen suchte... Eine etwas weltmännische Unterhaltung. Eine reife, immer noch schöne Frau sprach mit mir über Literatur... Meiner Meinung nach wußte sie darüber nicht sehr gut Bescheid. Ich fragte mich, was ich hier eigentlich sollte.

Sie hat gespürt, daß die Unterhaltung mich nicht fesselte. Sie verstummte. Das Schweigen hat peinlich lange gedauert. Ich wußte nicht, wie ich es füllen sollte... Sie hat von neuem angefangen zu sprechen. Ihre Stimme war verändert, hat mich überrascht, sie war auf einmal heiser. Man hätte meinen können, ihr Hals habe Mühe, die Worte bis zum Mund zu bringen, und ihre Lippen würden sie abtasten und sich ihrer Form und ihres Sinnes bewußt werden, bevor sie sie entließen. Ich dachte zunächst, sie würde mir etwas vorspielen, aber ich sah, daß sie bewegt war. Sie hat mich neugierig gemacht, ich habe ihr aufmerksam zugehört:

»Ich muß schreiben... Ich glaube, ich muß schreiben... Ich habe etwas... Außergewöhnliches erlebt... Mir scheint, ich habe die Verpflichtung, diese Erfahrung mit anderen zu teilen... Vielleicht könnte sie jemandem von Nutzen sein... Vielleicht habe ich auch das Bedürfnis, mich davon zu befreien … Ehrlich gesagt, weiß ich nicht, was ich will … Ich bin ein wenig verloren … Ich habe versucht, allein zu schreiben. Aber ich bin an den akademischen Stil der wissenschaftlichen Mitteilungen und Untersuchungen, an technische oder theoretische Texte gewöhnt … Was ich ausdrücken will, läßt sich mit dieser Art zu schreiben nicht sagen … Ich bin verformt, es gelingt mir nicht, das erhabene ›wir‹ zu vermeiden, das die ›Gelehrten‹ verwenden …«

Mit ihren beiden Zeigefingern schrieb sie rechts und links von ihrem Kopf Anführungsstriche in die Luft, mit denen sie das Wort »Gelehrte« einrahmen wollte, was ihr gleichzeitig eine Eselskappe verlieh. Sie lächelte.

»Das ›ich‹ ist zu persönlich. Ich finde es schamlos. Und doch geht es um mich, darum, etwas zu erzählen, was mir persönlich zugestoßen ist. Ich habe mit dem ›ich‹, dem ›wir‹, dem ›sie‹ herumjongliert und bin zu nichts gekommen, ich habe nicht den nötigen Abstand gefunden … Darum habe ich mich an Sie gewendet.«

Sie hatte sich wieder gefangen und war wieder Herrin ihrer selbst. Mit wenigen Worten und in großen Zügen hat sie mir ihre Geschichte dargelegt. Sie war mit einem Problem konfrontiert worden, das ausgerechnet auch mir seit einiger Zeit nicht mehr aus dem Kopf ging.

»Würde es Sie interessieren, darüber zu schreiben?«

»Ich glaube, ja. Aber ich wiederhole noch einmal, ich werde nicht schreiben, ich werde Sie übertragen.«

»Also gut, versuchen wir's … Wie wollen wir vorgehen?«

»Sie können für sich allein auf einem Tonband aufzeichnen, was Sie zu sagen haben, und ich werde die Bänder bei mir abhören. Oder ich kann Sie auch treffen. Sie erzählen mir, ich zeichne auf und mache mir Notizen. Sie haben die Wahl.«

»Und Sie? Was ziehen Sie vor?«

»Ich bin an beide Methoden gewöhnt. Mir ist es egal; was zählt, ist nur, daß Sie sich beim Sprechen wohlfühlen und mich mit soviel Material versorgen wie nur möglich.«

»Mir wäre es lieber, Sie kämen. Meine Stimme hören, allein … mich all das erzählen hören, allein, mit lauter Stimme, ich weiß nicht, ob ich den Mut dazu hätte … Es wäre authentischer, wenn Sie da sind … Und Sie zeigen mir dann jeweils, was Sie daraus machen?«

»Nein, nicht jeweils, erst wenn ich ganze Sequenzen zusammengestellt habe.«

Wir sind übereingekommen, uns zweimal wöchentlich zu treffen.

Nach zwei Monaten hatte ich 143 Seiten redigiert. Die meisten waren von mir geschrieben, aber einige waren einfache Übertragungen der Tonbänder. Ich habe sie ihr an einem Freitag, genau gesagt am 12. Dezember 1979, vorgelegt. Wir wollten uns am darauffolgenden Montag wiedersehen.

Ich war schon nicht mehr derselbe Mensch.

Erster Teil
Die 143 Seiten

Der erste Tag

Das Flugzeug kommt zum Stehen. Sogleich hört man das Klick-Klack der Sicherheitsgurte. Die Passagiere befreien sich. Sie bleiben keine Sekunde länger sitzen: Fast sieben Stunden lang sind sie eingesperrt gewesen, sie haben genug davon.

Elsa Labbé macht es wie alle: Sie ist aufgestanden. Trotzdem kann sie nicht aufrecht stehen: Sie befindet sich neben dem Fenster, und das Gepäckfach über ihr hindert sie daran, sich gänzlich aufzurichten. Was soll's, sie schafft es auch so, ihre Schuhe wieder anzuziehen, und das ist nicht einfach, weil ihre Füße angeschwollen sind... Sie wollte, sie wäre schon zu Hause. Ihr Urlaub war wunderbar, doch jetzt hat sie Lust, zurückzukehren und ihre Forschungsarbeit wieder aufzunehmen.

Während sie in der Schlange der Reisenden, die darauf warten, ihren Paß vorzuweisen, kaum von der Stelle kommt, bewegt sie die Muskeln ihrer Schenkel. Sie funktionieren gut. Sie ist gelaufen, geschwommen, hat gerudert, ist geklettert, alles hat gut funktioniert. Jedes Jahr sagt sie sich vor ihrer Abreise, daß sie das wohl nicht mehr tun kann, daß sie alt wird... und dann, nach einigen Tagen, kommt es zurück. Die Erschöpfung verschwindet. Sie vergißt. Sie ist fern von ihren Patienten, vom Telefon, von zu wenig Schlaf.

Seit drei Jahren verbringt sie mit François ihren Urlaub an der Atlantikküste der Vereinigten Staaten. Sie liebt es, ihn dort wieder zu treffen. Und doch ist sie nach sechs Wochen froh, ihn zu verlassen. Sie hat den Eindruck, daß sie an seiner Seite Gesundheit und Unbekümmertheit getankt hat. Gegen Ende des Aufenthaltes beginnt ihre Arbeit ihr zu fehlen.

Vor allem fehlt ihr Laure.

Als sie den Flughafen verläßt, denkt Elsa, das Leben sei schön.

Das Taxi. Die Autobahn. Paris. Nichts hat sich verändert, bis auf Kleinigkeiten hier und da. Die Ausbesserungsarbeiten an der Kreuzung Pasteur sind abgeschlossen. Die Kaufleute haben die Läden wieder geöffnet. Kurz bevor sie zu Hause ankommt, sieht sie durch ein Schaufenster hindurch die Bäkkersfrau hinter ihrer Kasse. Sie freut sich darauf, sie gleich zu sehen, sie und ihre verwünschten Baguettes...

Während sie den Schlüssel im Schloß dreht, stellt sie sich ihr Badezimmer vor: die Wanne, die Spiegel, die Fayencekacheln, die hellen Möbel, den Korbstuhl. Sie stellt sich auch ihr Zimmer vor: das große Bett, das rosa Licht der Nachttischlampe, den schräggeschliffenen, achteckigen Spiegel in seinem alten, von Würmern zerfressenen Rahmen... Und sie ist glücklich beim Gedanken an all das. Das Bad wird lauwarm, die Laken werden weich sein, sie wird einschlafen und dabei die Geräusche von draußen hören, die Geräusche des geschäftigen Europa, während ihr Körper sich noch einmal gehen lassen wird, für eine unwahre Nacht, im Rhythmus Nordamerikas. Sie liebt die Ungewißheit, die durch die Zeitverschiebung entsteht, dieses Gedächtnis der Zellen, das bewirkt, daß die Gegenwart anderswo, und das Anderswo gegenwärtig ist. Sie liebt dieses Gefühl von Allgegenwart. Sie liebt es und mißtraut ihm. Sie mißtraut dem Reiz, den all das, was suspekt, was verborgen ist, auf sie ausübt.

Elsa Labbé ist eine Frau, die sich anpaßt, die vernünftig ist, und doch wird sie von dem angezogen, was nicht vernünftig ist. Sie weiß, daß sie vieldeutig, daß sie doppelsinnig ist, daß sie zu allem imstande ist, daß das fundamental in ihr vorhanden ist. Aber ihre Geschichte hat sich so abgespielt, daß sie sich für die Konventionen entschieden hat. Oder genauer gesagt, hat sie sich zu helfen gewußt, indem sie »ihre seltsame Natur« in die Konventionen einzupassen suchte.

Als sie Kind war, sagte ihr Vater mit dem Akzent des Midi:

»Elsa, du hast eine kuri-ose Natur.«

Jedesmal korrigierte ihre Mutter:

»Sie hat eine curi-euse, eine neugierige Natur.«

»Wie du willst... Sagen wir, sie hat Schrullen...«

Jedenfalls ist Elsa eine ordentliche Frau geworden. Und bis

dahin, bis zu diesem Morgen, wo sie vor ihrer Tür steht und die Schlüssel in der Tiefe ihrer Handtasche sucht, hat sie ihre »Schrullen« im Griff gehabt, hat sie sich nicht von ihnen irreleiten lassen.

Die Tür öffnet sich, und im Bruchteil einer Sekunde gerät ihre Existenz ins Schwanken, versteht sie nicht mehr, ist sie ins Ungewisse geworfen. Sie macht einen Schritt vorwärts, setzt den Koffer ab, schließt die Tür hinter sich und lehnt sich dagegen. Ihr Herz schlägt bis zum Hals und erstickt sie. Das ist grausam, darauf war sie nicht gefaßt! Sie hat keine Zeit, ihre Widerstandskräfte zu aktivieren, sie verliert den Boden unter den Füßen. Sie weigert sich zu sehen, was sie sieht, und doch weiß sie, daß es keinen Sinn hat, die Augen zu schließen. Sie empfindet Widerwillen, eine Revolte: »Warum zwingt man mich dazu, diesen Anblick zu ertragen?« und gleichzeitig empfindet sie den alten Bann ihrer »Neu-gierde«: »Was ist hier los?«

Der Gedanke, daß in ihre Wohnung eingebrochen worden ist, kommt ihr, bleibt aber nicht. Sie weiß, daß es nicht darum geht. Worum also? Was ist hier geschehen? Geschieht es noch immer? Sie wagt nicht, sich zu rühren, sie ist auf der Lauer, sie horcht, sie späht.

Stille.

Sie steht im Eingang. Sie sieht einen Teil des Salons, einen Bruchteil der Küche und das Ende des Flurs, der zu den anderen Räumen führt. Die Wände sind an ihrem gewohnten Ort, doch begrenzen sie einen fremden, sogar feindlichen Raum, wo ihr jedoch alles vertraut ist.

Die Markisen sind heruntergelassen; im Halbschatten stapelt sich in undefinierbaren Haufen die Gesamtheit dessen, was ihr Haus enthält. Die Vorhänge sind heruntergerissen, einige werden noch durch einen Ring gehalten und hängen herab wie die Segel bei einem Schiffbruch. Die Möbel türmen sich stellenweise übereinander – vor allem vor den Fenstern –, sie sind bedeckt mit Wäsche, Papierfetzen, zerbrochenen Objekten. Der Teppich ist zugeschüttet mit Abfall und Schmutz.

Es stinkt.

Die Aggression entsteht eher durch den Gestank als durch die Verwüstung. Es riecht nach Verwahrlosung, Vergewaltigung, Suizid. Es riecht nach Unglück, das ist unerträglich. Der Geruch ist lebendig, alles übrige ist tot.

Sie gewöhnt sich an die Dunkelheit und stellt fest, daß die Vorhangschnüre so angebracht worden sind, daß sie eine Art Spinnennetz bilden. Sie versucht zu verstehen, was diese Anordnung soll, und es gelingt ihr nicht. Sie entdeckt, daß die Schnüre mit Angelruten verbunden sind... Sie erkennt die Anglerausrüstung wieder, sie war im hintersten Winkel eines Abstellkämmerchens verstaut, das vollgestopft ist mit Koffern, mit Kram, der nur selten gebraucht wird, altem Gerümpel, das wegzuwerfen sie sich nicht entschließen kann. Man muß alles aus dem Kabuff geräumt haben, um sie überhaupt ausfindig zu machen! Blitzschnell folgt ein Gedanke dem anderen. Es ist unglaublich!

Sie denkt an die Ferien, als ihre Tochter klein war... Laure, ernsthaft, mit einer Angelrute viermal so groß wie sie... Diese Erinnerung schnürt ihr das Herz zusammen, denn sie ahnt – und ist sich dessen sogar gewiß –, daß all das mit ihrer Tochter zu tun hat. Sie beginnt zu frösteln, sie würde am liebsten weinen, aber sie kann es nicht.

Sie kann nicht stöhnen, sie kann sich nicht rühren, sie kann nichts tun. Sie steht noch immer gelähmt beim Eingang, gebannt von dem, was sie sieht, von dem ekelhaften Geruch, von der Szenerie. Eine regungslose Angst und eine krankhafte Energie kauern dort. Die Angelruten... und jetzt die Nylonfäden – die sich in Spiralen winden, weil sie so viele Jahre lang um die Ruten aufgerollt gewesen sind –, die auf sie zukommen, zur Eingangstür. Und da, zu ihren Füßen, überall um sie herum, liegen Angelhaken. Klein. Blank. Bösartig. Sie glänzen. Angelhaken!... Wieder die winzige Laure, ihr blondes Haar, ihre Honighaut, ihr Knabenkörper. Die kühne, rechthaberische, entschlossene Laure, die zum Fischen in die Felsen geht. Sie sucht das Abenteuer. »Paß auf, daß du dich nicht mit den Angelhaken verletzt!« Die Kleine zuckt mit den Schultern, sie haßt es, daß man sie wie ein Kind behandelt... Sie weiß, daß die Angelhaken verletzen, man braucht es ihr nicht immer wieder zu sagen.

Aber was ist über sie gekommen? Was geschieht mit ihr? Elsa hat den Kopf gesenkt, sie hat sich an der Tür hinuntergleiten lassen. Sie sitzt zusammengekauert und weint, oder vielmehr: Die Tränen laufen die Wangen herab Sie schluchzt nicht, ihr Ausdruck ist nicht traurig. Es ist nur Wasser, das aus ihr hervorquillt, Flüssigkeit, ein Zuviel, das überläuft. Als würde in ihr ein Damm brechen.

Ihr Kind, Ihre Tochter, ihr Liebling... Sie hat während der Ferien mehrmals mit ihr telefoniert. Beim erstenmal hat Laure sich beklagt, es sei zu heiß in ihrer Wohnung, sie würde dort ersticken, sie wolle zu ihr ziehen, wo viel Platz sei und wo man durchlüften könne. Eine gute Nachricht! Wo die Kleine doch die Schlüssel hat, soll sie von der leeren Wohnung profitieren! Und dann, vorgestern – dabei war die Verbindung gut – hatte sie ihre Stimme seltsam gefunden, ihr Ton war eigenartig, mürrisch, wie mit Leim bestrichen. Laure sagte, sie wolle noch am selben Tag in ihre Wohnung zurückkehren.

»Bleib' zu Hause, dann seh' ich dich gleich bei meiner Ankunft.«

»Nein, ich möchte lieber zu mir.«

»Gut, wie du meinst. Was ist mit dir? Bist du krank?«

»Überhaupt nicht! Warum fragst du?«

»Ich weiß nicht, nur so... Deine Stimme...«

Jetzt gesteht Elsa sich ein, was sie zwei Tage lang verdrängt hat: Diese Unterhaltung hat um Laure ein verschwommenes Gefühl kommender Gefahr deutlich werden lassen, das sich in ihr seit dem Kongreß von Sydney breitgemacht hatte.

Danach, in der Straße in Manhattan, mit François, hatten sie ein Paar gesehen, einen Mann und eine blutjunge Frau, die krank aussah, der Mann trug sie beinahe. Elsa fand, daß die junge Frau Laure ähnlich sah. Sie ist stehengeblieben, um zu sehen, wie das junge Paar sich entfernte. Ihr ist übel gewesen. Danach hat sie nicht essen wollen, François ging ihr auf die Nerven. Und dann hat sie sich wieder gefangen: Schließlich war nichts Außergewöhnliches an diesem Paar, nichts Außergewöhnliches an diesem Telefonat. Nur die Stimme von Laure...

...»Was ist das, Elsa?«

... Sie hatte sich nicht in Schwarz kleiden wollen, um Jacques' Leichnam abzuholen, und sie hatte Laure mitgenommen. Warum Laure mitgenommen? Manchmal nahm sie es sich übel, dies getan zu haben, und manchmal verstand sie ihre Geste.

Zweiundzwanzig Jahre und zwei Jahre, so alt waren sie damals.

Zwei Jahre und zweiundzwanzig Jahre. Ein ganz kleines Mädchen und eine sehr junge Frau, die den Sarg eines Mannes abholen, der im Krieg getötet worden ist, sie beide, allein, ohne Furcht, ohne Trauer. Als löschten Jugend und Soldatentod den Tod ganz einfach aus. Als könne ein toter Soldat kein toter Vater oder toter Liebhaber sein, sondern nur ein Leichnam der Geschichte, um den man sich kümmern muß. Als könnten weder Krieg noch Geschichte Hindernisse sein für Mädchen ihres Alters, nur Unfälle.

Da gab es den Lärm der Truppe, Befehle, Hackenzusammenschlagen. Keine Musik: Diskret spielte sich die Rückführung der in Algerien getöteten Soldaten ab.

Die kleine Laure, die begeistert war von den Kränen, dem Treiben am Hafen, den Schiffen, dem Heulen der Sirenen, den Möwen, hatte den Offizier strahlend angelächelt, der gekommen war, ihnen die Hand zu drücken. Als er ihnen einen Orden überreichte, hatte er gleichzeitig, kaum vernehmbar, sein Beileid ausgesprochen.

»Was ist das, Elsa?«

»Nichts, Liebling, das ist der Hafen.«

Elsa hatte nicht auf Laures Frage geantwortet. Sie fühlte sich außerstande, der Kleinen zu erklären, was gerade vor sich ging, all das, den Tod, den Krieg, ihren Vater, die Nation, die Liebe, die Familie...

Vor Jacques' Sarg, der mit einer Trikolore bedeckt war, hatte sie zunächst gefunden, daß die Situation unpassend war: Jacques hatte einen Horror vor der Armee, vor dem Krieg, vor diesem Krieg. Dann, gerade wegen der Absurdität dieses Todes, vielleicht wegen des fehlenden Prunks, wegen Laures begeistertem Blick auf die Medaille, war sie der Überzeugung, daß sie nicht richtig angezogen war. Eine Art Verwirrung entwickelte sich in ihr und um sie herum, und sie hatte das Gefühl, sie verdiene eine Strafe, ja, eine Strafe. Daß sie das

Kind nicht hätte mitnehmen dürfen, daß sie sie all dies nicht hätte sehen lassen dürfen, daß sie auf ihre Frage hätte antworten müssen, daß sie sich in Schwarz hätte kleiden müssen, daß sie Laure nicht hätte erlauben sollen, sie Elsa zu nennen, daß sie eines Tages für all das bestraft werden würde. Das war es, was sie empfunden hatte.

Sie hebt wieder den Kopf, sie beginnt wieder daran zu denken, daß sie Laure nicht hätte mitnehmen dürfen. Was hat das in ihrem Babyhirn angerichtet, diese aufgereihten Särge, diese unsichtbaren Toten, diese Fahnen, diese in Tränen aufgelösten Frauen, die Anteilnahme der Männer, all das im erregenden Geruch des Hafens, direkt vor der Flanke eines hohen Schiffes, dessen Bauch weit aufgerissen war? Sie beide haben mehrmals darüber gesprochen. Jedesmal hat Laure behauptet, sie habe eine vage Erinnerung daran bewahrt, daß es eine eher schöne Erinnerung sei, daß sie vielleicht daher das Meer und das Reisen so liebe, daß sie nicht einmal wisse, ob es ihre eigene Erinnerung sei oder nicht vielmehr die Erinnerung an etwas, was man ihr erzählt habe...

Plötzlich hat Elsa die Vorstellung, daß Laure noch im Haus ist, daß sie schläft, daß sie nicht in ihre Wohnung zurückgezogen ist. Sie richtet sich auf, sie ruft ihre Tochter: »Laure! Laure!«, zweimal. Sie bewegt sich auf die Zimmer zu, sie ruft von neuem: »Laure!« Nichts.

Jetzt, wo sie wirklich in der Wohnung ist, entdeckt sie, Schritt für Schritt, noch mehr Chaos, Verwüstung und Unordnung. Sie kennt Unordnung, das ist ihre Spezialität, das vernünftige und das klinische Maß. Aber diese Unordnung hier, die, die sie im Moment vor Augen hat, die nicht behandelt wird, die gar nicht nach Behandlung verlangt, wenn sie auch immer vermutet hat, daß sie genauso sein müsse, so hat sie sie doch niemals erlebt – nur erahnt. Der Irrsinn im Rohzustand. Die Entfesselung des bleibenden Irrsinns war hier, bei ihr zu Hause, erstarrt. Ein paar Ohrfeigen, ein Erdbeben, eine Feuersbrunst, hier erstarrt. Geronnen. Sie hatte schon immer Angst vor dem Wahnsinn.

Deshalb hat sie sich wahrscheinlich für den Beruf entschieden, den sie ausübt: Elsa ist Psychologin.

Trotz der Dunkelheit und des ganzen Spektakels erkennt Elsa in all dem Durcheinander Papiere, eine Menge Papiere. Das erschüttert sie am meisten, denn es sind ihre Papiere, sie erkennt sie wieder, es sind ihre Notizen, ihre Graphiken, ihre Berechnungen, das Resultat ihrer Forschungen, der Inhalt ihrer Akten, und auch Kinderzeichnungen, Dutzende von Kinderzeichnungen, Hunderte von Kinderzeichnungen... Schmierereien... jede einzelne mit Notizen versehen, datiert, numeriert... Jahre und Jahre ihres Lebens, ihre Vergangenheit und ihre Zukunft... Ihr Schreibtisch ist verwüstet worden! Ihr Schicksal ist verwüstet worden! Warum?

Der Gestank! Elsa erstickt.

Sie schaltet das Licht an, öffnet Türen und Fenster. Überall der gleiche Anblick von zusammenhanglosen Aufhäufungen. Beschmutzte Wäsche, trockene und verfaulte Lebensmittel, umgekippte Flaschen... Alles ist in einem solchen Maß unordentlich, daß sie nicht mehr weiß, ob es in den Räumen noch ein Bett, Stühle und Tische gibt. Die Wand- und Kleiderschränke sind offen, leer. Ihre Leere ist zusätzliche Zusammenhanglosigkeit.

Und der schlechte, unbekannte Geruch, mit dem Beigeschmack von Schweiß, Gegorenem, Verfaultem, aber auch noch von etwas anderem. Etwas Fadem, Staubigem.

Jemand hat sich ins Waschbecken des Badezimmers erbrochen. Darüber ist der Spiegel voller verkrusteter Spritzer. Elsa dreht sich in der Mitte des Raumes um die eigene Achse und entdeckt auf den weißen Fayencekacheln zwischen Waschbecken und Badewanne mehrere Spritzer von schwarzen Tröpfchen, feine, dichte und trockene Spritzer. Sie macht sich steif, sie verdrängt Bilder aus dem Krankenhaus, und das Wort »Blut« kreist in ihrem Kopf. Sie flieht davor, sie will sich selbst entfliehen, sie will ihrer Emotion entkommen. Sie muß sich festhalten. Sie muß handeln. Gerade hat sie im Spiegel das abstoßende Bild ihres Kittels gesehen, den, den sie trägt, wenn sie Patienten empfängt, der an einem Garderobenhaken hinter der Tür an seinem gewohnten Platz hängt. Das ist die einzige normale Sache, die sie bis jetzt gesehen hat.

Sie zieht sich aus, sie wirft den Kittel über, sie wird aufräumen.

Als sie wieder da ist, achtet sie nicht mehr auf die Verwüstung. Dadurch, daß sie jetzt ihre Arbeitskleidung trägt, ist sie in einer anderen Stimmung. Als allererstes wird sie mit Laure telefonieren und sie anbrüllen. Aber anbrüllen, wie sie noch nie jemanden angebrüllt hat. Man macht sich ja gar keinen Begriff von einem solchen Schmutz, von einem solchen Haus! Wen hat sie hier hereingelassen, wie konnte sie das zulassen?

Das Telefon funktioniert nicht, keinerlei Signal. Störung! In diesem Viertel, wo überall abgerissen und neu gebaut wird, ist das Telefon immerzu gestört. Vor ihrer Abreise in die Ferien hat Elsa Laure Blankoschecks dagelassen, damit sie die Rechnungen für Telefon, Strom und Miete bezahlt... Seit drei Jahren sagt sie sich, daß sie diese Abwicklungen ihrer Bank überlassen sollte, aber sie hat noch nicht die Gewohnheiten der Wohlhabenden angenommen... Kurz, es ist sinnlos, daran zu denken, sie hat andere Dinge im Kopf. Sie beruhigt sich: Alles in Ordnung. Das Telefon ist gestört, damit basta.

In der Küche ist alles, aber auch alles, was an Geschirr vorhanden ist, irgendwie aufgetürmt, schmutzig. Alle Teller sind schmutzig, die flachen, die tiefen, die großen, die kleinen, alle Schüsseln sind schmutzig, alle Gläser sind schmutzig, inklusive der kristallenen mit Fuß, die nie benutzt werden, alle Töpfe sind schmutzig, alle Pfannen, alle Kessel, alle Terrinen, alles. Spaghetti mit Tomatensauce schimmeln in einem Gefäß, und auf dem Boden vor dem Herd verfault ein Stück Fleisch, das stinkt und auf dem Fliegen sitzen. Sie zieht die Markise hoch. Die Sonne ist hier noch schrecklicher als im übrigen Haus, die Wände und die Decke sind mit widerlichen Spritzern beschmutzt und auch noch mit Erbrochenem, das über den Rand des Spülsteins getreten und auf den Türen des Wandschrankes darunter getrocknet ist.

Die Geschirrspülmaschine ist kaputt, und »sie« haben es vorgezogen nichts zu tun, anstatt auch nur einen Teller abzuwaschen oder zu versuchen, die Maschine zu reparieren. Sie öffnet den Apparat, er ist leer. Sie drückt auf die Knöpfe, er läuft. Die Geschirrspülmaschine läuft. Was also? Warum? Wo ist Laure? Was hat sich hier abgespielt?

Sie muß verstehen, Laure muß erklären, sie muß mit ihr Verbindung aufnehmen. Sie wird sie gleich aus der Telefonzelle anrufen, die auf dem Platz an der Ecke steht. Elsa geht so wie sie ist, im Kittel. Sie wählt die Nummer, läßt zwölfmal klingeln, sie zählt die Rufzeichen: zwölfmal. Keine Antwort. Sie geht wieder zu sich hinauf, sie kehrt zurück in ihren Abgrund, in ihre Höhle. Dieses Appartement, der Zustand, in dem es sich befindet, all das ist plötzlich zu ihrem einzigen Anliegen, ihrem Leben geworden. Mit allem übrigen hat sie nichts mehr zu tun: den Passanten, den Läden, dem normalen Rhythmus der anderen. Sie schaut zu Boden. Sie kehrt mit gesenktem Kopf, zornig zu sich nach Hause zurück, »sie« werden noch ihr blaues Wunder erleben, »ihnen« wird nichts erspart bleiben, »sie« werden noch von ihr hören.

»Sie«! Wer sind sie? Sie sind zu mehreren: Selbst wenn Laure nicht ein einziges Mal in sechs Wochen abgewaschen hätte, hätte sie nie soviel schmutzig machen können. Elsa läßt nicht locker, putzt, aber je klarer sie sieht in der Küche, desto mehr wächst ihre Besorgnis. Diese Unordnung ist so krankhaft! Die Löffel sind verbogen, es gibt keinen einzigen, der nicht verbogen ist. Sie erinnert sich: Als Halbwüchsige benutzte Laure Löffel, um die Reifen von ihrem Fahrrad, und später die von ihrem Mofa abzumontieren. Wieviele Reifen haben sie repariert? Sie stellt sich diese Frage, um sich zu beruhigen, denn tief innen weiß sie, daß die Löffel nicht dazu benutzt worden sind. Wozu sind sie benutzt worden? Zu welchem Spiel, zu welchem Ritus? Elsa tut alles, um sich zu beschwichtigen. Sie geht sogar so weit, daß sie sich in den Jargon ihres Berufes flüchtet: Im Selbstgespräch verwendet sie ein Fachvokabular, das die Emotion auslöscht und der Unvernunft Vernunft verleiht. Beim Putzen führt sie eine klinische Analyse der Situation durch und gelangt zu einem Wort, das alles zusammenfaßt, alles erklärt: Katharsis. Ja, das ist es, sie sieht sich einem kathartischen Ereignis gegenüber, das sich hier vollzogen hat, einer Krise kollektiver Entfesselung, die ausgelöst wurde von einem Spektakel, von dem sie nichts weiß – vielleicht nicht von einer Tragödie und auch nicht einmal von einem Drama – einem Spektakel, das »sie« von ihren Aggressionen, den in ihnen angehäuften Verboten, gereinigt hat: alles ist mit einem Schlag herausgekommen, sie haben ihre Haßgefühle und Alpträume erbrochen. Sie sind wieder zu Wilden geworden.

Zu denken ist das leicht, aber das hilft nicht, das, was sie sieht, zu akzeptieren. Das fegt nicht ihre Emotionen hinweg, im Gegenteil, denn gewöhnlich gebraucht sie dieses Vokabular nur mit ihren Kollegen, um sich schneller mit ihnen zu verständigen.

Katharsis, ja oder nein, das hindert sie nicht daran, einen bis zum Ersticken zugeschnürten Hals zu haben und unentwegt zu denken: was ist Laure zugestoßen? Vorgestern am Telefon hat sie nichts davon gesagt, was gerade im Hause vor sich ging, was bestimmt schon seit langem vor sich ging. Elsa verstand genug von Haushalt, Ernährung und Material, um zu wissen, daß diese Schweinereien nicht von heute stammen konnten, daß hier überall Schmutz von vor kurzem und sehr alter Schmutz herumliegt. »Die Katharsis kann mir gestohlen bleiben, ich möchte wissen, was geschehen ist, und wo meine Tochter ist.«

Sechsmal am Tag unterbricht sie ihre Arbeit und versucht, Laure zu erreichen. Sechsmal findet sie sich auf dem Platz wieder, in einer der neuen leuchtenden und durchsichtigen Plastikkapseln der PTT.

Sie steht in einer spätsommerlichen Pariser Straße: obgleich die Luft selbst frisch ist, gibt es noch Männer in Hemdsärmeln und Frauen, die hartnäckig darauf bestehen, Sandalen zu tragen. Man hat sogar die Sonnenschirme auf der Terrasse des Bistros gegenüber aufgespannt. Drei Sonnenschirme mit der Aufschrift TUBORG auf den weißen Stoffstreifen, die mit blauen Streifen ohne Inschrift abwechseln. TUBORG, blau, TUBOR., blau, TUB..., TUBORG, blau... »Und wenn ich auch noch tausendmal TUBORG lese, so werde ich doch keinen Schritt weiter sein!« Die Nummer ihrer Tochter antwortet nicht. Wo ist Laure? Ist sie am Leben? Sie denkt wieder an die junge Frau in der Menge von Manhattan, im Staub von Manhattan, in der erdrückenden Umklammerung der Wolkenkratzer von Manhattan, an die junge Frau, die Laure ähnlich sah und so krank war. François hatte gesagt: »Das ist eine...« Was hatte er gesagt? Welches Wort hatte er benutzt? Das ist eine... was?

Heute morgen in der Küche hat sie das erste Dingsda, das erste Ding entdeckt, das sie für einen Tropfenzähler halten wollte. Ein kleines Gerät aus Plastik mit einem Kolben. Sie hätte es wegwerfen können, aber sie hat es behalten. Ohne es wirklich anzusehen, hat sie es hastig in ihre Kitteltasche gesteckt. Das Wort »Spritze« lief zickzack durch ihren Kopf und dröhnte wie eine Fliege vor einer geschlossenen Fensterscheibe. Sie hat es verjagt. Vorher, im Badezimmer, hatte sie das Wort »Blut« auf die gleiche Weise verjagt...

Nach der Küche macht sie sich an den Salon und an die anderen Räume: das Büro, das Wartezimmer, das auch als Gästezimmer dient. Laures früheres Zimmer, das Sekretariat geworden ist, ihr Zimmer. Sie schiebt die Möbel, stellt sie zurück an ihren Platz, versucht, die Papiere wieder zu ordnen, ihre Kartei wieder zusammenzustellen, sie häuft die schmutzige Wäsche auf: Hemden, Hosen, T-Shirts, Unterwäsche, die sie noch nie gesehen hat, alles in schlechtem Zustand, im selben Stil, in der Art von »I love N. Y.«, »Che Guevara«, »Fruit of the Loom« & Co... Sie hat eine Bande Halbstarker, eine elende Motorradbande reingelassen, Hippies, die nicht aufhören, den gescheiterten Maiaufstand ihrer Eltern in die Länge zu ziehen, finstere Softies, Slumkinder, Ausgeflippte... Sie haben alles kaputtgemacht, zum Spaß, aus weiß Gott welcher Rache, um Gott weiß welche Rechnung zu begleichen, um sich von einer Vergangenheit freizumachen, die zu schwer war für ihre Jugend. Jedesmal, wenn Zorn und Angst nahe daran sind, sie zu überwältigen, beginnt Elsa wieder mit der Katharsis, denn sie weiß, daß sie dem, was sie gerade durchlebt, nicht entfliehen, nicht ausweichen kann.

Im Flur findet sie, vergraben in blutigen Laken – »Es gab Mädchen in der Bande« – die Telefonrechnung, nicht einmal geöffnet, drei Tage nach ihrer Abreise aufgegeben. Das Telefon ist abgestellt worden, das ist es, es ist gar nicht gestört. Es ist abgestellt, weil Laure die Rechnung nicht bezahlt hat... Jetzt ist es zu spät für Elsa, sich darum zu kümmern, die Post ist geschlossen. Sie wird es morgen tun. Hat Laure den Kopf verloren?

Überall verstreut hat sie noch weitere kleine Dinger gefunden – diese sogenannten Tropfenzähler –, die sich in ihrer Tasche angehäuft haben... Das sind Spritzen! Elsa kann sich nicht länger etwas vormachen. Sie hat von Anfang an gewußt, daß dies Spritzen sind. Sie hat genug Spritzen im Krankenhaus gesehen... Es sind Plastikspritzen, zum Wegwerfen. Einige haben sogar eine Nadel. Tropfenzähler... Also, hör mal!

Es ist zehn Uhr abends, und sie hat ununterbrochen weitergemacht, sie setzt sich im Flur auf den Boden, ihr Herz schlägt überall im Körper. »Hier waren eine ganze Menge Süchtige...« Ist Laure süchtig?

Als Laure ein junges Mädchen war, wollte sie Medizin studieren... Sie hat immer auf den Körper geachtet, auf ihren und auf den der anderen. Hat sie Süchtigen helfen wollen und ist der Situation nicht mehr Herr geworden? Wenn das so ist, warum scheut sie dann eine Konfrontation? Das sieht ihr nicht ähnlich, Laure hat einen geschärften Sinn für Dialektik und einen unersättlichen Hang zum Reden. Wenn sie sich für eine Sache einsetzt, die sie für richtig hält, ist sie zu allem imstande, sogar dazu, ungerecht zu sein. Warum studiert sie nicht Jura, warum hat sie sich in den Kopf gesetzt, Filme zu machen?

Elsa sagt sich immer wieder auf, Medizin, Jura, Kino... Vielleicht haben »sie« hier einen Film gedreht. Sie hat schon junge Leute getroffen, mit denen ihre Tochter versucht hat, Kurzfilme zu drehen. Verrückt nach Filmstreifen, Licht und Objektiven, haben sie alle Filme angesehen, die alten und die neuen, sie verbringen ihr Leben in den billigen Kinos des Viertels, sie kennen die Tricks, ihre Plätze nicht bezahlen zu müssen, schwarz reinzukommen. Sie sind wirr, begeistert, dreist und anmaßend. Elsa mag sie sehr, sie hält sie nicht für fähig, eine solche Verwüstung anzurichten.

Um Mitternacht ist noch nicht alles fertig, weit entfernt davon, aber das Haus gleicht wieder mehr einem Haus, es ist weniger erschreckend. Seit vierzehn Stunden arbeitet sie jetzt, sie kann nicht mehr. Sie findet, daß es jetzt genug ist und beschließt, sich auf ihrem Bett auszustrecken.

In der Wohnung ist ihr Zimmer das noch am wenigsten »angetastete«, Laure hat es bewohnt, Elsa ist sich dessen sicher, wegen einiger Details. Im Aschenbecher liegen Kippen von Laure – sie hat die Manie, die Zigaretten nur halb aufzurauchen -, das ist ihre Art, ein Halstuch über die Lampe zu legen, um das Licht abzuschwächen, und dann ist da vor allem ein ganz bestimmter Geruch: Laures Duft. Elsa hat den Raum gelüftet, die Bettwäsche gewechselt, Staub gesaugt, aber der Duft bleibt.

Sie liegt ausgestreckt da, mit geschlossenen Lidern. Hier ist es jetzt Mitternacht. Dort drüben, auf der anderen Seite des Ozeans, ist es sechs Uhr, noch nicht Abend. Zwischen sie hier und François dort drüben hat sich eine Entfernung gedrängt, die sehr viel größer ist als jene, die durch die 6000 Kilometer und die sechs Stunden Zeitverschiebung entsteht. François' Bild erschien ihr in dem Augenblick, als sie sich hinlegte, denn als sie das letztemal in einem Bett lag, war es mit ihm, aber während des Tages hat sie nicht an ihn gedacht. Was hier seit heute morgen geschehen ist, hat sie in einem solchen Maße verändert, daß ihr alles, was nicht zu diesem Haus gehört, was sie hier gesehen und erahnt hat, gleichgültig ist. Sie weiß nicht, warum sie sich so sehr vom Rest der Welt abgeschnitten fühlt. Sie ist nur noch mit dieser Stadt, mit diesem Abend verbunden, und das auch nur durch winzige Bande, durch glühende Drähte, die sie bei lebendigem Leib verbrennen, und an deren anderem Ende sich Laure befindet. Laure ist in Paris, aber wo? Wo ist Laure? Ist Laure am Leben? Wo lebt der Körper von Laure? Immer wieder kommt sie auf diese Frage zurück, die ihr Schmerzen im Leib und in der Brust bereitet, scharfe, unerträgliche Stiche, Einstiche! Sie sieht beim Eingang die glänzenden, bösartigen Angelhaken von heute morgen wieder. Sie sieht die Blutspritzer im Badezimmer wieder, auch in der Küche waren welche, und auch... Der Schmerz in ihr ist heftig. Sie schwebt. Sie hängt in einer verpesteten Luft, und tausend Angelhaken halten sie im Gleichgewicht. Die geringste Bewegung ihrer Gedanken macht sie noch mehr leiden. Wie das Richtige denken? Wie der Flut von Vermutungen, Zweifeln, Hoffnungen, die nicht aufhört, sie zu bestürmen, ein Ende machen? Wie einfach denken, Erbrochenes ist Erbrochenes, Blut ist Blut. Vandalismus ist Vandalismus, eine Spritze ist eine Spritze, und damit basta. Wie in dieser Weise denken, wie die Panik beenden?

Wenn sie könnte, würde sie weiter waschen, wischen, verschwinden lassen, aber sie ist erschöpft, sie ist derartig müde, daß ihr Körper von Kopf bis Fuß bebt, und sie zittert.

Die erste Nacht

Nein, Elsa täuscht sich nicht. In der Ferne, ganz hinten in der Wohnung, hat sie gehört, wie sich der Schlüssel im Schloß drehte und die Eingangstür sich leise wieder schloß. Jetzt Schritte. Die Schritte von Laure! Sie kann sich nicht täuschen, niemand geht so wie ihre Tochter.

Sie ist da, sie ist endlich da, ihre Kleine, ihr Liebling!

Sie ist da, endlich, da, im Türrahmen. Mager, lebendig, schön, so schön! Die Schönheit ihrer Tochter hat Elsa immer erschüttert. Laure hat glänzende Pupillen, die sie an ihr nicht kennt, und eine ungewohnte Blässe mit Schraffierungen unter den Augen, die sie noch betörender machen. Schluß mit den Angelhaken, Schluß mit den Quälereien, Laure ist da, vor ihren Augen. Ihre geliebte Laure!

Ihre Blicke begegnen einander kaum, sie sind voller Liebe, voll von Freude und Erwartung, sich wiederzusehen. Mutter und Tochter, Frauen aus dem gleichen Holz. Kaum haben sie einander bemerkt, kaum einander gewittert, schon sind sie mitten in der reinsten Liebespose. In diesem kurzen, schweigsamen Moment tritt das zutage, was das Kostbarste in ihnen ist, ihre Geheimnisse ... Nur das, dieses kaum wahrnehm bare Aufleuchten in ihren Blicken, war nötig, daß ihre Unterschiede und ihre Ähnlichkeiten hervorkommen und sich so eng miteinander vermischen, daß sie einen Block, einen Strom, ein Gebirge bilden, ein einziges Leben, das heftig pulsiert, beider unerschrockenes, einfaches Leben zu zweit.

Laure kommt auf Elsa zu. Ihr kurzer Weg von der Tür, wo sie stand, bis zum Bett, wo ihre Mutter ausgestreckt liegt, ist tragisch. Alles ist tragisch in ihren Bewegungen, und doch ist Laure beherrscht, aber gerade in dieser Beherrschung, in dem geringen Maß an Ausdruck und in der Langsamkeit ihrer Schritte läßt sich das Drama erkennen, das sich in ihr abspielt. Elsa spürt, daß Laure um Hilfe ruft. Sie rückt auf dem Bett zur Seite, um ihrer Tochter Platz zu machen, die sich neben sie, fast auf sie legt. Laures Kopf liegt in Elsas Halsbeuge, ihre kleinen, harten Brüste drücken sich gegen die ihrer Mutter. Sie schluchzt, sie weint wie ein Kind. Sie hat einen sehr großen Schmerz, und endlich kann sie ihn zum Ausdruck bringen. Durch ihr Weinen bietet sie Elsa an, mit ihr zu teilen, was sie bedrückt. Die Mutter nimmt es an, auch ohne zu wissen, was sie annimmt, sie schließt ihre Arme hinter dem Rücken ihrer Tochter, sie wiegt sie. Auch ihr ist zum Weinen zumute. Sie vergißt die Moralpredigten, die sie den ganzen Tag wiedergekäut hat. Sie sagt nur: »Beruhige dich, beruhige dich, es ist wahr, daß das Haus in einem schrecklichen Zustand ist, aber...« Laure hat ihr einen Stoß mit der Stirn versetzt wie ein Zicklein. Sie will, daß ihre Mutter schweigt, sie will, daß ihre Mutter ihr dahin folgt, wo sie ist, sie, Laure: »Das ist es nicht, das ist es nicht! Das Haus ist mir egal. Hör zu, Elsa, hör zu: Ich fixe, ich bin süchtig. Ich muß aufhören. Elsa, hilf mir!«

Mehr hat Laure nicht gesagt. Diese Worte haben genügt, um Elsa in ein Loch fallen zu lassen, das sich seit heute morgen vor ihr auftut und an dessen Rand es ihr gelungen war, sich festzuhalten. Das ist ein erschreckender Absturz. Das ist ein endloser Sturz, der ihre Existenz zerspringen läßt, sie zersplittert. Nichts hält mehr. Elsa ist stumm, taub, blind, unwissend, derart unwissend! Sie klammert sich an ihre Tochter. Laure packt sie, schüttelt sie, wie einen Befehl wiederholt sie mehrmals: »Hilf mir!«

Elsa fühlt sich ohnmächtig, verloren. Das nimmt kein Ende mehr. Sogar ihre Stimme ist verloren. Sie sucht sie. Wo sind die Worte geblieben? Sie muß sprechen. Sie ringt mit dem Stumpfsinn. Sie hat doch schließlich etwas Wichtiges zu sagen. Sie muß es sagen. Laure muß es hören...

Endlich gelingt es ihr, sie spricht:

»Du kannst auf mich zählen, Laure, ich werde dir helfen. Ich werde dir helfen, meine Laure, ich werde dir helfen... Aber wie? Was muß getan werden?«

»Weggehen. Ich darf nicht bei den anderen bleiben. Vor allem nicht bei dem Verrückten, der alle Fenster geschlossen hat. Er hat überall Angelhaken hingelegt. Hast du sie gesehen? Das ist ein Wahnsinniger, er ist vollgestopft mit Coke wie ein Pulverfaß. Er hat mich immer hier in deinem Zimmer eingesperrt. Er gab mir Dope, damit ich ruhig bleibe.«

»Aber warum hast du es genommen?«

»Weil ich es brauchte, ich bin abhängig, ich hab' es dir doch gesagt. Ich habe auf dich gewartet, um davon loszukommen. Hilf mir, Elsa, nimm mich mit. Ich werde dir alles erzählen. Wir müssen weg.«

»Das geht leicht, ich habe noch nicht mal meinen Koffer aufgemacht. Das Auto ist in der Garage, wir fahren sofort los.«

»Das Auto ist nicht in der Garage.«

»Wo ist es?«

»Es ist in Orly. Ich hatte einen Unfall, es ist dort geblieben.«

Laure hat keinen Führerschein. Elsa fragt nicht, wer gefahren ist. Warum Orly? Seit wann nimmt sie Drogen? Welche Drogen nimmt sie? Sie schweigt. Sie zensiert sich nicht, sie schweigt, weil sie in eine unbekannte Welt gelangt ist, in der sie sich vollkommen fremd fühlt. Sogar Laure ist ihr unbekannt. Sie weiß nicht, wie man in diese Welt eintritt, wie man sich dort verhält, welche Worte man benutzt.

Trotzdem beschließt sie:

»Morgen früh gehe ich das Auto holen, und wir werden sofort danach aufbrechen.«

»Ich brauche Tranxène 50, sonst halte ich es nicht aus.«

»Das ist nicht schwierig, ich kann es sofort holen.«

»Nein, morgen, das genügt. Bis dahin hab' ich Kodein. Ich werde ein Bad nehmen, ich werde schlafen... Er hat mich letzte Nacht hier rausgelassen, weil er wußte, daß du heute zurückkommst. Aber er hat nicht einmal gemerkt, daß das Zimmer, in das er mich eingesperrt hat, auf die Straße geht, im Erdgeschoß. Als er vorhin gegangen ist, hat er hinter sich abgeschlossen, und ich bin durchs Fenster entwischt. Er ist blöd.«

»Warum schloß er dich ein?«

»Wegen des Geldes. Er hat mir die Blankoschecks geklaut, die du fürs Telefon und all das dagelassen hattest. Er wollte nicht, daß ich zur Bank gehe.«

»Ich hatte die Schecks nicht an dich geordert! Ich hatte es vergessen, du erinnerst dich, ich habe sie im letzten Moment unterschrieben, ich war schon spät dran... ich wollte dich anrufen, um dich zu bitten, sie selbst an dich zu ordern... und dann hab' ich mir gesagt, daß du von allein daran denken würdest... Wieviel hat er abgehoben?«

»Ich weiß es nicht.«

Ihr Geld!... Die Abendkurse, die Examen... vor langer Zeit... als Laure noch ganz klein war... die ersten Patienten... der jahrelange, erbitterte Einsatz, sich einen Platz zu erkämpfen... Sie verdient gut. Sie ist stolz darauf. Sie wird nicht darüber sprechen. Sie weiß, daß sie jetzt darüber nicht sprechen darf...

»Das Telefon ist abgestellt.«

»Ach ja? Seit wann?«

»Keine Ahnung. Nicht lange, denn ich habe ja vorgestern noch mit dir gesprochen.«

»Schade, daß sie es nicht früher abgestellt haben. Dann wäre er gezwungen gewesen, diese Rechnung zu bezahlen! Ich hatte ihm gesagt, er soll sie bezahlen... Denn er, er lebt mit dem Telefon. Verstehst du, früher war er ein kleiner, unbedeutender Fixer, er rannte unentwegt durch die Gegend. Seitdem er die Schecks hat, spielt er den Boß. Jetzt dealt er. Er hat seine Anwerber. Seine besten Klienten hat er hier im Haus in Pension gehalten... das, das ging mir auf die Nerven. Deshalb hat er mich auch eingesperrt, damit ich sie nicht sehe. Eines Tages hab' ich einen in deinem Büro gesehen... also, das, nein, das konnte nicht so weitergehen. Ich habe ihm gesagt...«

Sie spricht und spricht. Sie leiert Schreckliches herunter, ohne sich dessen bewußt zu sein. Für sie sind das ganz normale Tatsachen. Elsa begreift nichts davon. Da sind auch eine ganze Menge Worte, die sie nicht versteht. Sie klammert sich an das, was sie verstehen kann: daß viele Leute bei ihr wohnten, daß Laure eingesperrt war... daß ihr Bankkonto in den Händen eines Unbekannten ist... Sie muß einen Weg finden, in ihre Logik, in ihr Vokabular zurückzukehren.

»Aber warum hast du ihn machen lassen? Das sieht dir gar nicht ähnlich.«

»Er gab mir soviel Stoff, wie ich wollte. Er hatte Angst, daß ich weglaufe, daß ich dich informiere... Er überwachte mich.«

»Hast du Angst vor ihm?«

»Nein... Ja... Das ist ein Verrückter. Er nimmt Coke, verstehst du. Er ist verrückt, das macht das Coke. Er nimmt zuviel davon. Er ist so speedy, daß er nicht mehr weiß, was er tut.«

Man hätte meinen können, Elsas Gedankenkreis schrumpfe zusammen. Ihre Welt ist jetzt winzig. Ihre Existenz beschränkt sich auf das, was Laure erzählt: eine Geschichte, die sie entsetzlich findet und die Laure banal zu finden scheint. Und doch ist Elsa überzeugt, daß es keine andere Geschichte gibt, daß diese entsetzliche Banalität Laures Leben ist, daß sie sich dort hineinbegeben muß. Um sich an ihre Tochter anzunähern, hält sie sich an das, was sie kennt, das heißt, an das, was sie während des Tages hier gesehen und erahnt hat.

»Waren darunter auch Kranke?«

»Kranke? Wieso Kranke?«

»Ich habe überall Erbrochenes gefunden.«

»Es gibt Süchtige, die erbrechen... Sie mögen das. Sie sagen, daß sie das reinigt, daß sie das innen reinigt... Heroin macht die Leber kaputt... Ich, nein, ich übergebe mich nicht...«

Heroin! Sie nimmt also Heroin! Das ist die schlimmste aller Drogen!

Elsa schließt die Augen. Das Gefühl kommt wieder, zu fallen, zu gleiten, daß alles zusammenbricht, daß sie keinen Halt findet... Das kommt vielleicht daher, daß sie nichts gegessen hat.

»Hast du Hunger, meine Laure? Hier ist, glaube ich, nichts, ich habe nichts gefunden. Ich kann aber zum ›Drugstore‹ gehen und etwas kaufen, er hat bis zwei oder drei Uhr morgens geöffnet.

»Nein, danke, ich habe keinen Hunger.«

»Du bist mager.«

»Findest du? Nein. Mir geht's gut.«

Laure schmiegt ihren Kopf ins Kissen, sie legt einen Arm um die Taille ihrer Mutter... Elsa betrachtet sie: Mein Gott, wie jung sie ist, wie hübsch, wie klein sie ist!... Laure seufzt:

»Ich hab' mich danach gesehnt, daß du zurückkommst. Was für ein Tag!«

Ja, was für ein Tag! Laure kann sich nicht vorstellen, wie der Tag ihrer Mutter gewesen ist, schon deshalb nicht, weil sie ja gar nicht gesehen hat, in welchem Zustand das Haus war. Elsa begreift, daß sie soeben auf einen rasenden Zug aufgesprungen ist. Woher kommt dieser Zug? Und wohin fährt er?

Wenn sie, Elsa, gewußt hätte, daß sie sich für lange Zeit auf ein permanentes Infragestellen eingelassen hat, das, Stück für Stück, nicht nur an ihrem Verständnis, sondern auch an ihren Hoffnungen, ihren Zielen nagen würde, wenn sie das gewußt hätte, hätte sie sich geweigert, Laure zu helfen?

In dieser Nacht, der ersten Nacht, glaubt sie, obgleich sie nicht weiß, wie sie die Situation anpacken soll, felsenfest daran, daß es ihr gelingen wird, daß sie alles in Ordnung bringen wird, so, wie sie das Haus in Ordnung gebracht hat.

Elsa hat den Ruf, eine gute Psychologin zu sein, sie ist über die Grenzen hinaus bekannt. Sie ist leidenschaftlich an den Verirrungen der anderen interessiert, aber Drogenabhängige hat sie niemals beraten, weil sie sich auf sehr kleine Kinder spezialisiert hat. Sie weiß durch einige ihrer Kollegen, daß Drogenabhängige schwer zu behandeln sind, daß man bei ihnen praktisch nicht sehr weit kommt, daß sie enttäuschend sind. Ihr wird es gelingen. Es wird nicht leicht sein, aber ihr wird es gelingen. Ihr wird es gelingen.

Laure läßt ein Bad einlaufen und schließt sich ein. Das macht sie sonst nie. Sie weiß, daß Elsa sie schön findet, und sie bewegt sich ungezwungen vor ihr, nackt oder in unkeuschem Aufzug, was beide zum Lachen bringt. Sie badet oft hier, weil die Wanne angenehmer ist als die Dusche in ihrer kleinen Wohnung. Gewöhnlich hat sie es eilig, aber das hindert sie nicht daran, jedesmal etwas Dringendes erzählen zu müssen. Sie zitiert ihre Mutter mit lauten Rufen ins Badezimmer. Elsa kommt, sie setzt sich in den Korbstuhl. Laure sitzt in ihrem Schaumbad. Sie sprechen über alles und nichts, sie haben ernste Gespräche, die von Gelächter unterbrochen werden. Sie sind Komplizinnen...

Aber in dieser Nacht hat Laure die Tür abgeschlossen. Alles ist anders.

Elsa braucht Ruhe. Sie muß schlafen, sonst hält sie nicht durch. Sie schlüpft unter ihre Bettdecke, und ohne, daß sie es merkt, fällt sie in tiefen Schlaf.

Die drei Tage

Das Leben von Laure und Elsa während des zweiten, dritten und vierten Tages

Am nächsten Morgen läßt der Entzug, oder vielmehr die Furcht vor dem Entzug, Laure weglaufen.

Die letzten Tage vor Elsas Ankunft hatte sie viel gespritzt, als hätte sie unbewußt noch von der Lage profitieren wollen. Heute nacht hat sie lange geschlafen. Sie versucht nachzuzählen, wieviele Stunden seit ihrem Schuß gestern abend im Badezimmer vergangen sind. Sie weiß es nicht genau, sie weiß weder, wie spät es war, noch, wie spät es jetzt ist. Sie hat den Eindruck, daß viel Zeit vergangen ist. Sie friert, hat ein wenig Schmerzen in den Gelenken. Sie sagt sich, daß sie die Mutter nicht aufwecken will, daß man sie ausruhen lassen muß. Sie beschließt also, zu Chloé zu gehen, die der Verrückte nicht kennt – den will sie nie wiedersehen – und die Kodein haben wird, vielleicht sogar Tranxène oder ein Stückchen Tranxène oder ein Spasmalginzäpfchen... jedenfalls, wenn sie Dope hat, nimmt sie nichts, das ist vorbei, sie nimmt nichts mehr.

Chloé hat nicht viel, nur Kodeinsirup. Laure trinkt das Fläschchen aus. Und dann, gegen vier Uhr nachmittags, ist er gekommen, der Entzug hat sich endgültig eingeschlichen. Sie hat ihn erkannt, obgleich sie ihm noch nie begegnet war. Er war erschreckend. Sie hatte keinen Pfennig. Chloé auch nicht. Laure hat ihr Adreßbuch genommen, und sie hat angefangen, die anderen anzurufen. Nichts. Niemand hatte etwas. Entweder waren sie nicht da, oder sie waren im gleichen Zustand wie sie. Der frühe Nachmittag ist keine gute Stunde für Süchtige, die keinen Stoff haben. Die Angst vor dem Entzug macht sie nervös oder lähmt sie. Die Vorstellung der Folter klammert sich an die Waden, den Nacken, die Haut. Sie werden gereizt, streiten, mißtrauen einander. Nicht möglich, warm zu werden, trotz der übereinandergezogenen Pullover.

Laure kann nicht zu ihrer Mutter zurück. Irgend etwas hindert sie daran, sie kann nicht sagen, was...

Sie muß den Verrückten finden! Sie braucht ihn sofort. Er hat die Schecks, er hat das Geld, er hat alles. Aber sie weiß den Namen der Straße nicht, wohin er sie neulich mitgenommen hat. Sie weiß das Viertel, nicht mehr: in der Gegend der Buttes-Chaumont. Sie wird nie dort ankommen. Sie rennt, sie hat Angst.

Zuerst geht sie bei einer Apotheke vorbei, wo sie einen Angestellten kennt, der ihr Spasmalginzäpfchen gibt, gratis. Während sie sich sofort im Stehen eins einführt, beschäftigt er die anderen Kunden. Als Dank verspricht sie ihm ein Rendezvous, von dem sie weiß, daß sie nicht hingehen wird. Er ist eine jämmerliche Gestalt!

Dann nimmt sie ein Taxi, sie läßt es vor einem Tabakladen halten, den sie kennt, im 19. Arrondissement, in der Nähedes Caméo-Kinos, dort holte sie sich immer Nachschub, bevor sie den Verrückten kennenlernte. »Es dauert nur eine Sekunde, ich kaufe nur schnell ein Päckchen Marlboro.«Das Café ist verräuchert, es ist voller Leute, von draußen kann der Chauffeur nichts sehen. Das weiß sie. Sie macht das nicht zum erstenmal. Sie öffnet eine Tür neben den Toiletten, dahinter ist ein Flur voller Mülltonnen, eine vor Schmutz starrende Glastür, eine Gasse... Das Taxi wird warten!

Sie ist auf der Straße, sie klappert mit den Zähnen, alles tut ihr weh, sie schrumpft zusammen. Das Spasmalgin macht sie benommen, die Sucht nach Heroin versetzt sie in Wut. Die Leute sehen sie an. Alles Schweine.

Als sie endlich etwas aufspürt, ist es sieben Uhr abends. Ihr Körper ist unerträglich. Sie hört den Verrückten, dessen Schritte sich der Tür nähern und der sie öffnet.

»Schlampe, kleine Schlampe!«

Zunächst glaubt sie, daß er sie beschimpft, weil sie weggelaufen ist. Das ist ihr egal! Soll er doch all den Quatsch sagen, der ihm durch den Kopf geht! Ihr ist alles egal, wenn sie nur ihren Schuß bekommt.

»Tut mir leid. Ich mußte zu meiner Mutter. Ich war da, ich bin zurück, wie du siehst. Aber ich habe den ganzen Tag nichts gehabt, ich brauche was, ich bin auf Entzug.«

»Ich hab' nichts, und du kriegst nichts, Schlampe! Das täte dir ganz gut, ein bißchen auf Entzug zu sein, das würde dir Beine machen...«

»Ich flehe dich an...«

Er tobt, er brüllt Zahlen. Sie versteht, daß er zur Bank gegangen ist, um einen Scheck einzulösen, und daß er nichts bekommen hat.

»Sechs Mille. Du weißt, daß mir der Scheck gehört, du selbst hast sie mir ausgestellt. Drei Schecks mit sechs Mille blieben uns noch. Das macht achtzehn Mille! Achtzehn Mille durch den Ofen! Begreifst du das, du Arschloch? Was hast du ihr denn erzählt, deiner Mutter?«

Für Laure ist es klar: Elsa ist bei der Bank vorbeigegangen und hat die noch nicht eingelösten Schecks sperren lassen. Also hat der Verrückte kein Geld mehr, kein Dope mehr!

»Ich habe meiner Mutter nichts erzählt! Wenn sie zur Bank gegangen ist, hat sie's dort ja sehen müssen. Meine Mutter kann nämlich lesen, sie kann zählen. Man braucht es ihr nicht erst zu erklären. Das hat sie ganz allein begriffen.«

»Du schuldest mir achtzehntausend Francs, verstehst du! Zehn Mille und acht Riesen.«

»Ich schulde dir überhaupt nichts.«

Sie hat sich in eine Ecke gestellt, sie schlottert, sie weiß, daß sie kämpfen wird. In ihrem Zustand! Der echte Entzug ist zum erstenmal in all ihre Knochen, all ihre Zellen eingedrungen. Was die anderen über den Entzug gesagt haben, was sie sich selbst darunter vorgestellt hat, ist nichts, verglichen mit dem, was sie empfindet. Sie haßt den Verrückten. Sie ist imstande ihn zu töten.

»Gar nichts schulde ich dir!«

Und, sie weiß nicht warum, aber es tut ihr gut, sie beginnt zu heulen. Heulen, um zu heulen. Heulen, wie ein Hund schauerlich heult. Er packt sie am Arm und schüttelt sie.

»Halt die Fresse! Wir werden die Nachbarn auf'm Hals haben. Ich hab' schon die Bullen auf'm Hals. Du weißt, sie sind da mit ihren Lasern, du weißt, mein Gott, ich bin umzingelt von Bullen!«

»Du bist verrückt! Du hast zuviel Coke genommen, das ist alles. Da sind keine Bullen, da sind nie welche gewesen. Weder bei meiner Mutter noch hier. Du bist speedy bis zum Umkippen, das ist alles. Du bist wirklich paranoid! Mußt du 'ne Menge Coke gefunden haben, um in diesem Zustand zu sein, und du hast nicht mal daran gedacht, mir Stoff zu besorgen. Wer bezahlt dir dein Dope, du Bastard ...«

»Du bestimmt nicht. Du schuldest mir Kohlen!«

Sie springt ihn an, sie prügeln einander, sie ohrfeigen einander. Laure kratzt ihn, beißt ihn, versucht ihm mit dem Knie einen Stoß in die Hoden zu versetzen. Er sieht, daß sie außer sich ist, er versucht sich zu schützen. Sie läuft davon.

Er hat sie nicht einholen können, sie ist flink und gewandt wie eine Katze.

Sie kehrt zu Chloé zurück, die am Abend zweimal für Stoff auf den Strich gegangen ist.

Die Nacht ist schwarz. Paris ist ruhig.

Laure hat gerade gespritzt, sie hatte ihren Schuß, und jetzt ist sie eingesponnen in vollkommenes Wohlbefinden. Sie ist glücklich, sie ist zuversichtlich: Dies ist der letzte. Elsa ist zurück, sie werden alle beide abhauen, und Dope adieu! Es hängt ihr zum Hals raus, hinter dem Stoff, hinter den Kohlen herzurennen, vom Verrückten abzuhängen, zu betteln.

Und doch, in ihrem Dämmerzustand weiß sie etwas, etwas, was man sich nicht eingestehen will. Sie weiß, daß sie dem Heroin auf Gedeih und Verderben ausgeliefert ist... sie weiß es, aber sie gesteht es sich nicht ein. Sie fühlt vage noch etwas anderes, sie fühlt, daß ihre Mutter nichts für sie tun kann, weil sie zu unwissend ist... Wird Elsa sich dessen bewußt werden, wird sie lernen? Und wenn es ihr nicht gelänge, und wenn Elsa ihr nicht helfen könnte? Das ist traurig. Laure weiß Dinge, die ihre Mutter nicht weiß... Sie ist müde... Sie werden es schaffen... das sagt sie sich.

Chloé hat sich bewegt. Wie gewöhnlich ist sie mit der Spritze im Arm eingeschlafen. Laure richtet sich auf und zieht sie heraus. Sie hat beschützende Gesten. Chloé ist nett: Für ihre mauvefarbenen Sandalen hat sie die Dosis mit ihr geteilt. Morgen wird sie barfuß zu Elsa zurückkehren. Das ist unwichtig, es ist nicht weit. Sie zieht die Bettdecke über sie beide. Es ist warm, man fühlt sich wohl bei Chloé. Chloé hat die Zuwendung ihrer Freundin gespürt, sie sucht ihre Hand, findet sie. Die Hand von Chloé ist warm in Laures Hand, ein Vogel hat sich dort eingenistet. Sanft, Hand in Hand, versinken sie im Frieden.

Es ist schönes Wetter. Gestern hätte man gesagt, der Herbst ist da, doch heute ist noch reinster Sommer. Es ist heiß, und im Haus, dessen Fenster heute nacht offen geblieben sind, zirkuliert eine Ferienbrise.

Der Autobus ist wieder abgefahren!
Welcher Autobus?
Der vor meinem Haus hält. Der 89er!

Paris! Laure! Mit einem Satz ist sie aufgestanden, sie schläft noch und ist doch schon auf. Das Unterbewußtsein arbeitet unendlich viel schneller als das Bewußtsein. Wie lange braucht es? Nicht einmal den Bruchteil einer Sekunde, daß, im Augenblick ihres Erwachens, der gestrige Tag an ihr vorüberzieht. Der ganze Tag in den allerkleinsten Einzelheiten und sogar Erinnerungen an davor, kurz davor, New York, Kennedy Airport, Roissy ... Sie schläft nicht mehr, sie bewegt sich, aber der Schlaf behindert sie. Sie ist ungeschickt, stößt sich am Bett, findet ihren Kittel nicht wieder, wie spät ist es? Sie muß ihren Koffer aufmachen, sie muß Tranxène aus der Apotheke holen, sie muß nach Orly fahren, sie muß zur Bank gehen, das Telefon bezahlen. Schläft Laure noch? Elsa darf nicht schlafen, wenn Laure wach ist. Sie muß auf der Hut sein.

Laure ist nicht mehr da! Sie hat in ihrem alten Zimmer geschlafen, das Bett ist benutzt, die Lampe ist noch an, und darunter, im hellen Licht, hat sie in großen Buchstaben auf einen Papierfetzen geschrieben: »Komme gleich wieder.« Von wo wird sie wiederkommen? Wo ist sie, ihre Laure? Sie hätte früher aufwachen müssen, sie hätte nicht schlafen dürfen. Nun ist sie es, die auf dem kleinen Tisch beim Eingang eine Nachricht zurückläßt: »Hole Tranxène und das Auto, bin bald wieder da. Ich liebe dich.«

Sie läuft, sie spricht laut ...

Der diensthabende Beamte auf der Polizeistation im Flughafen von Orly:

»Ah, endlich sind Sie da! Wir haben uns gerade gefragt, ob wir Ihr Wrack noch weiter hierbehalten sollen.«

Wrack! Ein neues Auto, nicht einmal sechs Monate alt! Elsa darf vor allem keine Überraschung zeigen. Der Polizeibeamte darf vor allem nicht merken, daß sie nichts von dem

Unfall weiß. Sie muß vor allen Dingen Laure schützen. Sie ziert sich und führt sich auf wie eine hilflose Frau, die eine Dummheit begangen hat: »Genau in dem Augenblick, als ich das Flugzeug nehmen wollte, hatte ich den Unfall... Ich hatte mich verspätet... Ich fürchtete, das Flugzeug zu verpassen... Deshalb habe ich keine Anzeige erstattet... verstehen Sie, ›man‹ erwartete mich in New York... Ich frage mich immer noch, wie das passieren konnte... ich paß' doch immer auf, ich habe noch keine strafbare Handlung begangen...« Sie hält inne, sie lacht, sie weiß nicht, in welche Geschichte sie sich da einläßt, sie hat Angst, zuviel gesagt zu haben. Sie spielt die Kopflose, die Eilige, sie kann es nicht fassen, daß es ihr so leicht fällt zu lügen und Komödie zu spielen... Sie will, daß die Polizisten »Oh, diese Frauen!« denken, und das scheinen sie auch zu tun, denn sie spielen die Beschützer, und alles wird gut.

»Aber wir haben Ihnen doch einen Bescheid geschickt.«

»Ich bin gerade erst zurückgekommen. Ich hatte mir meine Post nicht nachsenden lassen.«

Sie bezahlt eine Summe, die sie für astronomisch hält, und da steht sie nun vor ihrem schönen, graumetallisé-farbenen R 5 mit den roten Sitzen, dem Radio und was sonst noch dazugehört. Ja, das stimmt, dieser Schrotthaufen ist ihr Auto, das schönste Auto, das sie sich je geleistet hat!

»Seien Sie vorsichtig, wenn Sie nach Paris zurückfahren. Es würde mich nicht wundern, wenn die Lenkung verzogen ist. Ihre Vorderachse... Sie sind wohl voll in die Mauer gerast, was?«

»Voll!«

Der Mann schüttelt den Kopf, als wolle er sagen: »Die Weiber sind doch alle verrückt.« Sie brechen in Gelächter aus. Sie ist vergnügt, sie ist vergnügt... Glücklicherweise springt der Motor sofort an! Sie fährt los.

Das erste, was sie gesehen hat, als sie sich ins Auto setzte, ist eine Spritze auf dem Boden, neben den Pedalen. Sie alberte mit dem Polizisten herum, während die Angst ihr im Nakken saß! Sie hatte Angst, daß auch er die Spritze sieht!

Jetzt schwitzt sie so sehr, daß ihre Hände auf dem Lenkrad abgleiten. Es fällt ihr schwer, nach rechts zu steuern, sie muß sich festklammern, um das Auto daran zu hindern, nach links zu schwenken. Die Steuerung ist verzogen. Sie sollte dieses

Auto, das ein Todesvehikel geworden ist, nicht fahren, aber sie kann es so nicht in einer Werkstatt lassen, zuerst muß sie die Schweinerei darin aufräumen. Der R 5 sieht aus wie die Wohnung, er ist voller Schmutz und Spritzen.

Sie sollte zwei Stunden brauchen, um nach Hause zu kommen. Sie eilt die Treppe in großen Sprüngen hinauf. Hoffentlich hat Laure nicht die Geduld verloren! Später wird sie gehen und einen Leihwagen nehmen.

Laure ist nicht zurückgekommen!

Elsa fühlt sich nicht wohl. Sie glaubt, sie ist zuviel gelaufen, daß es an der Zeitverschiebung liegt und auch daran, daß sie nichts gegessen hat. Seit wann? Seit langem.

Zur Bank gehen, Orly, ein Auto mieten, essen, das Telefon wieder in Gang setzen lassen... Eine einzige Hetzjagd, sie ist schweißgebadet. Ein kaum angebissenes, nach Pappe schmekkendes Sandwich, in den Abfall geworfen. Unmöglich, es hinunterzuschlucken. Sie kann nicht essen, ist kurzatmig. Das alberne Geschwätz. Überall hat sie Lügen erzählt, in Orly, bei der Bank, beim Autoverleiher, bei der Post, in der Apotheke. Warum dieses viele Reden, diese Fülle an unwahren Einzelheiten, an erfundenen Geschichten über ihr Leben? Was hat sie so fantasieren lassen? Sie hat keine Zeit, diese Frage zu beantworten, keine Zeit, darüber nachzudenken. Im Moment sträubt sie sich dagegen, und das Laufen ersetzt bei ihr das Nachdenken. Das Wichtigste ist, daß sie sich beeilt. Zwischen zwei Gängen kehrt sie nach Hause zurück, um Laure Mut zu machen. Laure ist nie da. Jedesmal hinterläßt Elsa eine kurze Nachricht auf dem kleinen Tisch im Eingang.

Der ganze Tag vergeht dabei. Endlich ist das kaputte Auto gesäubert und einer Werkstatt anvertraut, ein weißes Auto steht auf dem Parkplatz, in Elsas Handtasche sind Tranxène, ein Bündel Geldscheine und sogar Travellerschecks... Man weiß ja nie. Verrückt, wieviel Geld in den letzten sechs Wochen ausgegeben worden ist, es ist verrückt. Aber daran darf sie nicht denken, sie darf nicht denken, daß Laure soviel Stoff gekauft hat! Was würde das nützen? Außerdem kennt sie den Drogenpreis nicht. Was würde das nützen? Sie hat versprochen, ihr zu helfen. Was das Geld betrifft, so wird sie schon einen Weg finden. Sie weiß nicht wie, aber sie wird einen Weg finden.

Das Telefon klingelt!

Die sind aber nett, sie haben sofort meine Leitung wieder angeschlossen.

Sie war eingenickt, sie springt auf. Sie läuft in den Flur. Sie hat nicht daran gedacht, den Apparat auf ihr Zimmer zu legen. Sie wußte nicht, daß sie einschlafen würde, sie dachte nicht, daß sie ihre Leitung so schnell wieder anschließen würden. Die Leute bei der PTT sind wirklich nett! Laure ruft an, davon ist sie überzeugt! Hoffentlich läutet es noch nicht lange. Hoffentlich legt sie nicht auf!

»Hallo?«

»Ja, geben Sie mir Laure.«

»Laure!! Sie ist nicht da.«

»Gut, hören Sie, das reicht, geben Sie mir Laure.« Die Stimme dessen, der spricht, klingt so überzeugt, daß Elsa ein Zweifel überkommt: Vielleicht hat sie, ohne es zu merken, tief geschlafen und nicht gehört, wie ihre Tochter nach Hause gekommen ist.

»Warten Sie einen Augenblick, ich sehe nach.«

Das Zimmer ist leer. Alles ist noch genauso wie heute morgen, die Nachricht liegt noch immer unter der Lampe: »Bin gleich zurück.«

»Nein, Laure ist nicht da.«

»Sie wollen mich wohl verarschen, oder was?«

»Hören Sie, Monsieur, ich bitte Sie Ihren Ton zu ändern und anders mit mir zu reden.«

»Ist ja gut, ist ja gut, Sie decken Ihre Tochter, das ist Ihre Aufgabe, aber so leicht kommt sie mir nicht davon, sie schuldet mir Kohlen, eine Menge Kohlen. Das ist eine schöne Schlampe, eine kleine Nutte...«

Das ist der Verrückte! Das ist der, der Laure einsperrt. Er ist verrückt, er spricht wie ein Verrückter. Elsa zittert. Sie legt den Hörer auf.

Sie legt den Hörer auf, und sofort danach nimmt sie ihn wieder ab. Sie ist sicher, daß der Verrückte wieder anruft. Sie muß ihre Gedanken ordnen. Sie hat sich eben von ihrem Gefühl mitreißen lassen, und doch hat sie sich, trotz seiner Aggressivität und seiner Beleidigungen, mit ihm nicht so verloren gefühlt wie mit Laure. Er ist geisteskrank, das kann sie allein an seiner Stimme hören. Geisteskranke hat sie zur Genüge sprechen hören. Ihre Tochter ist ihr fremder als der Verrückte!

Ihr Zeitbegriff hat sich verändert, sie hat nicht mehr den gleichen Rhythmus. Seit zwei Tagen unterscheidet sie nicht zwischen Tag und Nacht, zwischen Schlaf und Wachsein; man könnte meinen, die Zeit vergehe nicht mehr wie vorher, sie hat Längen und Beschleunigungen, die sie an ihr nicht kannte. Auf einmal fragt sie sich, ob sie schon lang neben dem abgehängten Telefon sitzt. Sie hat Angst, die Geduld des Verrückten zu sehr zu strapazieren, sie fürchtet, daß er aufgibt zurückzurufen, und schnell legt sie den Hörer auf seinen Platz: Die Leitung ist wieder intakt.

Wie sie es vorausgesehen hatte, klingelt es wirklich erneut.

»Hallo!«

»Also, ich hab' mehr Geduld als Sie, was? Ich wußte, daß Sie schließlich wieder auflegen würden. Jedenfalls hatte ich beschlossen, so lange zurückzurufen, bis Sie antworten... Wann wollen Sie mir denn nun meine Knete geben?«

Sie nimmt einen verbindlichen Ton an, die beruhigende Stimme derjenigen, die das Sprechen des anderen nicht unterbrechen will, die aber trotzdem einen Weg in dieses Sprechen sucht... Sie ist es gewohnt.

»Hören Sie, Monsieur, soweit ich verstehe, schuldet Laure Ihnen etwas, aber was ich Ihnen schulden soll, das weiß ich nicht. Erklären Sie es mir.«

»Das ist dasselbe. Laure und Sie, das ist dasselbe.«

»In einer Weise haben Sie recht, und trotzdem ist es nicht genau dasselbe. Verstehen Sie, Monsieur, ich weiß nicht, wie ich mich Ihnen gegenüber verschuldet haben könnte...«

»Was soll dies ganze Gequatsche?... So schwierig ist das gar nicht. Ihre Tochter ist süchtig, und sie ist gierig, und dann ist sie auch noch ein verwöhntes Kind: Je mehr man ihr gibt, desto mehr braucht sie... Bald muß man sie direkt von der Spritze an den Löffel anschließen... Seit zehn Tagen schuldet sie mir ihren Stoff... Und das wär's...«

Noch nie hat Elsa einem ihrer Patienten so zugehört wie diesem Mann. Noch nie hat sie jemanden so sehr gebraucht. Es tut ihr weh, so von ihrer Tochter sprechen zu hören, und doch erleichtert es sie. Jetzt weiß sie Dinge, weiß sie Genaueres. Sie läßt ein gewisses Bild von Laure in sich eindringen...

Und die Löffel, sie hatte geahnt, daß die Löffel ... all diese verbogenen Löffel ...

»He, sind Sie noch da?«

»Ja, ja, ich höre.«

Sie tut, als ob ihr all das völlig normal erschiene. Außerdem hat sie gerade einen Entschluß gefaßt:

»Ich höre, und ich glaube, das Beste wäre, Sie kämen bei mir vorbei. Wir werden eine Ebene finden, auf der wir uns einigen.«

»O nein, das bestimmt nicht, ich gehe da nicht hin.«

»Und warum nicht?«

»Es wimmelt von Bullen.«

»Wieso?«

»Haben Sie sie nicht gesehen? Sie umstellen das Haus. Überall sind Bullen ... Nehmen Sie bloß nicht die Angelhaken weg. Lassen Sie alles, wie es ist!«

Er wird schwatzhaft. Er fantasiert. Er ist verschreckt, gehetzt. Die Polizei verfolgt ihn mit Laserstrahlen, sie haben ihn sogar einmal an der linken Wade erwischt. Man sähe noch die Spur, er könne es beweisen.

» ... Übrigens haben sie Sonja unten bei Ihnen geschnappt. Sie hat gesehen, daß sie Laser hatten, sie hat es mir selbst gesagt. Und die drei Musketiere, da ... die drei Venecker ... ich weiß ihre Namen nicht mehr ... sie haben die Bullen neulich abend gesehen, die waren auf der Lauer in ihrer Karre in der Rue de Vaugirard ... Man soll ja nicht denken, ich spinne.«

Elsa ist wieder bei ihrer Manie zuzuhören. Sie läßt ihn sprechen. Satz für Satz versteht sie die Angelruten, die Haufen vor den geschlossenen Fenstern. Die Verwüstung der Wohnung fügt sich in Normen, von denen sie keine Ahnung hatte. Sie merkt sich soviel wie möglich: Worte, Adressen ... Sie weiß, daß er Laure letzte Nacht gesehen hat. Er weiß nicht, wo sie jetzt sein könnte. Er hat sie überall gesucht ... Sie bringt ihn dazu, seinen Namen, sein Alter zu sagen. Er heißt Marcel, ist achtundzwanzig Jahre alt. Er lebt vom Handel mit Drogen, vor allem mit Heroin. Er selbst rührt es nicht an. Er nimmt Kokain, das er schnupft, er spritzt nicht.

Erst der frühe Morgen läßt sie verstummen. Durch das Fenster hat Elsa gesehen, wie sich die Nacht in fahlem Licht auflöst, ihre Kräfte haben sie verlassen. Marcel seinerseits ist mit seinen Worten sparsamer geworden, mißtrauisch. Als warne ihn der neue Morgen vor einer neuen Gefahr. Er weiß nicht mehr, ob die Gefahr die anderen sind, er selbst oder Elsa. Er ist wirr geworden. Er hat noch ein wenig von seiner Mutter gesprochen, die Concierge war in Lyon, eine wirkliche Mutter…

Und dann hat er abrupt das Gespräch abgebrochen, als sei die Herausforderung des heutigen Tages, dieses neuen Anfangs, ihn bedrohend, mit einemmal vor ihm aufgetaucht. Es blieb nur noch das hartnäckige Signal einer unterbrochenen Verbindung. Als Elsa den Hörer auflegte, wurde es Tag. Sie hörte den ersten Autobus, die Straßenfeger. Allmählich belebte sich die Straße. Sie ist dort auf dem Boden eingeschlafen. Sie hat nicht einmal gemerkt, daß sie einschlief. Vielleicht hat sie geglaubt, daß Marcel noch einmal anrufen würde.

Neben ihr liegt ein Blatt Papier, auf das sie Worte geschrieben hat. Sie haben alle mit Drogen zu tun. Eine Art Wörterbuch:

Schuß	Fixe	Dope	Heroin	
Pumpe	fixen	Droge	White Stuff	
Fixer			Schimmel	
			Stoff	
Harry und Charly			Gift	
H und C			Brown Sugar	
flash	fliegen		H	
	drauf sein		Brauner	
	to go down		Snow	
	flash back			
Speed		ein Plättchen		
		eine Platte		
		Bottles		
speedy	cool	Buttons		
clean				
Pusher				
Dealer		Junky	Unze	
		Junk	Zehner	
Deal	Abgang		piece	
	abfahren		key	
	breitsein			Overdose
	aufgepumpt sein			o.D.

DER ENTZUG

Beim Aufwachen dachte Laure an die Spasmalginzäpfchen, die noch in ihrem Handtäschchen waren, das sie unter dem Kopfkissen versteckt hatte. Sie läßt ihre Hand hingleiten. Uff! Sie sind da, sie hat Angst gehabt! Hier bei Chloé muß man alles verstecken, sonst riskiert man, sich nach einem Trip nackt und bloß wiederzufinden. Das ist normal, gegen Stoff kann man alles, aber auch alles eintauschen. Alles kann etwas wert sein, alles kann ein Tausendstel Milligramm Stoff oder auch nur ein Stäubchen Stoff wert sein, man weiß nie ... Zum Beispiel spielt man Karten, man gewinnt hoch, man kann zu dem, der eine Packung Spasmalgin hat und verliert, sagen: »Ich geb' dir meine Punkte gegen ein Zäpfchen.« Das ist ein Handel wie jeder andere, das kann klappen ... man kann es immer versuchen, man weiß nie ... Vier Spasmalginzäpfchen, das ist immerhin etwas, wenn man nichts hat ...

Sie ist in einem jämmerlichen Zustand. Ihre Moral ist auf dem Nullpunkt. Elsa darf sie nicht so sehen.

Jetzt, wo der Entzug nicht länger ein Schreckgespenst ist, das die anderen heraufbeschwören, jetzt, wo sie begonnen hat, ihn am eigenen Leib zu erfahren, hört sie nicht auf, daran zu denken, hört sie nicht auf, darüber zu sprechen. Bei Chloé gehen viele Leute ein und aus. Da sind die, die kommen, um zu fixen, und die, die nichts haben, die hoffen, daß man ihnen etwas abgibt. Die vor allem, die Armen, die auf Turkey sind. Bei Chloé ist Dope rar. Sie warten. Laure erzählt ihnen von ihrem Streit mit Marcel. Von ihrer Qual. Sie hören zu und erzählen ihre Erfahrungen. Laure versteht, daß sie das Schlimmste noch nicht durchlebt hat! Sie weiß nicht mehr, ob sie fähig sein wird, davon loszukommen ...

Sie sind zu dritt oder zu viert oder fünft, die warten, in diesem Winkel der Stadt. Eine Art baufällige Hütte, die Chloé besetzt hat. Ein Loch. Eine Kloake. Ein Zufluchtsort. Eine mit Kissen, mit gemusterten Tüchern verkleidete Lasterhöhle. Die Risse in den Mauern dienen als Halterung für Sandelholz-, Räucher- und Patschulistäbchen, deren abgebrannte Stengel in rot angesengten Bündeln steckenbleiben, aufgerichtete Stacheln der Träume von gestern und vorgestern, Zeugen lodernder Trips. An die Fenster geklebt, um die zerbrochenen Scheiben zu ersetzen, Poster von Gruppen, Frauen, Männern, deren amerikanische und englische Stimmen jene besingen, die sich hierher geflüchtet haben. Zwischen den Rest der Welt und sich haben sie den Areopag ihrer sagenumwobenen älteren Geschwister in Glanzpapier geklebt, deren legendäre Entzüge und Überdosen als Vorbilder für ihre bescheidenen Geschichten als Junkies des 14. Arrondissements dienen. Geniale Brüder und Schwestern aus Kalifornien und New York, London und Berlin, die gleichen Venen, das gleiche Blut. Die Musik und die Worte von Jimmy, von Janice... Tag und Nacht wiedergekäut, um sie in der verlassenen Zelle, wo sich ihr Leben in Zeitlupe abspielt, zu beruhigen, luftdicht abzuschließen. Tote als Beschützer. Veteranen, die endlich von der großen Angst erlöst sind. Unermüdliche Wächter, deren schwarze, pralle Herzen, deren lange, braune Blutgefäße kreisen, vorbeiziehen, dort in dem Loch, welches die Bulldozer momentan noch freigelassen haben.

Marcel kennt diesen Schlupfwinkel nicht, Laure ist dort sicher. Hier gibt es nur die Echten, keine Verrückten, die der Chimäre des Kokains und seinem wertlosen Feuer ausgeliefert sind. Nichts als Pilger, die langsam bei Kerzenlicht in feierlicher Prozession durch den Schnee ziehen. Hier gibt es nur die tiefen, seltenen Seufzer des Heroins, die die Flammen flackern lassen, die an den Löffeln lecken. Bei Chloé ist das Glück absolut, wenn jeder seine Dosis hat und sich in seinen privaten Frieden versenkt. Aber das geschieht nicht häufig. Hier kreisen Haschisch, Zäpfchen, Pillen und Sirup häufiger als Schnee. Schnee ist teuer, sehr teuer. Um sich welchen zu besorgen, muß man einbrechen oder auf den Strich gehen, und manchmal hat man keine Lust darauf, hat man dazu keine Kraft.

Laure gibt nicht zu, daß sie vom Heroin abhängig ist, sie streitet es ab. Sie nicht, nein, sie nicht. Sie nimmt welches, aber sie ist nicht abhängig. An dem Tag, wo sie entscheidet, daß Schluß sein soll, wird Schluß sein. Aber gestern abend war da der Entzug...

Gerade ist Alex vorbeigekommen, er hatte guten, wirklich guten Stoff. Er hat Laure Kredit gegeben. Er kennt sie schon lange, schon von vor Marcel. Er hat sie zu einer Zeit kennengelernt, wo sie ein wenig Coke schnupfte, wie die Kinder der Reichen. Aber sie, Laure, ist kein Kind reicher Eltern, sie ist eine Draufgängerin. Alex mag dieses eigensinnige Mädchen.

Zu einem bestimmten Zeitpunkt hat sie derartig viel geschnupft, daß sie nicht mehr schlafen konnte, und nur, weil sie tausend Sachen auf einmal machen wollte: ihre Filmschule, Sport, Musik, und sie ihre Nächte in Nachtlokalen mit Tanzen und Singen verbrachte und eine Band gründen wollte... kurz, vor lauter Speed konnte sie überhaupt nichts mehr machen. Er war es, der ihr gesagt hat: »Nimm ein wenig Schnee, das macht dich ruhig.« Später hat er erfahren, daß sie seinem Rat gefolgt und auf Heroin umgestiegen war, daß sie zu fixen begonnen hatte, aber er hatte sie aus den Augen verloren.

Er ist froh, seine Kunden wiederzusehen. Er weiß, daß Mutter Labbé Geld hat. Er ist sicher, daß man bei ihr Geld eintreiben kann. Mütter zahlen immer, mit den Vätern ist es etwas anderes...

»Ohne Spaß, du wirst doch zahlen.«

»Ohne Spaß, Alex. Vor allem, wo ich aufhören will. Das ist die letzte, danach geh' ich zu meiner Mutter zurück. Sie wird mir was geben, um dich zu bezahlen, mach dir keine Sorgen.«

»Geh'n dir nicht die Muffen aufzuhören?«

»Ach, 'n bißchen schon.«

»Weißt du, ich krieg' Panik, wenn ich an Entzug denke. Deshalb kann ich nicht aufhören, mir gehen furchtbar die Muffen.«

»Ich weiß. Neulich abend ging's mir ganz schön dreckig... Aber das kann nicht so weitergehen...«

»Bei dir wundert mich das nicht, du hast Mut. Hast recht... das wird teurer und teurer... und dann... aber wenn du deine Meinung änderst, du kennst ja meine Telefonnummer.«

»Ich werde meine Meinung nicht ändern... Du weißt, ich kann was aushalten. Ich habe für Wettkämpfe trainiert. Ich war Schwimmeisterin...«

»Wettkämpfe, was für ein Quatsch, he! Gewinnen, gewinnen. Was gewinnen, wofür gewinnen? Der erste, der letzte, was heißt das schon! Das ist doch faschistisch. Wenn man dran denkt, diesen ganzen Blödsinn, den man uns in den Kopf gestopft hat, ist doch verrückt...«

»Das ist verrückt! Stunden und Stunden diese Längen im Becken zu schwimmen. Die Augen, die vom Chlor brennen, die Haare, die vom Chlor aufgebauscht sind. Und der Trainer, was für ein Idiot! ... All das für eine Medaille, die noch nicht mal aus Gold ist.«

»Du willst sagen, all das, um dich an Gehorsam zu gewöhnen. Um dich zum Militär zu schicken, in den Krieg, ›eins, zwei, eins, zwei, rechts um, links um!‹ wie man dich fünf Kilo Kartoffeln kaufen schickt ... Ich, weißt du, ich hätte gern ein großes Motorrad ... weißt du, die neuesten Yamahas ...«

»Wie die, die wir letztes Jahr an der Bastille gesehen haben, erinnerst du dich?«

»Ja, genau so eins, aber das letzte Modell.«

»Sei bloß still, das ist ja toll! ...«

»Wenn ich eine hätte, weißt du, dann würde ich abhauen, meine Laure. Wenn du willst, nehm ich dich mit. Wir würden an den Strand in die Sonne gehen.«

»Auf die Bahamas.«

»Wo ist das denn?«

»Ich weiß nicht, da ist es schön, ich habe Fotos gesehen.«

»Also gut, ich würde dahin fahren. Ich würde mich unter den Kokospalmen auf die faule Haut legen, und vom kleinen Alex würde man in Paris nichts mehr hören, das kann ich dir sagen. Du siehst, wenn ich abhauen könnte ... Ciao, salut, Kumpels und auf Wiedersehen Frankreich! ...«

»Warte, warte, ich höre Chloé kommen. Gib mir den Stoff, ich will ihr nichts davon abgeben. Verstehst du, sie beutet mich aus, sie profitiert, wo sie nur kann. Sie hat mir heute nacht meine mauvefarbenen Sandalen geklaut. Dieses Mädchen würde sogar einen Regenwurm rupfen, wenn sie nur könnte.«

»Sie ist trotzdem sehr nett.«

»Sie kotzt mich an, ich will ihr nichts abgeben.«

»Ach so. Na gut, ich muß jetzt los.«

»Wohin gehst du?«

»Ich werd rumlungern. Ich weiß nicht.«

Alex schafft an beim »Drugstore« Saint-Germain. Laure weiß das. Außerdem macht er keinen Hehl daraus, alle Welt weiß es. Sie, sie hat Elsa, er hat lauter Schneemänner, Weihnachtsmänner, wie er lachend sagt.

Erschöpfung und Angst haben Elsas Widerstandskräfte gebrochen. Sie hat seit ihrer Rückkehr nichts oder fast nichts gegessen. Vielleicht liegt es daran, am Fasten, daß sie unaufhörlich weint, sie ist ein umstelltes Wild, das, vor dem sie geflohen ist, verschlingt sie nun. Man müßte ihr helfen, sie müßte ihre Angst mit jemandem teilen, alles ist zu schwer! Aber was mit ihr geschieht, ist sehr persönlich, tiefgreifend. Wer könnte das mit ihr teilen? Ihr ist nicht danach, mit ihren Eltern zu telefonieren, sie würde ihnen nur weh tun, ihre Enttäuschung wäre unerträglich, sie haben ein solches Vertrauen zu ihr, sie sind so stolz auf sie, so stolz auf Laure...

Sie denkt die ganze Zeit an Jacques. Man könnte glauben, er sei da... Als er starb, war er wie sie zweiundzwanzig Jahre alt, so alt wie Laure jetzt... Was soll's, er ist tot, sie wird ihn nicht wieder lebendig machen...

Oft kauert sie auf ihrem Bett. Das Unglück hat sie leer gemacht, es hat ihre Gedankengebäude weggefegt. Sie ist zerbrechlich, gefügig, leicht zu nehmen, wie am Anfang... Jacques war sehr groß und blond und auch schlank. Wenn er sich bewegte und wenn er sprach, so tat er das in der Art eines freien Mannes. Er roch nach Freiheit, das war sein Geruch. An manchen Tagen, wenn sie glaubte, er entgleite ihr, fand sie, daß er nach Freiheit roch: es war der Geruch der Straßen in der Nacht, die er mit großen Schritten durchmaß, weil es kalt war und er nie einen Pfennig hatte, um die Metro zu bezahlen. Ein gefährlicher, zarter streunender Kater... Sie liebten sich.

Und dann gleich, viel zu schnell, ein Kind und der Krieg. Der Krieg und Briefe. Was für ein Krieg! Was für Briefe!

Er schrieb ununterbrochen, von da, wo er gerade war, aus den Felsen des Rif-Gebirges, aus dem Lagerleben, inmitten trinkender, schnarchender Burschen... Er schrieb auf dem Papier, das er gerade fand. Manchmal sogar schräg auf Elsas Briefen, das war schwer zu lesen... Zu Beginn schrieb er, er würde nach Südamerika fliehen und sie nachkommen lassen. »Wenn es Euch nicht gäbe, würde ich noch heute abhauen ...« Und dann, je mehr Zeit verging, desto weniger hatten die Worte mit ihr zu tun. Es war nur noch die Rede von militärischem Quatsch, von der sinnlichen Gier des Kolonialismus, von der dämlichen Macht, von der bestialischen Macht, von der blödsinnigen Macht. Über ihr Kind, über sie, nichts oder beinah nichts mehr, vor der Unterschrift lediglich eine liebevolle Floskel, ein einsames JACQUES, nicht einmal unterstrichen oder abgekürzt.

Eines Tages hat man ihr mitgeteilt, daß er tot sei. Sie hat nicht gefragt, auf welche Weise es geschehen ist. Getötet, das ist alles.

Jacques' Tod... Er hatte sie einige Wochen lang aufgewühlt... nicht einmal, einige Tage, zwei Wochen lang... und dann war er ihr entglitten... Einmal hatte ihre Schwiegermutter zu ihr gesagt: »Lange wird mein Sohn von Ihnen nicht beweint werden.«

Sie hatte Arbeit gesucht. Auf keinen Fall wollte sie von ihrer Familie unterhalten werden, die Witwe spielen, in Aix, mit ihrem Kind... Jacques mochte es nicht, wenn man ihm half, er war unabhängig. Sie würde ihre Tochter in Unabhängigkeit aufziehen. Das war der Grund, den sie angegeben hatte, um nach Paris zurückzugehen: Sie würde die Tochter von Jacques in Unabhängigkeit aufziehen... Sie hat eine Arbeit als Sekretärin gefunden und ihr Studium wieder aufgenommen, abends, in Fernkursen. Das hat seine Zeit gedauert, aber sie hat ihre Diplome bekommen. Zuerst hat sie ihren Beruf in einer Ambulanz der staatlichen Fürsorge ausgeübt und dann bei einem Kollegen. Danach hat sie ihre eigene Praxis eröffnet. Die Patienten sind gekommen. Sie hat ihre eigene Methode entwickelt, die »Labbésche Methode«, »deine Kritzelmethode«, wie François voller Respekt sagt... Tag für Tag hat ihr Beruf sie ein wenig mehr interessiert... Laure war unkompliziert. Sie hatte keine Schwierigkeiten mit ihr...

Sie hat nicht genug an Laure gedacht, sie hat zuviel an sich gedacht... sie hat nicht um Jacques getrauert...

... Das mußte ihr passieren, es mußte zum Ausbruch kommen. Die anderen strengen sich derartig an, um ihr Leben aufzubauen! Sie, nein, sie hat sich nicht so sehr angestrengt, den Ausdruck würde sie nicht verwenden. Sie würde eher sagen, daß sie sich, so gut sie konnte, durchgeschlagen hat und daß es gut ausgegangen ist... Und doch mußte sie eines Tages bestraft werden, es mußte so kommen, daß es über sie hereinbricht, das Drama, das schlimme Leben...

Elsa hat die Augen geschlossen. Ihre Tränen haben beim Trocknen einen dünnen, glänzenden Film gebildet, der ihre Wangen und Mundwinkel reizt. Sie reibt sich das Gesicht. Sie wird nicht schlafen, trotz ihrer Müdigkeit, sie weiß, daß sie nicht schlafen wird. So wird sie verharren, zutiefst erschöpft, geschlagen, in ihre Fehler geduckt, und auf Laure warten. Ihr bleibt nichts anderes übrig...

Sie schwebt. Sie ist nicht da, sie liegt dort ausgestreckt, das ist alles.

... Eine kleine Achtjährige geht zur Beichte, allein, in die Kathedrale neben ihrem Haus, in Aix. Der mit großen Steinplatten gepflasterte Seitengang ist eine überdachte Gasse, wo die geringste ihrer Bewegungen Lärm macht. Sie ist so jung, so klein und zart, wie kann sie soviel Lärm machen, so wichtig sein? Die Kälte senkt sich auf ihre Schultern, sie hat das Gefühl, daß sie sie in den Granit hineindrückt. Sie fühlt sich zerbrechlich und unbedeutend, verglichen mit den Säulen, an denen sie vorübergeht und die ihre schweren Kapitelle hochstemmen. Der Beichtstuhl ist fern, am anderen Ende des Kirchenschiffs, hinter dem Chor. Sie schreitet voran im leeren Schatten, der vom Geruch nach Weihrauch und fauligem Wasser erfüllt ist. In der Einsamkeit knarrt ein Stuhl, eine Kehle räuspert sich, ein Seufzer entweicht. Sind da Leute? Sie sieht sie nicht. Leben die Steine? Warum muß sie zur Beichte gehen, draußen ist so schönes Wetter. Am Ende dieser abscheulichen Wanderung wird die Litanei ihrer Sünden sein. Sie wird gestehen. Sie wird aufsagen, daß sie imstande ist, vom frischen Krapfenteig zu naschen, daß sie sich gern vom kleinen Nachbarn von unten im Treppenhaus an der Hand nehmen läßt, daß sie lieber den Baum im Garten ansieht, anstatt ihr Zimmer aufzuräumen, daß sie bei Tisch absichtlich gähnt, während der Großvater spricht, weil er sie langweilt, daß sie eine unschuldige Miene aufsetzt, wenn ihre Mutter sie deswegen streng ansieht... Gefräßig, lasterhaft, verlogen, scheinheilig und respektlos!

Elsa weiß, daß Laure nicht nach Hause kommen wird, daß sie in der Stadt ist, anderswo. Ein Anderswo, dessen Beute und Geliebte sie in gleichem Maße ist.

Wo ist Laure? Was hat sie während dieser ganzen Zeit getan? In Elsas Kopf drehen sich tausend Worte in der Sekunde. Wirbelnde Gedanken hinter ihren geschlossenen Lidern und Lippen.

Oft schaut sie zum Wecker, um festzustellen, daß die Zeit vergeht. Ohne die Pfeile der Zeiger, die sich geringfügig von der Stelle bewegen, wüßte sie es nicht. Für sie ist die Zeit stehengeblieben. Laure ist nun schon lange fort. Es ist Nacht. Glücklicherweise ist es Nacht. Lügen nicht nötig. Büros geschlossen. Straßen leer.

Laure ist dem Heroin auf den Leim gegangen, sie ist seinem Charme, seinem Zauber erlegen. Sie ist vernünftig, sie will aufhören zu spritzen, übrigens wird sie aufhören, jede neue Spritze ist die letzte.

Noch eine, und dann ist Schluß, ich habe kein Geld. Noch eine, und dann ist Schluß, ich werde keine Angst vor dem Entzug haben. Nach dieser hier ist Schluß, ich werde in Form sein, wenn ich zu meiner Mutter zurückkehre.

Nach dieser wird sie wieder zu Elsa gehen und von all dem frei sein, sie wird keine Entzugsprobleme, keine Geldprobleme haben. Sie hat Vertrauen in ihre Mutter, einmal mehr wird Elsa alles in Ordnung bringen. Wie früher.

Seitdem Laure in die Falle gegangen ist, läßt sich die Zeit nicht mehr in Tage, in Stunden teilen, sie teilt sich in Tagesrationen. Eine Dosis nach der anderen, das bedeutet Zeit. Und von einer Dosis zur anderen ist nicht viel Zeit, nur der Flash, einige Augenblicke. Das übrige Sein, das ist nicht Zeit, sondern das langsame Runterkommen, das ist anfangen, an die nächste Dosis zu denken, mit dem Entzug auf den Fersen dem Stoff hinterherrennen. Eine Dosis, ein Schmachten, eine Spanne Unruhe, ein Block von Angst, eine Dosis ... Das geht schnell vorbei.

Laure macht sich nicht klar, daß es so schnell vorbei ist. Sie ist noch nicht lange abhängig, erst seit diesem Sommer. Bevor sie Marcel traf, hat sie sich nur von Zeit zu Zeit, aus Angeberei, nur zum Spaß, einen Schuß gesetzt, nie, weil sie es brauchte. Davor war sie sich nicht der alles verschlingenden Gier des Heroins, seiner maßlosen Forderungen bewußt. Jetzt sitzt ihr das Heroin unter der Haut, sie ist gefangen. Sie ist einer so zwingenden Logik, einem so gewaltigen Druck unterworfen, daß sie vergessen hat, wie es draußen ist. Sie stellt sich nicht vor, was Elsa durchlebt. Sie kann es nicht. Sie merkt nicht, daß drei Tage vergehen.

Während dieser drei Tage weiß Elsa nicht, was sie mit der Zeit anfangen soll. Sie ist abhängig von ihrer Tochter, die nicht da ist, die verlorengegangen, die vielleicht tot ist. Wie diesen Stillstand ertragen, wie diese Machtlosigkeit leben?

Ihr Unwissen und ihre Unfähigkeit sind angesichts dieser Leere so groß, daß sie manchmal an die Polizei denkt. Sie benachrichtigen, daß ihre Tochter verloren ist, daß man nach ihr sucht, damit man ihr hilft, sie zu finden. Aber sie tut es nicht. Ihr langes Gespräch mit Marcel hat sie über eine parallel verlaufende Welt unterrichtet, die anderen Gesetzen unterliegt. Die Polizei ist genauso wie sie, sie würde kein bißchen mehr tun als sie, die Polizei und sie sind nicht in Laures Welt, sie befinden sich außerhalb von Laures Gesetz. Das ist das einzige, was Elsa jetzt weiß, daß eine andere Welt existiert, hier, in Paris, aber wo diese Welt ansiedeln, wie dorthin gelangen? Sie weiß es nicht.

Deshalb organisiert sie weiter, räumt sie weiter auf, putzt sie weiter. Diesmal befaßt sie sich mit der Wohnung ohne Erregung, hartnäckig, so wie sie ihre Forschung, so wie sie alles in ihrem Leben betrieben hat. In dieser minutiösen, systematischen, beinahe akademischen, strebsamen, jedoch neugierigen Art, die ihr eigen ist, die Organisation der Süchtigen, die hier lebten, ans Licht zu bringen, sie versucht, ihren Rhythmus, ihre Bedürfnisse zu erraten. Sie gewöhnt sich an den Gedanken, daß sie darin leben wird, mit dieser Logik, mit diesem Willen. Welche Logik? Welcher Wille? Sie wird lernen und verstehen müssen, sonst kann sie Laure nicht helfen.

Elsa hat vielen Kindern auf diese Weise geholfen: indem sie in ihre Unordnung eindrang... Aber sie drang dort nur für die Dauer der Sitzungen in ihrer Praxis oder im Gesundheitsamt ein, und später in der Stille ihres Büros, während sie die Informationen studierte, die ihr der jeweilige Patient geliefert hatte. Hier jedoch, um ihrer Tochter zu helfen, wird sie rund um die Uhr in Laures Unordnung eindringen. Diese Unordnung wird ihre Ordnung werden. Es wird ihre ausschließliche Beschäftigung sein ... Das ist ihr Plan. Wenn sie es anders handhabt, wenn sie versucht, gleichzeitig ihre Arbeit und die Rettung ihrer Tochter zu betreiben, wird sie schlecht arbeiten und sich schlecht um Laure kümmern. Sie kennt sich... Sie muß wählen zwischen ihrer Arbeit und ihrer Tochter, zwischen sich selbst und Laure; sie wählt Laure.

Während dieser drei Tage, in denen sie ihre Abwesenheit vorbereitet, läßt sie es zu, daß ihr Leben ganz von selbst in eine andere Richtung umschlägt. Sie handelt ihrem Instinkt gemäß. Manchmal denkt sie, sie werde verrückt, aber das ändert nichts an ihrem Entschluß. Ihre Existenz, die, die sie aufgebaut hat, ist hier zu Ende, denn sie kann sie nicht fortsetzen.

Sie ruft Professor Greffier an. Sie läßt ihn wissen, daß sie vorübergehend ihre Arbeit mit ihm unterbricht. Sie gibt keine Erklärung ab. Er beharrt darauf, eine zu bekommen. Sie spricht kühl, sie sagt, daß sie, sobald sie könne, bei ihm vorbeikommen werde... sie wisse nicht, wann.

Sie schickt ihre Patienten zu einer ihrer Kolleginnen, einer Person, die ihre Forschung Schritt für Schritt verfolgt, eine Schülerin gewissermaßen. Sie erzählt ihr, daß sie sich ein Forschungsjahr nehme: »Ich muß mich weiterbilden. Ich muß in meinen Studien weiterkommen, bevor ich meine Patienten wieder aufnehme... Ich weiß nicht, ob ich in Paris bleibe oder woandershin gehe... Ich will nichts voraussagen...«

Sie bestellt Jacqueline, ihre Sekretärin, zu sich, der sie dieselbe Geschichte erzählt. Sie sagt, daß sie gemäß dem von ihr erstellten Arbeitsplan entweder in drei Monaten ihre Praxis wieder aufnehmen oder Jacqueline wieder frei sein werde... Gemeinsam planen sie ein System für die telefonischen Anrufbeantworter: einen bei ihr, um die Anrufe zu Jacqueline zu dirigieren, einen zweiten bei Jacqueline... Es werden Papiere zu unterzeichnen sein... Sie wird anrufen, sie wird Nachrichten zurücklassen, sie weiß nicht, wo sie sein wird...

Jacqueline kennt Elsa gut, sie glaubt kein Wort von dem, was sie erzählt, aber sie stellt keine Fragen. Sie ist untröstlich. Es herrschte eine solche Vertrautheit zwischen ihnen, sie verstanden einander so gut, sie arbeiteten so gut zusammen... Sie nimmt mit, was von den Akten, der Kartei und vom Terminkalender übriggeblieben ist. Sie fragt sich, was während der Ferien geschehen ist, warum eine solche Unordnung. Aber auch hier stellt sie keine Fragen. Sie nimmt alles mit: ein wahrer Umzug, dreimal hin und zurück. Elsa zerreißt es das Herz. Sie fährt nervös, ohne zu sprechen. Man könnte denken, sie wolle Jacqueline vor die Tür setzen, sich ihrer so schnell wie möglich entledigen. Im letzten Moment fragt Jacqueline: »Gibt es irgend etwas, was ich für Sie tun kann?« Elsa schüttelt den Kopf und fährt sofort davon. Sie hat Angst loszuweinen, und als es vorüber ist, ist sie erleichtert, sie ist frei.

Sie liest jeden nur möglichen und denkbaren Bericht über Drogen und Süchtige. Sie ruft ihre Kollegen unter dem Vorwand an, sie habe einen Fall... Auf diese Weise erfährt sie, daß der Prozentsatz von Heroinsüchtigen, die davon loskommen, winzig ist. Winzig: zwei Prozent hat der eine gesagt, fünf Prozent hat ein anderer gesagt... ein einziger hat zwanzig Prozent gesagt... Sie wird es schaffen. Sie klammert sich an diese Gewißheit.

Noch viele Sachen sind zu bedenken. Das Geld vor allem. Wie lange wird sie fortbleiben? Sie hat keine Ahnung. Wie lange wird sie ohne zu arbeiten durchhalten können? Zwei Jahre, wenn sie vorsichtig ist. Vielleicht vier Jahre, wenn sie Laures kleine Wohnung verkauft? Glücklicherweise ist da noch die Erbschaft von der alten Tante aus Marseille!

Zuerst läutete das Telefon oft. Am anderen Ende der Leitung unsichere, höfliche, zu langsame Stimmen, die sich Mühe gaben, deutlich zu sprechen.

»Ich würde gern mit Laure reden.«

»Laure ist nicht da.«

»Und Marcel?«

»Marcel auch nicht.«

»Und Sonia, ist sie da?«

»Ich weiß nicht, wer Sonia ist.«

»... Wer bist du?«

»Ich bin Laures Mutter.«

»Verzeihen Sie, Madame...«

Nach zwei Tagen läutet das Telefon nicht mehr, oder fast nicht mehr. Elsa begreift, daß Laures Welt sich verschlossen hat. Sie bedauert es. Sie nimmt es sich übel, zuerst so kühl geantwortet zu haben, sie hätte sie zum Sprechen bringen müssen. Wenn jetzt ein Anruf kommt, versucht sie, mit anderer Stimme, in einem anderen Ton zu sprechen... aber das zieht nicht. Sie beginnt eine gewisse Sympathie für Marcel zu empfinden... wenn er doch wenigstens... Aber er ruft nicht an. Hat er Laure wiedergefunden?

Sie denkt nur daran, an solche Dinge, ihr eigenes Leben interessiert sie nicht mehr. Sie hat ihre Angelegenheiten geregelt, das gehört der Vergangenheit an, das war früher. Sie wird ihre Tochter retten, das ist es, was sie sich sagt. Anders analysiert sie die Lage nicht. Warum würde sie sonst so handeln, wie sie handelt? Für wen? Jedenfalls nicht für sich... Sie ist im Vollbesitz ihrer Kräfte... vollkommen ausgeglichen...

Sie geht nicht mehr aus, telefoniert nicht mehr.

In ihrem ganzen Leben hatte Elsa niemals gewartet. Das heißt, sie hatte ein Kind erwartet, auf die Examensresultate gewartet, in der Schlange der Kunden beim Schlachter, beim Bäcker gewartet, gewartet auf den Autobus oder einen Zug... Das Ende ihres Wartens war immer absehbar gewesen. Sie hatte einfach zu warten, es würde nach sechs Monaten, in zwei Wochen, in fünf Minuten vorbei sein... ein wenig Geduld, das war alles. Sie wartet also, wie sie noch nie gewartet hat. Sie wartet auf alles.

Die Wohnung ist aufgeräumt. Nicht ein Staubkörnchen ist mehr wegzuwischen. Nichts mehr zu tun. Sobald Laure zurück sein wird, werden sie losfahren. Dieses Mal wird sie nicht einschlafen.

Sie ist in einem Niemandsland, in einer Zwischenzone, zwischen zwei Leben. Sie wird nicht lange in dieser Lage bleiben können.

Elsa hat keinerlei Gewalt über die Zukunft, weil sie nicht weiß, worauf sie wartet. Sie schlägt in der Leere um sich, kämpft gegen das Nichts. Und wenn sie sich darüber klar wird, daß sie sich vergeblich aufregt, ist Laures Abwesenheit noch viel größer, und ihr Tod gegenwärtig. Sie weiß, daß eine Spritze zuviel genügt...

Im Laufe der vierten Nacht denkt sie plötzlich an François, weil Stille und Untätigkeit sie verschlingen und sie es nicht mehr erträgt. Sie hat seit ihrer Rückkehr nicht mehr an ihn gedacht. Sie kennen sich noch nicht lange und sehen einander selten, und doch ist es so, als würden sie einander schon ewig kennen. Zwischen ihnen herrscht Einverständnis und Zärtlichkeit. Sie wissen, daß sie zwei Einzelgänger sind, und wenn sie zusammen sind, so ist es, als würden sie ihren Gewohnheiten einen Streich spielen, sie tun so, als wären sie ein Paar, als lebten sie zusammen, darüber müssen sie lachen. Muß sie durcheinander sein, François so völlig zu vergessen... In diesem Augenblick ist es in New York gerade Abend, er wird vielleicht zu Hause sein, das paßt gut. Der Gedanke, daß sie ihn anrufen wird, füllt die Leere.

Sie setzt sich hin, nimmt ein Päckchen Zigaretten, einen Aschenbecher, stellt das Telefon neben sich auf das Bett. Sie weiß die Nummer auswendig. Egal, was es kostet. Außerdem, zu dieser Stunde gilt der Nachttarif. Sie wählt die Nummer, die Leitung ist besetzt. Das ist ein gutes Zeichen, das beweist, daß er zu Hause ist. Die Amerikaner und ihr Telefon! Was würde aus diesen Leuten, wenn sie das Telefon nicht hätten.

Sie erinnert sich an ein riesiges Plakat in der Ankunftshalle des Flughafens von Dallas. Das Foto eines Cowboys in einer Telefonzelle. Er stand lässig, extrem sexy da. Er war ganz vertieft in sein Gespräch, man spürte, daß er dabei war, eine Frau zu verführen oder ein gutes Geschäft abzuschließen. Unten auf dem Plakat, in großen, roten Buchstaben: *When I'm not on a horse, I'm on the phone* – »Wenn ich nicht gerade auf dem Pferd sitze, häng' ich am Telefon«. Werbung fürs Telefon...

Elsa zuckt mit den Schultern. Sie fragt sich, ob es richtig ist, François anzurufen. Sie wählt die Nummer noch einmal: Es läutet in New York. Und sehr schnell, ganz nah, die Stimme von François.

»Hey.«

»Hallo, François!«

»Oh! Hallo, Elsa! Wie geht's? Aber wie spät ist es denn?«

»Es ist zwei Uhr morgens.«

»Du kannst wegen der Zeitverschiebung nicht schlafen und denkst an deinen alten François, das ist es doch, oder? Ist deine Reise gut gewesen?«

»Sehr gut, wie immer, weißt du. Nichts besonderes.«

»Und Paris? Ist schönes Wetter?«

»Ja, ja, ich glaube. Ich glaube, es ist schönes Wetter.«

»Du bist nicht sicher?«

»Nein, nicht wirklich, vor allem ist es im Augenblick dunkel.«

»Und im Labor müssen sie froh gewesen sein, dich wiederzusehen. Er hat ein Faible für dich, der alte Professor Dingsbums...«

»Professor Greffier. Ich bin nicht hingegangen ins Labor.«

»Wieso! Das war doch das erste, was du machen wolltest!«

»... Ich hab' Kummer.«

»Was ist los mit dir?«

»Meine Tochter.«

»Laure?«

»Ja, Laure, ich hab' nicht Dutzende von Töchtern.«

»O.k., du bist gereizt.«

»Nein, ich bin nicht gereizt, ich bin...«

Sie weint. Sie will nicht weinen, aber sie weint. Und sie kann auch nicht mehr aufhören zu weinen.

»Also, hör mal, Elsa, *baby, come on*... du weißt doch, daß die Kinder einem nur Ärger machen.«

Seitdem er in den Vereinigten Staaten lebt, hat er sich einen Akzent, eine Art zu sprechen angewöhnt, die Elsa eigentlich sehr gern mag, aber heute nacht ärgert sie sich darüber, sie hat keine Lust, sich *baby* nennen zu hören.

»Du hast keine Kinder, du kannst es nicht wissen.«

»O. k., aber ich bin Psychiater, Elsa. Du vergißt, daß ich Psychiater bin. Psychiater wissen alles, durchschauen alles.«

Er macht sich lustig. Diese Heiterkeit schmerzt sie, weil sie ihr so fern ist. Sie nimmt es François übel, daß er spaßt, und sie nimmt es sich übel, nicht lachen zu können. Sie hätte nicht anrufen sollen.

»François, mach dich nicht lustig über mich, ich bin unglücklich.«

»Elsa, baby, was ist los?«

»Nenn mich nicht *baby*... Sie nimmt Drogen, François, und zwar Heroin.«

»Sie spritzt?«

»Ja.«

»Elsa, das ist schlimm, sogar sehr schlimm... Willst du einen Rat?«

»Ja, ich weiß nicht mehr weiter.«

»Gib's auf.«

»Und wie?«

»Schütze dich. Die Drogensüchtigen, das ist ein Problem, das wir nicht lösen können. Halt' dich da raus, sonst gehst du dabei drauf.«

»Aber es ist meine Tochter, ich kann sie doch nicht fallenlassen. Ich kann das nicht tun.«

»Deine Tochter ist wie alt?«

»Zweiundzwanzig.«

»Sie ist kein Kind mehr. Es ist ihr Leben. Misch dich nicht ein.«

»Sie kann daran sterben.«

»Ja. Das ist traurig, aber denk' an dich. Du mußt hart sein, sonst stirbst du auch. Es tut mir leid, daß ich so mit dir rede, aber auch du bist kein kleines Mädchen mehr. Du bist tüchtig, Elsa, sehr tüchtig sogar. Viele Menschen brauchen dich, das zählt. Das allein zählt. Beim Kongreß haben alle gesagt, daß dein Beitrag der wichtigste von allen war. Deine Forschung über Entropie, das ist genial, hörst du, das ist genial! Die Entropie, die wachsende Unordnung, das geht uns allen nicht aus dem Kopf. Wir alle versuchen, die Unordnung zu reduzieren oder zu kontrollieren... Jetzt erwartet man von dir eine Publikation, und du wirst sie machen, nichts anderes hast du zu tun.«

Der letzte Kongreß, in Sydney, unmittelbar vor dem Urlaub... was für eine Reise! Nur Hin- und Rückflug. Australien ist weit weg... weit weg der Kongreß... fern die Worte ihres Berichts... fern ihre Umsetzung in die Praxis... fern das alles. Fern ist nicht das richtige Wort: vielmehr verloren, verirrt, vom Wege abgekommen, in einer ungeahnten Unordnung.

»Mein Beitrag war akademisch, er war flach. Er war selbstgefällig. Ich wollte diese Bande von Dummköpfen hinreißen, ich wollte ihnen zeigen… ich weiß nicht einmal, was ich ihnen eigentlich zeigen wollte… In Sydney habe ich eine Flasche ins Meer geworfen, aber es war eine leere Flasche!«

»Elsa, sei still! Wenn ich dir doch sage, daß sie genial ist, deine Entropie-Geschichte…«

»Aber nein, Wärmetechnik ist Wärmetechnik und Psyche ist Psyche… Was ich betreibe, ist Wissenschaftsgläubigkeit, gewöhnliche Wissenschaftsgläubigkeit, ich komme ein Jahrhundert zu spät!«

»Elsa, fang nicht wieder an! Darüber haben wir schon den ganzen Sommer gesprochen. Es ist doch faszinierend, die Entropie oder die seelische Unordnung – nenne es, wie du willst – mit der Sekretion der betreffenden Hormone in Verbindung zu bringen. Die Entdeckung des Endorphins hat Ergebnisse erbracht, die du kennst und über die du so gut gesprochen hast…«

»Jeden Tag wird eine neue, natürliche Substanz entdeckt, die imstande ist, die Funktionen des Organismus zu verändern, jeden Tag! Was mische ich mich da ein, kannst du mir das sagen? Man wird die Entropie niemals kontrollieren können! Niemals ihr Ausmaß und ihre Eigenart voraussehen! Ich weiß nicht! Ich bin eine eingebildete Person!«

»Du bist unaufrichtig! Wirklich, das geht nicht. Tu' was! Mach weiter mit deiner Forschung, du wirst doch nicht aufgeben. Ich erwarte sie, deine Veröffentlichung, und du wirst sie machen, du hast nichts anderes zu tun…«

Sie läßt ihn reden, sie hört nicht zu. Wenn er wüßte, wie weit sie sich schon von all dem entfernt hat. Wenn er von ihren verstreuten, besudelten, im Abfall gelandeten Akten wüßte. Wenn er Jacqueline mit der Kartei hätte weggehen sehen… Sie legt auf, nachdem sie versprochen hat, sich auszuruhen:

»Ja, ich gehe schlafen, François. Ja, mir geht's besser. Ich werde schlafen. Schlaf du auch, gute Nacht. Ich ruf' dich bald wieder an.«

Sie ist überzeugt, daß sie nicht wieder anrufen würde. Sie hat die Verbindung zu diesem Mann abgebrochen. Sie weiß nicht, warum das, was sie gerade getan hat, nötig ist, sie weiß, daß es nötig ist, das ist alles.

Sie legt sich hin, sie streckt sich aus. Sie denkt an diese Ferienhäuser, die man im Sommer mietet. Am letzten Tag ist man eifrig damit beschäftigt aufzuräumen, alles wieder in den Zustand zu versetzen, wie es war, die eigenen Spuren, Ticks und Pannen zu verwischen, damit der Ort wie vorher ist, anonym, frei. Man könnte meinen, man reinige sein eigenes Leben, man verstaue es in Koffer und Taschen, um es wie ein Einbrecher zu stehlen. Man verhält sich wie ein ungebetener Gast, der Ort wird erst befremdend und dann fremd. Unumgänglich kommt der Augenblick, wo man nach den Fensterläden die Tür schließt, wo man sich entfernt. Das Haus ist dort, hinter einem. Man hat es bewohnt, man hat ihm ein Stück Erinnerung geschenkt, es hat eine Beziehung zu ihm bestanden. Aber das ist vorbei. Die Notwendigkeit des Aufbruchs ist das Wichtigste. Es ist vorbei.

Elsa ist auf ihrem Bett, ihre äußere Erscheinung ist dort. Sie hat sich für die Reise angezogen: graue Hosen, eine weiße Bluse, einen roten Pullover mit passenden Strümpfen. Aber das ist nur ihre äußere Erscheinung. Sie ist wie eine dieser giftigen Dunstwolken, die über einer Stadt hängenbleiben.

Später, viel später, wenn alles vorüber ist, wird Elsa sich an die drei Tage, in denen sie auf Laure wartete, wie an eine notwendige Phase, an einen glücklichen Umstand, erinnern. Glücklicherweise hat es diese drei Tage gegeben! Und sie wird den Ablauf dieser drei Tage mit einer frühen, glücklichen Erinnerung vermischen: jener an die Eiswagen …

In ihrer provenzalischen Kindheit hatte sie sagen hören, daß die Seele drei Tage brauche, um nach dem Tod aus dem Körper zu entweichen.

… Es war während dieses Krieges, eine Nachbarin war im Haus gegenüber mitten in den Hundstagen im Monat August gestorben. Die kleine Elsa sah aus dem Fenster im Salon mit Haken bewaffnete Männer, die schöne, dampfende Barren abluden, lange, durchsichtige Brote aus Eis mit undurchsichtigem Kern, die auf der Plattform eines von einem Pferd gezogenen Wagens aufgestapelt waren. Sie ließen sie gleiten, dann legten sie sie mit geschickter Bewegung im Gleichgewicht auf ihre mit einem vierfach gefalteten Jutesack bedeckte Schulter und gingen davon. Es war so heiß, daß das Eis bereits schmolz, es tropfte auf Pflaster und Trottoir. Man hätte meinen können, es habe geregnet. Man brauchte viel davon. »Bei dieser Hitze verwest ein Körper in wenigen Stunden«, hatte ihre Mutter gesagt. Man brachte ständig neues herbei, von morgens bis abends. Die Kleine im frisch gebohnerten Salon, der nach Veilchen roch, war durch die Ladenglocke davon unterrichtet, daß ihre Eltern gesund waren und das Geschäft florierte. Von ihrem Beobachtungsposten aus, wo sie sich im Schutze dieses provinziellen Wohlstands bequem niedergelassen hatte, sah sie den Männern zu und stellte sich vor, daß die gefrorene Seele der Madame Bouleng dabei war, den Körper durch all seine Öffnungen zu verlassen. Die Seele mußte, schillernd wie ein eisiges Phantom, nach und nach aufsteigen. Im günstigen Augenblick, wenn man nach drei Tagen den Sarg zum Friedhof trägt, würde die Seele für immer die dicken Lippen ihrer Besitzerin, ihre langen Ohren, ihre Hakennase verlassen haben und ins blaue Paradies davonfliegen, ein hinreißendes Geschöpf, begleitet von Engeln mit kristallklaren Stimmen ... Während all dieser Zeit, während dieser drei Tage, hatte das kleine Mädchen, entzückt von der strahlenden Metamorphose, die sich vor ihren Augen vollzog, das Fenster nicht verlassen ...

Aber während sie Laure erwartet, erinnert sich Elsa nicht daran. Sie weiß nicht, daß es drei Tage sein werden. Sie weiß nichts. Sie weiß nicht, wo Laure ist.

Der fünfte Tag

Am Morgen des fünften Tages ist Laure da!

Elsa wacht auf und hört, daß ihre Tochter im Haus ist. Sie ist in der Küche, sie streicht sich Brote, wie sie es tausendmal gemacht hat.

Am Morgen, in der Küche, Brote, Laure!

Elsa ist in den Flur gelaufen, jetzt steht sie vor dem Tisch. Laure sitzt dort, sie hat Zwieback, Butter und Marmelade genommen, hat den Kaffee von gestern aufgewärmt. Sie weiß, daß ihre Mutter dasteht, sie sieht sie nicht an.

»Ist kein Brot da?«

»Nein, kein Brot da ... Ich hab' keins geholt ... Du bist lange weggeblieben.«

»Lange! Du übertreibst immer. Ich hab' eine Freundin besucht, das ist alles.«

»Immerhin drei Tage lang ...«

»Drei Tage! Du spinnst doch, die Zeitverschiebung bringt dich wohl durcheinander. Drei Tage! ... Und übrigens, fang bloß nicht so an. Rechne mir ja nicht vor, wie lange ich wegbleibe, wie in der Schulzeit ... Also, fahren wir?«

»Wann du willst, alles ist bereit. Wir haben ein schönes, ganz neues, ganz weißes Auto, ich hab' es gemietet. Wir haben dein Tranxène. Wir haben ein bißchen Geld. Alles ist bereit.«

»Wohin fahren wir?«

»Ich dachte, wir könnten in den Süden fahren, in die Sonne.«

»Nach Aix! ...«

»Nein, nicht nach Aix. In ein Hotel ... Aber wenn du willst, können wir auch woandershin fahren.«

»Nein, nein, das ist gut, in die Sonne, in ein Hotel ... Ich hab gleich aufgegessen, ich zieh' mich um, und wir fahren los ...«

Elsa hört Laure zu und ihr fällt auf, daß sie sich anders ausdrückt. Es sind nicht so sehr die Worte, sondern eher die Konstruktion der Sätze und der Ton. Auf einmal hat ihre Tochter etwas Spöttisches in der Stimme, etwas Brutales, Vulgäres und auch eine Art Überdruß. Marcel hat neulich abends so gesprochen.

Das Erlernen der Worte. Elsa erinnert sich, wie das Vokabular ihres Berufes in ihren Kopf eingedrungen ist. Spät.

Als sie fertig war mit der Schule, hatte sie Jacques kennengelernt. Sie hatte ihr Psychologiestudium begonnen, um mit ihm auf der Universität zu sein, aber sie hatte es sehr schnell unterbrochen: nach Laures Geburt. Damals gebrauchte sie den Wortschatz junger Frauen, junger Hausfrauen. Und dann war Jacques gestorben. Darauf hatte sie ihr Studium wieder aufgenommen. Auf einmal begann sie, mit anderen Worten zu leben, den Worten ihres späteren Berufes. Zu Anfang wagte sie nicht einmal, sie auszusprechen, sie fand, daß sie ihr nicht standen; manchmal hörte sie sich sprechen, und es klang albern, wie eine Komödie. Aber sie gaben ihr Macht, sie stellten ihre Diplome zur Schau wie Plakate, sie ließen sie anders, größer erscheinen. Also hat sie sie benutzt, bis sie sich bewußt wurde, daß sie Masken waren, um ihre Unwissenheit zu verbergen, daß sie auch Angst machten, daß man sich nicht als gute Psychologin erweist, wenn man sie bei jeder Gelegenheit anbringt. Jetzt hat sie sich an sie gewöhnt, sie verwendet sie nur noch, wenn es unbedingt nötig ist. Diese Worte sind kostbare Werkzeuge, sie nützt sie nicht ab.

Sie sagt oft: »Ich mag den Gedanken nicht, ein moderner Quacksalber zu sein, das stört mich.«

Sie mißtraut der Art, wie die Menschen mit Worten umgehen. Zum Teil ist das der Grund dafür, daß sie den Entschluß faßte, sich auf kleine Kinder zu spezialisieren, ihre Ausdrucksweise ist ebenso vielschichtig wie die der Erwachsenen, sie verstehen es jedoch nicht, sich hinter Worten zu verstecken, die sie kennen. Ihre Kritzeleien sagen oft mehr als das Gerede ihrer Eltern.

Elsa hat eine große Fähigkeit sich anzupassen, sich vor dem anderen in nichts aufzulösen, um ihn zu verstehen. Wegen dieser Fähigkeit, dachte sie, sie habe eine bemerkenswerte Begabung für Psychologie und auch eine bemerkenswerte Begabung für die Liebe. Sie hat geglaubt, jedes Kind, dem sie half, zu lieben, weil sie sich von seiner Ausdrucksweise leiten, von ihr durchtränken ließ. Bei einer Sitzung schwieg sie zunächst, um den Patienten nicht mit ihren eigenen Begriffen einzuschüchtern, sie war nur darauf bedacht, die sprachlichen Eigenarten des Kindes zu erfassen, seine Vorliebe für gewisse Redewendungen, für gewisse graphische Darstellungen, oder im Gegenteil, die komplizierten Umwege, die es sich auferlegte, um bestimmte Worte, bestimmte Bilder zu vermeiden. Sie interessierte sich vor allem für die Kritzeleien, für das, was nicht klar ausgedrückt, nicht ausgesprochen wurde. Sie begann erst dann einzugreifen, wenn sie sich imstande fühlte zu erkennen, wo die Energie des Kindes verlorenging, wo sich die Unordnung in seinem Kopf ansiedelte. Erst dann konnte sie andere Worte, oder auch gewöhnliche, doch mit einem anderen Sinn belegte Worte, anbringen, die ihren Weg in das Gehirn des Kindes finden und ihm vielleicht dabei behilflich sein würden, Fortschritte zu machen. Sie glaubte, daß dies aus Liebe, aus Liebe zu ihrem Beruf und aus Liebe zum Kind geschah. Bis sie sich mit dem Fall von Laure konfrontiert sah ... mit Laures Unordnung.

Heute morgen in der Küche, als sie ihre Tochter sprechen hört, ahnt sie durch die Worte und sprachlichen Gewohnheiten hindurch, die Laure angenommen hat, eine Welt, die ihr unerträglich ist. Sie ist sich nicht sicher, ob sie über genügend Liebe verfügt, dort einzudringen, genügend Liebe für ihre Tochter ... Sie ist sich über nichts mehr sicher. Sie hat keinerlei Vertrauen mehr in sich selbst. Sie weiß nicht mehr, warum sie ihren Beruf mit so viel Leidenschaft ausgeübt hat. Ihr Instinkt sagt ihr, nicht Schluß zu machen, aber ihre Vernunft würde ihr raten, so schnell wie möglich davonzulaufen.

Ihr Instinkt läßt sie hierbleiben. Ihr Instinkt und auch ein Bild. Ihr Vater, sonntags, in der Nähe von Carpentras, mit ihr versteckt im Unterholz aus goldenem Ginster und Brombeersträuchern, bei einer Linde, die sich vor dem Himmel als grüner, fast vollkommener Kreis aus Laub abhob. Ihr Vater ahmte die Vögel sehr gut nach, ihr Trillern, ihr Gurren, ihr Zwitschern. Gelernt hat er das in seiner Kindheit und weil er viel übte und die Vögel gern nachmachen wollte, pfiff er nun als Erwachsener selber wie ein Vogel. Unter dem Baum hatte er ein Netz aus grauem Tüll aufgespannt, das er aus dem Laden genommen und zwischen zwei toten Ästen befestigt hatte. Ein dritter, gegabelter Ast diente als Stütze für die Falle und war mit einer langen Schnur versehen, die zu ihnen in ihr Versteck führte. Vorher hatten sie unter dem Tüll in eine Art Nest, das sie aus Zweigen gebaut hatten, einen Köder, einen künstlichen Vogel gesetzt. Der Vater pfiff und pfiff, die Vögel kamen, Meisen, Stieglitze, Spatzen, angelockt von den Rufen ihres Bruders, der eine so heitere Stimme hatte. Das war aufregend. Sie hüpften, schlugen mit den Flügeln, wirbelten Staub auf. Der Vater pfiff immer weiter. Man mußte warten, bis viele da waren, daß es nur so wimmelte, bevor man zog. Aber man durfte nicht zu lange warten, sonst flogen sie, ohne daß man wußte weshalb, alle zusammen davon und kamen nicht zurück. Der Vater kannte sich aus. Er wußte genau, wann man ziehen mußte. Er tat es mit einem geschickten, kurzen Ruck, und das Netz fiel. Danach liefen sie alle beide und steckten die piepsenden, zitternden Vögel in einen Sack.

Elsa liebte diese Jagdausflüge über alles und fand, daß es nichts Köstlicheres gäbe als die Bratspieße mit den kleinen Vögeln, die sie am Abend über einem Holzfeuer brieten.

Sie setzt sich ihrer Tochter gegenüber. Sie sieht Laure an, die nicht mehr spricht, die ihre Butterbrote ohne Appetit in kleinen Bissen mümmelt.

»Du hast keinen Hunger.«

»Nein, aber man muß ja essen... Elsa, beaufsichtige mich nicht, bitte!«

Laure fühlt sich umstellt, sie möchte fliehen. Sie versteht nicht mehr, warum sie hier ist. Sie erträgt die besorgte Aufmerksamkeit ihrer Mutter nicht. Dafür ist sie nicht hergekommen. Wonach sie verlangt, ist Elsas Kraft, ihre Kompetenz. Was sie jedoch heute morgen vorfindet, ist eine Frau in äußerster Bedrängnis, in äußerster Bedrängnis ihretwegen. Unter diesen Umständen wird nichts geschehen. Lieber gleich wieder gehn.

Sie kann sich ausmalen, daß Elsa ihr nicht dorthin wird folgen können, wo sie ist, daß sie einander nicht finden werden, daß sie eine Dummheit gemacht hat. Sie ärgert sich über sich selbst, sie hätte Elsa nicht bitten dürfen, ihr zu helfen.

»Du sollst mich nicht beflicken!«

Beflicken! Was soll das heißen? Kommt das von Flic? Elsa ist sich nicht sicher, sie kennt dieses Wort nicht. Sie hat nur eine Sekunde, zwei vielleicht, höchstens drei, um anzuknüpfen. Wie soll sie so schnell zwischen Wut, intelligenter Antwort, genialer Antwort und aufmerksamem Schweigen wählen... Ihr Kopf verfügt über keine Vernunft, sie macht irgend etwas, sie improvisiert. Sie schließt die Augen – wenigstens das, wenigstens den Blick verbergen, Zweifel, Zorn und Abscheu, die darin sind, ja nicht zeigen. Sie stellt einen Fuß auf die Sprosse ihres Stuhles, stützt einen Ellenbogen auf den Tisch, läßt ihn gleiten, stützt ihr Kinn darauf. Sie streckt sich auf dem Sand aus. Sie streckt sich aus auf einer Wiese, auf einem Teppich von Piniennadeln. Ja, so ist es, sie liegt ausgestreckt im Heidekraut, im Süden, es riecht nach Thymian, sie läßt sich Zeit, sie ist gelassen.

»Beflicken... beflicken, das sagt sich so schnell, du bist ja lustig...«

So, das wäre geschafft, sie hat den Ball zurückgeworfen, egal wie. Was sie geantwortet hat, gibt keinen Sinn, aber sie hat geantwortet, sie hat nichts unterbrochen.

Laure sieht ihre Mutter halb auf dem Tisch liegen, ihre gebräunten Arme, ihre Hände voller Sommersprossen. Sie liebt sie, diese Frau. Sie liebt ihre welkende Haut, ihre herbstlichen Farben. Ihre Mutter ist wie ein loderndes Feuer nach einem langen Spaziergang durch totes Laub im Oktoberlicht, nachdem die Schule wieder begonnen hat.

»Wie war dein Urlaub?«

»Schön, aber am Ende hatte ich Lust, wieder nach Hause zu fahren.«

Sie öffnet die Augen, sieht Laure an. Sie sieht sie genau an. Die Liebe kehrt ganz einfach von selbst zurück, sie bewohnt ihren Körper und Geist von neuem.

»Ich hatte Lust, dich wiederzusehen, du hast mir gefehlt.«

Sie hatte sich nämlich nicht vorgestellt, daß sich die Rückkehr ihrer Tochter so abspielen würde: zuerst sie, die schläft, und dann Laure so liebenswürdig wie ein Gefängnistor... Während der drei Tage hatte sie manchmal von einem hinreißend schönen Wiedersehen geträumt...

Laure hat die Zärtlichkeit, die Wärme im Blick ihrer Mutter aufgenommen. Sie entspannt sich. Sie werden es vielleicht schaffen. Sie betrachtet ihre mageren Finger, die am Butterbrot herumspielen, sie sieht einen Einstich auf ihrem Handrücken. Sie erinnert sich an den ersten Schuß. Es gelang ihr nicht, ihn zu setzen. Die Spritze war ein Hindernis, das zu überwinden sie nicht imstande war, es widerte sie an, es erschreckte sie. Sie nahm es sich übel, daß sie so ängstlich war, nicht den Graben zu überspringen, der sie von den Groupies trennte, die um die Droge kreisten und sich mit ihren Geheimnissen, ihren Reizen und Gefahren schmückten, ohne je wirklich dazuzugehören... Ein Mädchen, das sie nicht einmal kannte, hat ihr den Arm abgebunden. Sie hat gesehen, wie die Nadel sich der blauen, geschwollenen Ader in ihrer Armbeuge näherte und dann weich eindrang wie eine Messerspitze in Butter. Das Mädchen hat mit dem Kolben ein wenig Blut aufgesogen. Laure sah in Zeitlupe rote Spiralen in die Flüssigkeit eindringen und sie rötlich färben, sie hatte Angst, vielleicht hat sie auch eine Bewegung des Ausweichens gemacht, eine nur angedeutete Bewegung, aber die andere hat zugestoßen ... Es hat nicht lange gedauert, nicht einmal einen winzigen Augenblick, bis die Ekstase ausbrach und sich dann entfaltete wie jene japanischen Blumen, die in eine Muschel eingeschlossen sind; sie öffnen sich, wenn man sie ins Wasser taucht und entlassen ihre Schätze aus seidenem Papier. Blumenkronen schwellen an und breiten ihre vielfarbigen Blütenblätter aus ... Wunderschön sind sie. Sofort – und noch schneller als das – war Laure ein Baum, eine laue Brise streichelte den geringsten ihrer Zweige, das geringste ihrer Blätter. Das Wohlbefinden kreiste bis in das Ende ihrer tiefsten, verborgensten Wurzeln. Sie selbst war das Glück. Ihr war so warm, so wohl. Der erste Flash.

Nie wieder ist es so schön gewesen.

Heute ist es nicht einmal mehr die Erinnerung an den Flash, die sie nach dem nächsten Schuß verlangen läßt. Es ist ... sie weiß nicht ... sie gibt es nicht zu ...

»Ich bin nicht drauf, weißt du. Ich muß nur einfach aufhören, denn die Junkies, das sind Hunde, und ich will nicht so werden.«

»Warum Hunde?«

»Weil sie betteln, sie sind Schufte ... Das sind hinterlistige Ärsche.«

Laure hat Angst vor Hunden, seitdem sie in einem Sommer in Aix gebissen worden ist, als sie klein war ... Damals hat sie kein Drama draus gemacht, man hätte glauben können, es habe sie nicht erschreckt. Und doch hat sie seitdem eine wahnsinnige Angst vor Hunden ...

»Hast du das Tranxène?«

»Ja, willst du welches?«

»Nein, jetzt nicht. Ich muß durchhalten. Das Schlimmste ist vorbei.«

»Was willst du damit sagen?«

»Das Schlimmste sind die ersten vierundzwanzig Stunden … Drei Tage lang ist es schlimm … Die erste Woche ist es schlimm … Laß' mich nur machen …«

Nicht sprechen, nicht sprechen. Vor allem keine Fragen stellen. Nicht indiskret sein. Sie nicht das Gesicht verlieren lassen. Tun, als sei nichts gewesen. Wir fahren in die Ferien, das wird ein Fest!

Ende September, fast schon Oktober, fahren sie in den Süden. Sie fahren weg. Ganz einfach: Sie fahren weg zu einer Zeit, wo die anderen zurückkommen. Die Fabriken laufen wieder auf Hochtouren, die Pausenhöfe wimmeln wieder von Schülern, die Metro ist wieder überfüllt. Sie, sie fahren weg, das ist Luxus, la dolce vita. Sie sind außerhalb der Norm.

Seit ihrer Geburt verläuft Elsas Leben im Rhythmus von Glocken, Kalendern, Stempeln, Daten, von Klingeln, Geburtstagen, Tick-Tack, von Lärm und Stille … der in gleichbleibendem Takt verlaufenden Zeit, die ihre Freiheit bewahrt. Sie hat nie versucht, ihr zu entkommen. Sang- und klanglos aber hartnäckig hat sie ihren eigenen Rhythmus in diese Rhythmen eingebaut.

Elsa liebt den Krieg nicht, aber sie ist subversiv. Daher interessiert sie die geistige Verwirrung, denn die geistige Verwirrung stört die Ordnung im Inneren, sie wirft die Richtlinien um, widerspricht ihnen, sie kann sie dazu zwingen, sich zu verändern, ohne sie direkt anzugreifen. Diese Zwiespältigkeit gibt es in Elsa: Sie liebt die Ordnung nicht, aber sie mag nicht auf sich aufmerksam machen. Also: wegfahren zu dem Zeitpunkt, wo die anderen normalerweise zurückkehren, das bedeutet sich zu entblößen, sie mag das nicht. Ihr Aufbruch in den Süden. Ende September, in einem weißen Auto, am hellichten Tag, das ist schockierend.

Im Gegensatz zu ihrer Mutter liebt Laure es zu provozieren, sich mit den anderen zu messen. Sie liebt es, anders, maßlos zu sein, Rekorde zu brechen, die erste oder letzte zu sein. Zurschaustellungen bedeuten ihr viel, sie braucht es, die Klingen zu kreuzen, sich zu erproben und zu empfinden. Nach dem Süden aufzubrechen, in einem weißen Auto, Ende September, am hellichten Tage, den Körper voller Drogen, das gefällt ihr.

»Ich finde mein schönes Kleid nicht.«

»Welches?«

»Ein rosarotes, mit grauen... blauen Mustern... du kennst es nicht...«

»Sowas hab' ich nicht gesehen. Alle Dinge zum Anziehen hab' ich gewaschen und gebügelt und in deine alte Kommode gelegt.«

»Ja, ich hab's gesehen... Die sind häßlich, das sind häßliche Klamotten, die gehören mir nicht.«

»Deine Sachen sind sicher bei dir zu Hause.«

»Nein, bei mir ist nichts mehr.«

»Ich habe einen ganzen Haufen Fetzen und Kram in Säcke gesteckt, die ich zum Abfall runterbringen wollte, wenn wir losfahren.«

»Wo sind die Säcke?«

»Im Wandschrank im Flur.«

»Ich werd' sie holen.«

Der Aufbruch macht sich im Haus bemerkbar. Ungeduld befällt die beiden Frauen.

Elsa und ihre Koffer: einen für ihre Tochter, einen zweiten für sich.

Laure und die dunkelgrünen Abfallsäcke, oben zugeknotet, zweifach. Fest zugeknotet.

Elsa legt methodisch auf den Grund der Koffer die Schuhe und die gefalteten Kleidungsstücke, die, die man übereinanderlegen kann.

Laure regt sich über die zu festen Knoten auf.

Elsa in ihrem Zimmer, Laure beim Eingang.

»Ich krieg die Säcke nicht auf!«

»Dann reiß' sie doch auf, wir nehmen dann eben andere... Aber wirf nicht alles durch die Gegend, ich hab' keine Lust, das Haus vor der Abfahrt noch einmal aufzuräumen.«

Elsa und ihre Ordnung!

Laure beginnt in den aufgerissenen Säcken zu wühlen. Sie zieht einen mit Strümpfen verhedderten Pullover heraus...

sie zieht anderes heraus ... sie hat nervöse Bewegungen, die abbrechen, bevor sie ganz ausgeführt werden, unvollendete Gesten, die die Kleider wahllos in ihrer Umgebung verstreuen. Und wenn sie Widerstand spürt, zieht sie so lange, bis etwas zerreißt. Sie will dieses Kleid, sie will es unbedingt, sie schreit:

»Hast du Sachen weggeworfen?«

»Ich habe kein einziges Kleidungsstück weggeworfen.«

Laure heult und macht verbissen weiter. Gestank kommt aus dem Lumpenhaufen und verbreitet sich bis zu Elsa. Wie am ersten Tag: Erbrochenes, Verbranntes, Fades, Schmutziges, Stinkendes, Bitteres, vermischt mit Weihrauch, Sandelholz, Patschuli, Chanel No. 5 ... Wochenlang hat Laure darin gelebt, es stört sie nicht, es ist ein normaler Geruch. Wenigstens riecht es nicht nach Ajax.

Elsa ist fertig mit Packen. Jetzt betrachtet sie im Flur ihre Tochter, die sie nicht hat kommen hören. Sie kennt sie nicht wieder. Die Gliedmaßen von Laure, ihr Gesicht, die geringsten Einzelheiten ihrer Züge erkennt sie, ihre Bewegungen, die Art, wie sie ihre Schuhe austritt, all das erkennt sie wieder, und doch erkennt sie ihre Tochter nicht wieder. Ein Austausch hat stattgefunden, das ist nicht ihre Tochter, die da wie Laures Ebenbild aufgeregt hantiert.

Als sie vor fünf Tagen im Halbschatten in ihrer verwüsteten Wohnung stand, wußte Elsa, daß sie es nicht vermeiden konnte hineinzugehen. Heute weiß sie, daß sie es nicht vermeiden kann, mit dieser Fremden zu verreisen.

Sie sieht Laure ganz genau an, sie erkennt an ihrem Körper, in ihrem Ausdruck lauter Zeichen, die sie noch nie gesehen hat, und verrückterweise denkt sie, Laure sei besessen, der Teufel sei in ihr, der Teufel existiere. Sie erträgt es nicht, das zu denken. Sie erträgt sich nicht mit diesem Gedanken in sich. Dies ist ein unzulässiger Rückschritt, eine Annullierung all dessen, was sie gemacht hat, um verantwortlich und lebendig und kompetent zu werden. Doch die Überzeugung, daß der Teufel existiert, bleibt bestehen, nur das absolute Böse kann ihre Tochter in solchem Maße verändert haben. Elsa entkommt dieser Absurdität nur, indem sie mit ihrer ganzen Kraft fühlt: »Ich hasse das Heroin!« Die Realität des Hasses ist so stark, daß sie sich daran klammert wie an eine Boje.

Noch nie hat sie ein so heftiges und so bösartiges Gefühl empfunden: »Ich hasse das Heroin.«

Seit fünf Tagen durchlebt diese Frau kraftraubende Erschütterungen, denn das, was ihr zustößt, schmettert sie nieder, und doch, tief in ihr ist es, als habe sie all das erwartet, als sei in ihr ein Platz dafür reserviert gewesen und auch ein Platz in Laure und ein Platz im Haus. Als sei alles von jeher für diesen Aufbruch, für diese Hölle vorbereitet gewesen! ...

Was sie nicht den Kopf verlieren läßt, das einzige, was die Kontinuität zwischen dem, was sie schon erlebt hat, und dem, was sie zu erleben beginnt, garantiert, ist das Band, das sie vereint, Laure und sie. Ein Band, neu und brüchig, fest und lose, kultiviert und archaisch. Eine Schnur, die von ihrem Bauch zu Laures Bauch führt, die aber dennoch nicht zu ihnen gehört.

Die Nacht des Entzugs

»Ich hasse das Heroin, ich hasse Dope.«

Es ist noch Nacht.

Seit ihrer Rückkehr aus dem Urlaub sind Elsas Nächte wichtig, lang, unruhig. Sehr wichtig. Wichtiger als gewöhnlich. Und doch ist es wie gewöhnlich draußen dunkel, und drinnen dunkel. Manchmal bleibt irgendwo in einem Haus eine Lampe brennen wie ein Leuchtfeuer. Das Dunkel ist zugleich leer und bewegt, alles ist dasselbe. Aber für Elsa ist es nicht mehr dasselbe, sie lebt in großem Durcheinander, ihre Zeit läuft ab, ohne daß von Ende, Müdigkeit, Schlaf, Wachen die Rede ist, ihre Gewohnheiten existieren nicht mehr, sie hat sie verloren. Für sie ist es die Zeit von Tod und Geburt, eine Zeit, die sich nicht einteilen läßt, die sich nicht abnützt.

Jene Nacht, die Nacht ihrer Ankunft in Hyères, in einem Hotel, das Elsa kannte.

Während der drei Tage des Wartens in Paris, als sie daran dachte, Laure wegzubringen (sie konnte diese Abreise nur zulassen, indem sie sie wie eine Entführung auffaßte: ihre Tochter dem Verrückten und den anderen, der Droge entreißen...), nahm sie an, daß sich in diesem Hotel alles in Ordnung bringen ließe – der Schönheit wegen.

Das Hôtel de la Falaise steht hoch oben über steil abfallenden, roten Felstrümmern. Zu seinen Füßen sind kleine Gärten im Gewirr der Blöcke ineinander verzahnt und bilden einen Laubengang aus Moos und Schachtelhalmen, zuweilen findet man in ihrer Mitte eine Quelle und eine Seerose oder ein weitgefächertes Büschel Schilf. Fuchsrote Pfade durchlaufen die Felswand, sie folgen im Zickzack einem nicht schwierigen, wenn auch steilen Gefälle. Dieser unvermeidliche, beinahe senkrechte Absturz zum Meer hin bildet zugleich mit dem Eukalyptus und den Seekiefern, die der Wind dort gesät hat und die sich aus dem Geröll erheben, das Unterholz. Die geraden Stämme dieser Bäume und das Gewirr ihrer Äste errichten einen durchbrochenen Dachstuhl und bilden so etwas wie einen umgestürzten Kreuzgang, der zur Erde und zum Wasser hin geöffnet ist. Der Duft von Humus und Algen durchdringt die Luft. Und dann wiederholt sich die Verheißung des Bades bei jedem Durchblick zwischen den Stämmen und Felsen, jedesmal wenn man den Kopf hebt, jedesmal wenn sich die Aufmerksamkeit vom steilen Weg abwendet.

Das Bad, das Schwimmen.

Dort würde Laure neu geboren werden, dessen war sich Elsa sicher.

Sie hatte vorhergesehen, daß das Hotel zu dieser Jahreszeit leer oder fast leer sein würde. Und als sie vor einigen Stunden am späten Nachmittag ankamen, konnte sie feststellen, daß ihre Vermutung richtig war, daß sie hier nahezu allein sein würden. Alles würde sich also zum besten entwickeln.

In dieser Nacht macht Elsa in jeder Atempause den Weg von Paris hierher noch einmal, statt sich auszuruhen. Sie ruft sich jeden einzelnen Zeitabschnitt, den sie seit ihrer Abreise bis zum jetzigen Augenblick durchlebt hat, ins Gedächtnis zurück, als ließen sich die zweiundvierzig Jahre ihres Lebens in diesen wenigen Stunden zusammenfassen, als kenne sie nichts anderes. Ununterbrochen, immer wenn die Krise vorüberzugehen scheint, nimmt sie die Reise wieder auf, die Etappen, die Unterhaltungen, das Schweigen, die Landschaften... jedesmal kommen Einzelheiten hinzu, alles ist wertvoll. Sie erinnert sich daran, wie sie Laure, kaum waren die Koffer in ihrem Zimmer abgesetzt, ins Gestein und zu den Bäumen unten, bis ans tiefe, ruhige Wasser mitgezogen hat, wie Laure fror, obgleich es heiß war, wie ihr Gesicht, anstatt sich in der Röte des Sonnenuntergangs aufzuhellen, matt wurde, wie sie, anstatt sich auszuziehen und ins Wasser zu tauchen, in ihrem alten Pullover ein mürrisches Gesicht machte, und wie sie, Elsa, all das schließlich für unerträgliche Bekundungen des schlechten Charakters, der kapriziösen Natur ihrer Tochter gehalten hatte...

Damit Laure sich nicht beim Stoßen oder Fallen die Glieder bricht, klammert Elsa sich an sie, verschlingt sie ihren Körper mit dem ihrer Tochter. Die Zuckungen von Laure sind so heftig, daß sie sie beide aus dem Bett gegen die Wand, oder quer über die Matratze werfen. Oft hält Elsas Griff nicht stand, dann packt sie irgend etwas, sie ergreift einen Arm, ein Bein, eine Schulter, eine Hüfte, es entgleitet ihren Händen, es entkommt ihr. Daß sich Laure nur nicht den Kopf stößt! Elsa ist in einem Sturzbach von Leiden, in der entfesselten Strömung von Laures Leiden. Später wird sie denken, daß sie nackt waren, daß ihre Kleider im Handgemenge zerrissen seien und sie schließlich keine mehr angehabt hätten. Aber im Moment denkt sie nicht daran. Sie schenkt dem keine Aufmerksamkeit... Was sie zu Beginn der Nacht gesehen hat, als die Krise begann, als zuerst Laures lange, weiße Bluse riß und dann in Fetzen ging, ist nicht die Nacktheit ihres Kindes, sondern die Hunderte von Einstichspuren entlang des Verlaufs ihrer Venen. Dutzende roter, rosiger oder rötlicher Tupfen. Entzündete Bisse. Kleine Eiteraugen. Nässende Pickel. Schorf, Verkrustungen. Überall auf den Armen, den Beinen, an der Innenseite der Schenkel. Es gab Elsa einen Stich ins Herz, ins Gehirn, in ihre Eingeweide. Sie versteht, warum Laure sich nicht vor ihr ausgezogen hat, weder am ersten Abend in Paris, noch hier, vorhin, um ins Wasser zu tauchen. Sie hat Visionen von mit Nadeln gespickten, verwünschten Puppen.

Als sie vom Meer heraufstiegen, war Laures Laune so schlecht, daß Elsa beschlossen hatte, auf dem Zimmer zu Abend zu essen. Sie ließ Parmaschinken und Châteauneuf-du-Pape heraufbringen, etwas um Laures schlechte Stimmung zu bessern, denn sie liebte diese Dinge. Laure hat sie so-zusagen nicht angerührt. Mit der Spitze ihrer Gabel hat sie eine Scheibe Schinken hochgehoben, hat davon ein Stück ab-geknabbert und dann darauf herumgekaut, als sei es Löschpa-pier. Elsa sah ihr zu und rechnete nach: All das kostete ein Heidengeld... und sie mochte keine Verschwendung. Was sie betraf, so war ihre Laune umgeschlagen: Sie hatte genug von dieser Komödie, ihre Geduld war am Ende. Aber sie hat es vorgezogen zu schweigen, anstatt den Vorwürfen einer Fa-milienmutter Ausdruck zu verleihen: »Diese Reise wird mich ein Vermögen kosten... Ich opfere dir mein Leben, du könntest wenigstens essen oder mir danke sagen!« Sie hat nichts gesagt. Sie sind schlafen gegangen. Elsa hat ihre Lampe gelöscht und Laure auch. Elsa versuchte sich zu beruhigen, zu schlafen. Sie war neun Stunden auf der von Lastwagen überfüllten Autobahn gefahren, sie war erschöpft.

Im leeren Hotel, in der Stille des Raumes, hörte man jede Bewegung, das geringste Geräusch. Laure hörte nicht auf, sich zu bewegen. Elsa sagte gereizt:

»Mach' das Licht an, lies. Wenn du nicht schlafen kannst, tu etwas, laß mich zur Ruhe kommen, ich kann nicht mehr.«

»Ich kann nicht einschlafen.«

»Also sprich, laß uns reden. Was ist los, daß du dich so herumwälzt?«

»Gib mir ein Tranxène.«

Elsa hatte nicht mehr an das Tranxène gedacht! Sie steht auf, sucht in ihrer Tasche, holt ein Glas Wasser und gibt Laure eine kleine, weiße Pille, die sie hinunterschluckt. Elsa setzt sich aufs Bett ihrer Tochter und nimmt deren Hand in ihre. Sie wird mit ihr sprechen, bis das Tranxène zu wirken beginnt. Es wird nicht lange dauern... Laures Hand ist wie eine Maus, sie zittert ununterbrochen. Man könnte annehmen, ihr Fleisch sei im Delirium: es werde von Krämpfen, von Blitzen durchzuckt. Elsa fühlt heftiges Zucken unter der Haut. Nach und nach wird ihr klar, daß nicht nur die Hand so zuckt, sondern auch der Arm, die Schulter, der Rumpf, der ganze Körper. Der ganze elektrisierte Körper bebt. So etwas hat Elsa noch nie gesehen.

»Was hast du, Laure, was hast du?«

»Ich bin auf Entzug, das tut weh!«

»Wieso auf Entzug? Du hast gesagt, die ersten vierundzwanzig Stunden seien schlimm. Es müßte dir doch besser gehen, das Schlimmste ist vorbei.«

»Ich hab' mir einen Schuß gesetzt.«

»Wann?«

»In der Toilette der Raststätte, als du getankt hast, nach dem Mittagessen.«

»... Also sind wir wieder am Anfang des ersten Tages!«

Als Laure »ja« sagte, hätte man glauben können, sie stieße gleichzeitig die ganze Luft heraus, die sie im Körper hatte, das klang wie eine Lokomotive, die ihren Dampf abläßt, ein gewaltiges Geräusch. Die Hand, die Elsa hielt, ist entschlüpft, der Arm hat sich ganz gerade, sehr schnell erhoben und hat sich mit schrecklicher Wucht am Bettgestell gestoßen. Hat sie sich den Arm gebrochen?

»Hast du dir wehgetan?«

Anstatt zu antworten, fing Laure an, unkontrollierte Bewegungen auszuführen, eine Art krampfhaftes Kriechen, Ausschlagen. In ihren Augen war große Angst, sie preßte die Kiefer zusammen, als wolle sie ihre Zähne zum Bersten bringen. Sie sagte viele Dinge mit ihrem Blick, aber es gelang ihr nicht zu sprechen. Und dann haben sich die Gesten vervielfacht, groß, hysterisch, sinnlos schlugen sie gegen Möbel und Objekte und verwüsteten alles.

Elsa glaubt, ihre Tochter habe einen epileptischen Anfall. Hat sie einen epileptischen Anfall? Sie versucht die Beine und Arme festzuhalten, es gelingt ihr nicht. Gleichzeitig sagt sie sich, daß dies keine Epilepsie sei, daß es der Epilepsie ähnele, aber es doch nicht sei, denn Laure erlebe bewußt alles, was geschieht. Aber was ist es dann? Sie packt ihre Tochter mitten um den Leib, stellt deren Beine zwischen den ihren ruhig, sie umschnürt den Oberkörper mit der ganzen Kraft ihrer Arme.

»Wo tut es dir weh, meine Laure?«

»Überall! Du kannst dir nicht vorstellen, wie weh es tut! Gib mir Tranxène. Zwei, immer zwei, haben sie gesagt! Schnell!«

Zwei kleine, weiße Pillen. Wie sie Laure diese schlucken sieht, denkt sie, das könne ein Pferd umwerfen. Trotzdem scheint es auf ihre Tochter, die dünn ist wie ein Skelett, keinerlei Wirkung zu haben.

Seit mehreren Monaten, genauer gesagt seit fast einem Jahr, seitdem sie sich darangemacht hatte, ihren Vortrag für den Kongreß in Sydney zu redigieren, ließ ihr ihre Unwissenheit keine Ruhe. Je mehr sie ihren Beobachtungen auf den Grund ging, desto klarer wurde ihr, daß ihre Unwissenheit immens ist. Sie wies diese Überlegung zurück, sie sagte sich, sie werde ihre Lücken füllen, sie werde noch mehr lernen. Aber je weiter sie in ihrer Forschung vorankam, desto mehr stieß sie auf die Unwissenheit der anderen, der Meister, derjenigen, die Bescheid wissen. Sie wollte sich dies nicht eingestehen, sie hielt sich für überheblich und faul.

Eines Tages, als sie Professor Greffier mit Fragen bestürmte, hatte er zu ihr gesagt: »Hör zu, die Sonne gehört nicht in unser System, sondern wir gehören in ihres, wir vermögen nicht die gesamte Energie einzufangen. Es ist unmöglich, Unordnung in die Ordnung zu bringen. Unmöglich.«

In jener Nacht versteht Elsa, daß das, was sie weiß, ihr nicht dabei helfen wird, die Energie zu kontrollieren, die Laure antreibt, daß dies unmöglich ist. Sie weiß unnütze Dinge. In jener Nacht hat sie ganz brutal keine einzige Gewißheit mehr, abgesehen von der des Leidens ihres Kindes. Das gesamte Wissen bricht unter ihr zusammen. Was sie über Tranxène wußte, was sie über den Körper wußte, was sie über Psychologie, Epilepsie, über den Willen, die Unordnung, den Wahnsinn, über all das wußte, hält nicht stand. Es hält nicht stand. Sie stößt an etwas anderes, an ein anderes Leben, mit Entsetzen. Auf einmal verläßt sie die Versuchung zu fliehen, die sie in den letzten Tagen häufig verspürt hatte –, weil die Zusammenhanglosigkeit, in der sie schwimmt, da ist, solide ist, existiert, sichtbar ist, sich aufdrängt, das Übrige kann nicht bestehen. Laures unverständliches Leid ist eine Gewißheit, die einzige Gewißheit.

Sie hat sich an ihrer Tochter festgeschnürt, ihr Körper folgt der Linie von Laures Körper. Ihr Mund ist ganz nah an Laures Ohr. Sie spricht zu ihr unaufhörlich, sanft. Sie weiß nicht einmal, was sie sagt, sie brummt, sie murmelt, sie ist ganz da für Laure.

»Gleich ist es eine Stunde her, daß du dein Tranxène genommen hast, hat es dir gutgetan?«

»Nein, ich merke gar nichts. Im Gegenteil, ich merke, daß es mich wieder packt. Gib mir noch welche, bitte.«

Zwei weitere kleine, weiße Pillen. Sie mustert die Magerkeit des nackten Körpers, den sie in ihren Armen hält, die Stärke der Gelenke, die Knie, die Ellenbogen, die Knochen, die unter der durchstochenen Haut hervorstehen, den Rumpf... Bilder wie aus einem Massengrab. Wie kommt es, daß sie nicht vollkommen mutlos ist? Was hat man mir beigebracht? Was nützt all das, was ich gelernt habe? Bin ich dabei, sie zu töten?

Der Tod ist da, er hat die Gestalt der Tranxène-Pillen. Laure verlangt danach, und Elsa gibt ihr welche. Eine, und dann zwei, und dann noch einmal zwei, und dann... Elsa gibt ihr deshalb die Tabletten, weil sie nicht weiß, was sie tun soll, das ist alles, was sie ihr geben kann. Sie müßte einen Gedanken, eine Diagnose, einen Plan für die Zukunft haben, sie hat nichts dergleichen. Ihre Tochter lebt eine Realität, die Elsa nicht versteht, sie nimmt sie hin. Der unterjochte Körper ihres Kindes führt bei diesem Tanz. Wenn Elsa hörte, daß Laures Stimme sie um Arsen bittet, würde sie es ihr geben. Sie würde es ihr geben! Sie wird sich dieser Gefahr bewußt und, ohne es überhaupt zu wollen, steht sie auf, wirft, was noch vom Tranxène übrig ist, in die Toilette und zieht. Sie hat auf die einzige Waffe verzichtet, die sie hatte, das gibt ihr Kraft, während sie doch dachte, keine mehr zu haben. Sie kehrt zu Laure zurück, sie legt sich wieder dicht neben sie, sie nimmt sie wieder in ihre Arme, sie hält sie fest, und so, wie sie es die ganze Nacht lang getan hat, spricht sie in ihr Ohr:

»Ich habe gerade das Tranxène weggeworfen. Ich kann dir keins mehr geben, ich will dir nichts mehr geben. Ich will dich nicht töten.«

Es ist still, man könnte meinen, diese Worte dringen nicht in Laures Geist ein. Und doch hat sie sie gehört, dessen ist sich Elsa sicher. Und dann, plötzlich:

»Es ist mir egal, ob ich sterbe! Es ist mir egal! Ich will nicht länger leiden, das ist alles, was ich will. Verstehst du das, Elsa?«

»Ich verstehe es. Aber ich will dir nicht weiter diese Tabletten geben, ohne zu wissen.«

»Ohne was zu wissen?«

»Ohne zu wissen, wie weit ich damit gehen kann, was die höchste Dosis ist.«

»Die höchste Dosis, die höchste Dosis! Du bist wohl nicht ganz dicht! Begreifst du eigentlich, was du gemacht hast? Was soll jetzt aus mir werden? Ich brauche ein Beruhigungsmittel, ein starkes Beruhigungsmittel.«

»Das Tranxène 50 ist stark, es ist sogar sehr stark, du hast viel davon genommen... Übrigens leidest du weniger. Wir können miteinander sprechen, vorhin war das nicht möglich. Dir geht es besser.«

»Man merkt, daß du nicht in meiner Haut steckst! Ich leide, ich leide, es ist schrecklich! Ich brauche etwas. Ich brauche etwas. Besorg' mir Morphium!«

»Hör mal, Laure, ich bin kein Arzt, ich kann nicht so einfach Morphium besorgen.«

»Die kennen dich doch, in Paris geben sie dir, was du willst.«

»In Paris, in meinem Viertel, weil sie wissen, welchen Beruf ich ausübe, und weil ich ihnen innerhalb von vierundzwanzig Stunden ein Rezept bringe, aber hier nicht.«

»Nun mach schon. Du bist bekannt. Man kennt dich.«

»Aber nein, Laure, man kennt mich nicht.«

»Du willst mir nicht helfen!«

»Wenn ich dir nicht helfen wollte, wäre ich nicht hier. Aber ich will dir nicht weiter Medikamente verabreichen, ohne zu wissen, was ich tue.«

»Nur Morphium würde mir Erleichterung bringen.«

Laure ist nicht unaufrichtig, sie lügt nicht, sie spielt keine Komödie. Laure hat zwei Stimmen! Sie ist besessen. Elsa versteht, was »abhängig« bedeutet. Sie weiß jetzt, was »draufsein« heißt. Es ist teuflisch! Sie glaubt, ihre Tochter sprechen zu hören, dabei ist es in Wirklichkeit das Heroin, dem sie zuhört. Ja, das ist es, es ist nicht Laure, die spricht, es ist das Heroin, das Laures Stimme angenommen hat, es ist das Heroin, das nach Morphium verlangt. Und sie, Elsa, weiß nicht, was sie dem Heroin antworten soll. Was sie über Heroin, über dieses Produkt weiß, hilft ihr nicht, mit ihm ein Gespräch zu führen... Das ist verrückt! Sie weiß nicht mehr, was sie sagen soll...

»Wir können zum Krankenhaus fahren.«

»O nein, kein Krankenhaus. Niemals ins Krankenhaus. Schwöre mir, daß du mich nicht ins Krankenhaus bringst. Schwöre es. Außerdem werde ich es nicht mit mir machen lassen.«

»Hör zu, Laure, wenn das so weitergeht, sehe ich keine andere Lösung.«

»Das niemals, niemals. Ich hau' ab!«

Sie ist aufgesprungen, und in der Rumpelkammer, zu der das Zimmer inzwischen geworden ist, wühlt sie, sucht sie nach ihren Sachen. Alles ist durcheinander, die Laken, die Kopfkissen, die Decken, die Kleider, das Tablett vom Abendbrot, die offenen Koffer... Die Möbel stehen schief, eine Nachttischlampe ist umgekippt und ihr Schirm ist zertreten. Elsa denkt, daß es hier jetzt so aussieht wie bei ihr zu Hause am Tag ihrer Ankunft... Laure tobt mit unglaublicher Energie in dem Durcheinander des Zimmers herum. Sie ist nackt, ihr Adernnetz ist auf ihre Magerkeit tätowiert wie die Grenzen einer Geographie der Torturen. Die Landkarte der Hölle! Einmal mehr denkt Elsa an Votivfiguren, an Karnevalskelette.

»Hör mir zu. Einer meiner Freunde aus der Kindheit ist Psychiater in Marseille. Den kann ich anrufen. Oder wir können auch zu meinen Eltern nach Aix fahren.«

Die ganze Nacht hat sie daran gedacht: Wer könnte ihnen helfen? Wer könnte ihnen zu Hilfe kommen? Wer könnte ihr die Verantwortung abnehmen, und sei es auch nur für fünf Minuten?

Laure hat innegehalten.

»Gut, einverstanden, ruf ihn an, deinen Psychiaterfreund.«

Laures Körper

Marseille. Den ganzen Tag über ist durch die offenen Fenster eine staubige Hitze mit Hupgeräuschen, Stimmengetöse und Ratatouilledüften ins Haus gedrungen.

Die große Mittelmeerstadt, die Elsa gut kennt, liegt vor ihr, ganz nah. Und doch ist sie ihr fremd geworden. Jedes Geräusch, jedes Licht unterstreicht für sie nur noch mehr die seltsame Distanz, die sie gleichzeitig von dem, was sie gewußt hat, und dem, was sie noch nicht weiß, trennt.

Heute hat Elsa hundertmal geglaubt, daß sie es nicht schaffen würden. Sie hat den Moment kommen sehen, wo man Laure mit Gewalt hätte ins Krankenhaus bringen müssen. Der befreundete Psychiater sagte:

»Verstehst du, zusätzlich zu dem Tranxène, das du ihr letzte Nacht gegeben hast, habe ich ihr am Tag eine Menge Beruhigungsmittel verabreicht, die man Übererregten gibt. Normalerweise müßte sie wie vor den Kopf geschlagen sein, und doch sieht es so aus, als ob sie überhaupt nicht darauf reagiert.«

Laure hörte nicht auf zu palavern, zu argumentieren. Immer wieder kam sie auf Morphium zurück, daß nur Morphium bei ihr etwas ausrichten könne. Der Freund diskutierte mit ihr:

»Laure, was du willst, ist Heroin. Mach dir das bitte bewußt. Wenn du es auch nicht bist, dein Körper ist sich dessen bewußt, er verlangt danach. Und ich will ihn nicht mit Morphium beruhigen, denn es ist ein Opiumderivat wie Heroin, wie Methadon... diese Methode ist veraltet. Früher bekam man die Leute vom Opium los, um sie ins Morphium zu stürzen. Sie waren keine Opiumsüchtigen mehr, sie wurden Morphinisten... Willst du davon loskommen, ja oder nein?«

»Ich will davon loskommen... aber Morphium ist nichts im Vergleich zu Heroin. Ich setze mir hier vor Ihren Augen einen Schuß, nur ein ganz klein wenig, und das wird mich beruhigen. Ich werde nicht total abstürzen, nur beruhigt sein, das ist alles.«

Jetzt ist es vorüber, sie schläft.

Als sie wirklich verstanden hatte, daß sie kein Morphium bekommen würde, hat sie sich hingelegt und besiegt die Augen geschlossen.

Elsa hatte sich neben ihre Tochter gesetzt, sie hat eine Hand auf ihre Stirn gelegt, sie hat ihre Schläfen gestreichelt und hat gefühlt, wie die Krämpfe seltener wurden und schließlich nachließen. Das Erdbeben ist vorüber.

Der Freund hat ihnen lange zugesehen und ist dann unter die Dusche gegangen.

Sie hört das Wasser spritzen, und das tut ihr gut, es ist wie ein Gewitter, das ausbricht. Dann hört sie den Freund ins Nachbarzimmer gehen, wo er eine Lampe anzündet. Ein Rechteck aus Licht kommt durch die offene Verbindungstür und erstreckt sich bis zu Elsas Füßen. Der Freund sagt nichts, er rührt sich nicht, aber sie weiß, daß er darauf achtet, was sie macht.

Vor sehr, sehr, sehr langer Zeit, gegen Ende der Kindheit, gingen sie in dasselbe Gymnasium, waren sie ineinander verliebt. Oder vielmehr hatten sie hingerissen gemeinsam die Liebe entdeckt. Aber sie hatte Jacques getroffen...

Sie sagt leise, sie ist sicher, daß er ihr zuhört:

»Das Leben ist merkwürdig, nicht?«

Die Antwort kommt sofort:

»Ja... schläft sie?«

»Sie schläft tief, sie ist erschöpft.«

»Dann komm und laß uns sprechen.«

Sie sprechen. Sie sprechen über die Droge. Sie sprechen über Laure. Sie sprechen über ihren Beruf. Sie sind kompetent. Er ist auf dem laufenden über Elsas Arbeiten. Er bewundert sie. Vor allem ist er es, der spricht. Und währenddessen sieht Elsa ihn an, ihn, seine Augen, seine Haltung im Sessel, seine Hände. Die Liebe ist eine Erinnerung zwischen ihnen, ein vergrabener Schatz, nicht mehr zu gebrauchen, aber er ist da, es gibt ihn in dem Frieden dessen, was vergangen ist. Das ist beruhigend.

Die Worte des Wissens, sowohl ihre als auch seine, klingen für sie wie ein Raunen oder ein aufgesagter Text, etwas sich immer Wiederholendes, Gespieltes, wie ein Wiegenlied. Wieder hat sie den Eindruck, eine Fremde zu sein. Sie glaubt, daß sie zu müde ist, um eine ernsthafte Unterhaltung zu führen. Sie kann nicht mehr, sie wird sich neben Laure schlafenlegen.

Am nächsten Morgen ist sie nicht erstaunt, dort zu sein, wo sie ist, Laure so zu sehen, wie sie ist, vom Schlaf betäubt. Sie weiß, daß sie in Marseille sind. Die Bilder der vergangenen Tage haben sie während der Nacht nicht verlassen, sie haben sich mit ihren Träumen vermischt, das ist alles.

Neben ihr auf dem Boden liegen Bücher, die sie aus der Bibliothek des Freundes genommen hatte, gestern abend, bevor sie sich neben Laure gelegt hat. Bücher über die Psyche, über Psychologie, Psychiatrie, Psychoanalyse. Sie sieht sie an, sie weiß, daß sie sie nicht öffnen wird, nicht jetzt, nicht später, auch nicht morgen. Sie kennt sie auswendig, auswendig, in- und auswendig. Sie weiß, daß sie ihr nicht weiterhelfen können, daß sie über sie hinausgehen muß. Sie weiß nicht, warum sie das weiß, aber sie weiß es. Es ist abstrakt.

Sie hat folgenden Gedanken: ICH BIN WOANDERS, ICH BIN DANACH, aber es gelingt ihr nicht, beim ICH BIN zu verharren, sie klammert sich an »woanders«, »danach«, die ihr ebenso entschlüpfen, weil ihr das Wesentliche fehlt, das ICH BIN. Es ist abstrakt. Das Heroin hat Elsa abstrahiert. Sie hat den Boden unter sich verloren, ein Anker hat nachgegeben, sie treibt ab. Elsa schwimmt auf einer Woge, sie weiß nicht, ob sie je wieder Boden unter den Füßen finden wird. Das beunruhigt sie nicht, nicht das ist wichtig. Wichtig ist, daß...

Elsa ist eine Einzelgängerin. Sie ist es nicht geworden, sie ist es schon immer gewesen.

Ihre Eltern sind schweigsame, liebevolle Leute. Sie haben in Aix-en-Provence einen Laden für Damen- und Herrenwäsche. Ihr Geschäft geht sehr gut. Sie leben in der Wohnung über dem Laden, Elsa ist dort geboren. Ein heller Ort, ohne Geschichten, ohne Dramen, mitten in der Stadt. Die Schlafzimmer gehen auf einen Garten hinaus, wo eine Platane wächst, die so groß ist, daß kaum etwas anderes dort wachsen kann: Sie nimmt den ganzen Platz ein. Im Winter verliert sie ihre Blätter: Elsa sah dann als Kind den einfarbigen Boden, der hier und dort von den grün-grauen Wurzeln des Baumes, die halb vergrabenen Schlangen glichen, durchbrochen war. Sie liebte und liebt noch immer all das: das Haus, den Laden, die Platane, ihren Vater, ihre Mutter, aber sie muß nicht darauf verzichten, sie fehlen ihr nicht. Sie sieht ihre Eltern wenig, nur bei familiären Anlässen. Sie schreibt einmal im Monat. Sie telefonieren miteinander, bei Tod oder Geburt, bei Examen, zur Organisation der Ferien, um eine zärtliche Verbindung aufrechtzuerhalten. Eines Tages werden diese Verbindungen durch den Tod abgebrochen werden, das ist die Ordnung der Dinge: Ihre Eltern sind alt.

Laures Tod wäre nicht in der Ordnung der Dinge!

Wenn sich Laures Tod in Elsas Leben ereignen würde, so

wäre das das Chaos. Zuerst muß sie selbst diese Probe bestanden, den Durchgang geöffnet haben. Wie bei den ersten Schritten: »Hab' keine Angst, meine Arme sind auf der anderen Seite, es ist nur ein Schritt, hab' keine Angst.« Wie bei der Geburt: »Hab' keine Angst, meine Schenkel sind auf der anderen Seite, hab' keine Angst, es ist nur ein Stoß.«

Wenn es das nicht gäbe, den Tod der Eltern ... Das überlebt man nicht, den Tod eines Kindes, das ist nicht erträglich, nicht denkbar!

Laure nimmt Drogen. Laure kann sterben. Sie, Elsa, weiß, daß eine Spritze zuviel genügen würde ... Sie weiß auch, daß Jacques tot ist, daß er den Durchgang kennt ... Sie hat Angst vor Jacques, vor dem Urteil von Jacques: Sie kann ihm seine Tochter nicht in einem solchen Zustand zurückgeben ... Dies ist eine Idee, die wie ein blinder Passagier bei ihr mitreist, eine unwürdige, dumme Idee. Sie will sie nicht. Ihre Vernunft stößt sie zurück. Sie erschöpft sich dabei, sie zu verwerfen. Aber sie kommt nicht an ihr vorbei. Sie kann nicht mehr denken, sie sieht nur noch Bilder.

Nur noch Bilderbogen, Gedankenblitze, Klischees, die ihr Antrieb geben oder sie bremsen. Viele Kindheitserinnerungen, die in ihr wieder auftauchen.

Oft ist sie in Aix, in ihrem Kleinmädchenzimmer. Eine von Lindenblüten trunkene Biene summt ab und zu. Es ist Juni, die Zeit der Versetzungen. Sie genießt das Lernen, die Harmonie, die zwischen den Büchern, aus denen sie lernt, und der Platane, die sie durch das offene Fenster sieht, besteht. Es gibt nicht draußen und drinnen, nicht Seiten und Blätter, nicht Wände und den Himmel. Es gibt allein das Wissen, das alles umfaßt. Und dann gibt es noch die Ladenglocke, die unten, sehr fein, läutet, immer wenn ein Kunde eintritt. Das Wissen wäre weniger strahlend, wenn da nicht das Echo der Klingel in der Ruhe eines Donnerstagnachmittags wäre.

Und dann, manchmal, ist es auch Winter, sie ist im Laden, nahe der Kasse, im Hintergrund. Drei Damen sind zu bedienen. Eine, die wartet, eine, die sich die Strümpfe ansieht, die ihre Mutter ihr zeigt, eine andere, die eine Garnitur wünscht und um die sich ihr Vater kümmert. Er trägt seinen braunen Anzug aus Wolle, sein weißes Hemd mit steifem Kragen und seine schwarze Krawatte. Draußen regnet es. Die Regenschirme der Kunden tropfen um den Schirmständer herum auf den Boden. Ihr Vater macht gezielte, fachmännische Gesten, um den oberen und unteren Teil der Garnituren zu zeigen. Er läßt seine Hand in Form einer Birne in die Passe gleiten, als sei sie ein Busen, und öffnet die Finger, um die Anmut der Spitze, ihre Transparenz hervorzuheben. Sie mag es nicht, wenn er das tut, sie wendet ihren Blick ab und lenkt ihn wieder auf ihre Mutter oder auf die Regenschirme oder die Straße hinter der Schaufensterscheibe.

Und dann auch später, mit Jacques, sie ist gerade erst ein junges Mädchen. Er wollte Kondome kaufen, und als die Apothekerin ihn nach der Marke und Größe fragte, wußte er nicht, was er antworten sollte. Er ist rot geworden und sehr schnell aus dem Laden gelaufen, als brenne es. Dann hat die Apothekerin Elsa mit ihren sachkundigen und gleichgültigen Augen angesehen und sie gefragt: ob sie denn die Marke und Größe wisse? Elsa hat gesagt: »Mal sehen, mal sehen ...« und ist auch rausgelaufen. Sie konnte nicht mehr vor Lachen. Jacques erwartete sie in einiger Entfernung auf dem Bürgersteig, ratlos. »Ich bin ein Blödmann!« – »Das ist aber auch deine Schuld. Warum willst du überhaupt Pariser kaufen?« – »Und wenn wir nun ein Kind machen, Elsa« – »Wir würden ein Kind haben wie alle anderen auch.« Es mißfiel ihr nicht, ein Kind zu haben. Sie wußte sehr wohl, daß sie eines Tages eins haben würde.

Manchmal, in Les-Saintes-Maries-de-la-Mer, vor allem im Juni oder auch im September, ließ sich Elsa, als sie klein war, von den Wellen überrollen. Sie kam an den Strand mit ihren Eltern. Sie machten ein Familienpicknick.

Es waren oft sehr windige Tage. Man mußte den Sonnenschirm festbinden, damit er nicht weggetragen wurde. Einmal hatte sie gesehen, wie er von einer Böe aus dem Boden gerissen wurde und begann, den Strand entlang zu kreisen wie eine grüne Feuerwerkssonne, und das so schnell, daß ihr Vater, der doch schließlich ein guter Läufer war, ihn nicht wieder hatte einfangen können. Der Sonnenschirm hatte seinen Lauf in den Wellen beendet, die sich einen Augenblick daran ergötzten, mit ihm herumzujonglieren.

An jenen Tagen rauschte das Meer laut. So laut, daß Elsa

ihre Eltern nicht hörte, die sie zur Vorsicht ermahnten. Sie wußte, daß sie es taten, sie sah sie in der Ferne ihre Arme schwenken, um sie zurückzurufen, sie sah, wie ihre Münder sich weit öffneten, um wahrscheinlich zu schreien: »Schwimm nicht weiter hinaus!«, »Sei vorsichtig!«, »Bleib am Ufer!«, »Komm zurück!«, doch wegen des Getöses der Wellen hörte sie die Worte nicht, sie konnte sie nicht hören, und außerdem wollte sie sie nicht hören. Ihre Ohren waren erfüllt vom Bersten der Wellen, die einander gegenseitig verstärkten, indem die Flut der einen im Rückfluß der anderen auseinanderbrach. Die Ohren voller Getöse, aber auch die Nase, die Augen, die Haut voller Gischt und Wind... die Haut zwischen den Fingern und zwischen den Schenkeln, die Haut am Nacken, die Haut von Rücken und Hinterteil und die am Bauch, ihre ganze vom Nordwestwind und seinem Toben glasierte und gepeitschte Haut. Die Sonne, die weit geöffnet und üppig senkrecht über ihrem Kopf stand, ließ einen warmen Blick auf sie fallen. Das Blau des Himmels war makellos, ohne die geringste Wolke. Das Mittelmeer, grün und gelb vom Bodensatz, den es rhythmisch stampfte und mit seinen Wellen transportierte, war durchsetzt mit spitzen Sandkörnern, die in Elsas Füße und Beine stachen, wenn sie ins offene Meer hinausging. Sie konnte der Schönheit dieser Wellenbewegungen, mit der sie spielen wollte, nicht widerstehen. Spielen, nur spielen, nicht ertrinken, nicht sterben. Sie war sich darüber im klaren, daß sie ein Risiko einging.

Um zu spielen, mußte sie ein wenig weiter hinein gehen, damit das Wasser bis zu ihren Waden, ihren Knien, sogar bis zu ihren Schenkeln stieg. Alle Augenblicke fehlte ihr der Boden unter den Füßen, der Sand, den die Rückflut ins Meer hinauszog, wich, wurde flüssig, die Zehen griffen nur noch Wasser. Sie verlor das Gleichgewicht. Sie strauchelte. So kam sie, so gut es eben ging, voran auf dem fließenden Gleiten des Strandes, bis eine Brandungswelle ihr Ungleichgewicht ausnutzte. Wenn sie dann so in der kreisenden Bewegung der Welle gefangen war, eingerollt in diesen Leib aus Wasser, in diese wirbelnde Gebärmutter, die auf ihr Bersten zustürzte, wußte Elsa nicht länger, wo oben und unten, wo der Himmel und wo das Meer war. Geblendet und erstickt, dachte sie, zu weit gegangen zu sein, diesem Wirbel nicht mehr zu entkommen, in dem sie ihre Schwerkraft und ihre Dimensionen verloren hatte und der sie in den tiefsten aller Unterwasserabgründe mitreißen würde. Und dann kam plötzlich ein brutaler Aufprall, ihr Körper war gegen festen Boden gestoßen. Es war höchste Zeit, sie hatte keine Luft mehr! Und doch mußte sie sich wieder auf ihre Beine stellen, dem Rückstrom der Welle, in der sie sich verloren hatte, widerstehen, sonst wäre sie vom offenen Maul der folgenden Woge verschlungen worden, die sie schon ganz nah vor sich sah, und der sie die Stirn würde bieten müssen...

Als sie am Morgen in Marseille die Augen öffnet, erinnert sich Elsa daran, an das Vergnügen, das sie als Kind empfand, sich in Gefahr zu begeben.

Laure hat sich bewegt, sie hat sich auf den Rücken gedreht. Im Schlaf hat sie ein Bein mit einer unnatürlichen, kantigen Bewegung zur Seite geschoben und dabei ihre Mutter angestoßen, die vor sich hindämmerte. Der Alarm ist plötzlich wieder da und bringt Unordnung in Elsas Bilderwelt. Der Körper von Laure!

Die Droge, dieser Schatten des Todes, gibt Elsas Vergangenheit, dem, was sie vor der Droge erlebte, symbolische Bedeutung. Diese Vergangenheit ist vorüber, sie belehrt sie nicht mehr, als sei sie gestorben. Für sie gibt es von nun an nur noch »vor der Droge« und »nach der Droge«. Die Zwischenfälle und Mißgeschicke von vorher heben sich vom dennoch ununterbrochenen Fließen ihres Lebens ab, sie werden getrennt voneinander, und ein jedes mit seiner eigenen Bedeutung, zu einfachen Signalen, die die Piste ihres früheren Wissens markieren. Sie leiten sie zu einem Rätsel: dem Körper von Laure.

Es regnet. Ich habe den Zug nach Paris verpaßt. Der nächste fährt in fünfundfünfzig Minuten. Ich bleibe lieber hier, anstatt zu meinen Eltern zurückzukehren. Sie würden mir nur noch ein weiteres Mal sagen, daß ich in meinem Zustand, im fünften oder beinahe im fünften Monat schwanger, besser daran täte, bis zur Entbindung bei ihnen zu wohnen. Als gäbe es Jacques nicht! Als gäbe es uns beide nicht! Dabei respektieren sie Jacques, aber nach ihrer Ansicht erwartet man ein Kind nicht in einem Dienstmädchenzimmer im 13. Arrondissement … Ich mag ihnen nicht wehtun, aber ich ersticke in ihrer Fürsorge.

Elsa kauft ein »erbärmliches Blatt«, wie Jacques gewisse Tageszeitungen nennt. Aber das hindert ihn nicht daran, sie trotzdem zu lesen, heimlich … Niemand ist im Wartesaal, sie setzt sich auf eine Bank neben ein großes Fenster, von wo sie den leeren Bahnsteig im Regen, einen Schienenbus auf einem fernen Gleis und, noch weiter in der Ferne, einen einsamen, triefenden Waggon sehen kann, mit den Stümpfen seiner Puffer, die bereit sind, sich an nichts, an der Leere zu stoßen. Sie hat schon immer das armselige, verschwommene Licht der Bahnhöfe geliebt. Abfahren. Ankommen, Durchreisen.

Sie ist auf der Durchreise. Vor kaum mehr als einem Jahr wohnte sie hier, in dieser Stadt, in einer Straße, in einem Haus, in einem Zimmer dieser Stadt, der Rest der Welt war woanders, und heute ist sie nun hier auf der Durchreise. Schnell ist alles geschehen. Es ist nicht schwierig, erwachsen zu werden. Sie hätte angenommen, es sei komplizierter. Nach und nach werden die Eltern sich an die Trennung gewöhnen und sie wird für sie ebenso einfach sein wie für Elsa. Hoffentlich wird alles so sein, hoffentlich sind sie nicht unglücklich. Sie liebt sie.

Sie streckt die Beine aus und legt ihre Füße auf die Bank gegenüber, auf das »erbärmliche Blatt«, das sie dort ausgebreitet hat, um nichts schmutzig zu machen. Sie wird es später lesen. Sie sieht zu, wie der Regen fällt, sie sieht den Stahl der Gleise, die sich offenbar unendlich wiederholende Zwillinghaftigkeit ihrer geraden Wirbelsäulen, sie stellt sich ihre unzähligen Gelenke vor, das große Netz ihrer Wege, die die Züge in die Wärme, in die Kälte führen, überallhin, durch die Städte, die Wüsten … und die Tausende von Prellböcken entlang der Küsten, am Rande der Meere. Die Häfen, die Schiffe, die Umladestellen … Sie ruht sich aus, jede Zelle ihrer Person ist ohne Einschränkung dem Leben hingegeben, das ihr eigen ist. Elsa ist vollständig im Einklang mit sich selbst. Das hält lange an. Bis auf einmal, ganz leise, aber deutlich, während sie noch in dieser Gelassenheit verharrt, ein Gefühl sie dazu zwingt, sich wieder nach außen zu wenden. Eine leichte Berührung, ein Vorüberziehen, ein kurzes Gleiten, ein leichter, kaum spürbarer blauer Schlitten hat sie in ihrem Inneren durchquert, in der tiefsten Tiefe ihres Körpers. Das Kind hat sich bewegt! Zum ersten Mal! Sie hat es erkannt, niemand anderer kann sich so bewegen. Das Kind ist nicht länger eine Idee, eine Vermutung, eine Schwellung, eine Zukunft. Das Kind lebt dort, in Elsas Höhlung. Ein Körper ist in ihrem Körper. Ein Fremdling in ihrer privaten Sphäre. Jemand, der sich bewegt, während sie sich ausruht. Sie ist glücklich, die Tränen steigen ihr in die Augen. Sie legt ihre Hände auf ihren Leib, mit Besorgnis, mit Neugier, mit Hoffnung, kaum... kaum wagt sie, ihren Leib zu berühren. Nichts mehr, das Kind bewegt sich nicht mehr. Auch ihr Kind ruht sich aus! Wieder betrachtet sie den Regen, aber in ihrem Blick gibt es einen anderen Blick. Andere Augen in ihren Augen. Einen anderen Leib in ihrem Leib. Ihr Kind ist hier auf der Durchreise wie sie, zusammen mit ihr; es reist in ihr.

Sie steht auf. Sie geht zur Telefonzelle. Sie schließt sich darin ein. Sie ist ungewöhnlich vergnügt und besonnen. Sie ruft ihre Eltern an. »Hallo, hier ist Elsa... Es geht mir gut, es geht mir sehr gut, aber mein Zug hat ein wenig Verspätung, deshalb nütze ich die Zeit, um euch schnell noch einmal zu umarmen... Gut, ich muß jetzt auflegen, sonst verpaß' ich ihn diesmal.«

Sie hat nichts gesagt. Letzten Endes hat sie ihren Eltern nicht gesagt, daß das Kind sich bewegt hat. Sie hat darauf gewartet, daß es sich stark bewegt, um es Jacques zu sagen. Sie hat gewartet, bis sie diese Heimlichkeit nicht länger verbergen kann.

Laures Körper!

Die Neugier auf jenen Körper, auf Laures Körper! So viele Monate haben wir Körper an Körper verbracht, ohne uns zu sehen, ohne daß sie etwas anderes von mir kennt als meine Eingeweide, ohne daß ich etwas anderes von ihr kenne als die Form ihres Rückens unter meinen Händen, durch meine Haut hindurch... Dennoch wußten wir ein wenig mehr voneinander: etwas von unseren Rhythmen.

Laures Geburt! Mein Erstaunen, als ich begriff, daß mein Baby und mein Körper beschlossen hatten, Schluß zu machen, daß für sie beide die Zeit reif sei. Sie arbeiteten in einer Weise auf die Entbindung hin, die ich ablehnte. Ich wollte mein Kind im Rhythmus meiner Lust zur Welt bringen, nicht in ihrem Rhythmus, der keine Rücksicht auf mein Leiden nahm. Ihr hysterischer, krampfartiger Rhythmus!

»Entspannen Sie sich, Madame Labbé, verkrampfen Sie sich nicht. Entspannen Sie Ihre Schenkel. Vorsicht, da kommt eine Wehe, los! Einatmen. Ausatmen. Pressen! Pressen Sie, pressen, pressen, pressen! Gut, das war's, ich sehe den Kopf.«

Er sieht den Kopf und ich nicht! Der Geburtshelfer, das Baby und mein Körper erleben gemeinsam ein Ereignis, mit dem ich nicht einverstanden bin, und doch geschieht es in mir und mit mir. Ob ich es will oder nicht, ich bin ein Teil dieses Ereignisses. Ich kann nicht einmal darüber streiten. Ich bin besiegt...

»Es ist gut, Madame Labbé, Sie entspannen sich. Achtung, dieses Mal ist es die letzte. Einatmen. Ausatmen. Stoßen! Tüchtig stoßen! Stoßen Sie, stoßen, stoßen Sie... Da... es kommt... weiter, weiter, weiter... Da ist es! Es ist ein Mädchen! Sie haben ein kleines Mädchen, Madame Labbé!«

Auf meinem Bauch die kleine Böse! Naß, rosarot, blutig, der Flaum auf ihrem Kopf festgeklebt, meine Laure! Was für eine Schönheit! Was für ein Wunder!

Laures Körper!

Der Körper von Laure, wenn sie badet!

Der Körper von Laure, wenn sie tanzt!

Der Körper von Laure, wenn sie an ihrem Schreibtisch sitzt!

Der Körper von Laure vor dem Spiegel, wenn sie sich zum Ausgehen zurechtmacht!

Der Körper von Laure, vom Heroin zerstochen, in den Fängen eines trügerischen Glücks. Ihre Jugend verfliegt und verliert sich durch die Löcher in ihrer durchsichtigen Haut. Den Weg, der von ihrem Nabel zu meinem Nabel führt; benutzt die Droge, diese Schlampe.

Elsa tritt in ein neues Leben ein, wo allein Laures Körper von ihrem Wesen zeugt.

Er trägt Kennzeichen; zum Beispiel einen Leberfleck im

Winkel ihres linken Auges. Elsa hatte ihn für ein Staubkorn gehalten, als Laure drei Tage alt war. Jetzt ist er gewachsen und hat die Form einer winzigen, koketten Fliege. Gestern abend hat Elsa ihn bemerkt, während Laure sprach, ihr Morphium verlangte, ihre dürren, mit Pusteln übersäten Beine spazieren führte, und wegen dieses Leberflecks hat Elsa, anstatt die Laure, die sie geworden ist, vor sich gestikulierend zu sehen, ihr ganz kleines Baby, ihr kleines Mädchen gesehen, ihr Kind, ihre Laure. Das hat ihr den Magen zusammengeschnürt... Auch die vordersten Glieder der Finger ihrer linken Hand, die sich Laure in einem Liegestuhl zerquetschte, als sie vier Jahre alt war. Ihr ist davon eine leichte Verformung geblieben. Elsa kann sie nicht sehen, ohne daß ihr sofort das Licht und der Duft jenes Tages ins Gedächtnis zurückkehren, die Kleine in ihren Armen, mutig, die leidet und nicht weinen will, die ihren eigenen Schmerz in den Augen sieht und immer wieder sagt: »Es ist nichts, hab' keine Angst...«

Immer wieder taucht das Kind vor seiner Mutter auf und täuscht sie. Elsa fährt fort, in der Gegenwart zu leben, mit der Liebe zu einem Körper, den Laure selbst beseitigt hat. Das ist schlecht. Sie darf nicht länger von diesem Körper gerührt werden, den es nicht mehr gibt. Sie muß ihr Kind vergessen und sich nur noch dieser fremden Frau widmen, dem Körper, den diese Frau sich selbst geschaffen hat mit den Kennzeichen des Heroins. Das ist schwierig. Das ist das Schwierigste.

Danach, woanders

Zunächst waren da die zehn Tage in Marseille, während sich Laures physische Entgiftung vollzog. Dann fuhren sie für zwei Wochen nach Marokko in die Sonne, um sich aufzuwärmen: Laure zitterte oft am ganzen Körper, sie war ständig erstarrt.

Zwei bewegte Wochen in der Gegend von Agadir. Vierzehn von Laures Launen in kleine Stücke zerhackte Tage. Eine Stunde geht es ihr gut, eine Stunde geht es ihr schlecht, eine

Stunde lang weiß sie nicht, was sie will, eine Stunde lang ist sie in einer Art Trance, eine Stunde ist sie todtraurig, eine Stunde lacht sie über alles und jedes, eine Stunde hat sie zu nichts Lust, eine Stunde fordert sie unverständliche Dinge. Wenn Elsa versucht, das Verlangen zu begreifen, das von einer Laune zur anderen wechselt, gelingt es ihr nie. Sie fragt Laure, und Laure beginnt zu weinen, sie wird gereizt: Warum stellt Elsa diese Fragen? Laure ist unfähig, ihr Verhalten zu verstehen, und ihre Hilflosigkeit bringt sie aus der Fassung. Sie rechtfertigt sich, ist aber intelligent genug zu wissen, daß ihre Erklärungen nichts wert sind, also ist sie zornig auf ihre Mutter und droht ihr. Droht, sich zu töten, droht, sich innerhalb von fünf Minuten Heroin zu beschaffen: »Es gibt überall welches, weißt du. Noch am Tag unserer Ankunft hätte ich dir sagen können, wo ich welches finde, wer mir welches beschafft hätte!« Elsa weiß, daß es wahr ist, sie hört auf, Fragen zu stellen.

Elsa bleibt nichts anderes übrig, als sich von Laures Launen treiben zu lassen. Sie hat noch nie in dieser Weise gelebt: in untätiger Bereitschaft. Sie ahnt, daß die Zusammenhanglosigkeit, in der ihre Tochter lebt, weder von einer Folge von Launen, noch von einem neurotischen Zustand inszeniert wird, sondern von rätselhaften Trieben, die vom Heroin verursacht werden, die Laure selbst nicht bewußt sind und die sie dennoch bekämpft, als würde sie sie kennen. Dies ist ein sinnloser, erschütternder Kampf. Elsa wird zur Zuschauerin bei diesem Kampf, zur Zeugin: Sie ist da, das ist ihre Rolle. Sie ist da, das ist alles, aber sie ist ständig verfügbar, und Laure weiß das.

In Marokko machte es sich Elsa gleich beim ersten Herumflanieren zur Gewohnheit, in den Momenten, wo Laure sie am meisten schockierte, sie am meisten beunruhigte, sich dem Betrachten unbedeutender, nichtiger Fakten hinzugeben.

Eines Tages, gegen Ende des Aufenthaltes, ist Laure am Strand mit einer Bande von Gaunern geritten. Sie hatte von ihnen für sehr viel Geld eine Schindmähre gemietet. Laure wußte, daß die geforderte Summe astronomisch war, aber sie mußte um jeden Preis diesen Klepper besteigen, koste es, was es wolle. Elsa hat mitgemacht, sie hat bezahlt. Sie hat gesehen, wie Laure halbnackt – ihr Körper noch mit rosigen Punkten übersät, die man nun aber für Insektenstiche halten konnte – gefährlich zwischen den Badenden hindurchgaloppierte, wie sie mit ihrem Blick die Gauner erregte, sie hat gesehen, wie sie die Kinder, die ihre Sandburgen bauten, in Schrecken versetzte, wie deren Eltern Laure beschimpften und ihr mit der Faust drohten. Während des Rittes drehten sich ihre Nachbarn am Strand zu ihr um und sahen sie an, damit sie eingriff, sie wußten, daß Laure ihre Tochter war. Sie hatten ihre Schliche beobachtet, um das Geld für das Pferd zu bekommen, sie hatten ihren heimlichen Verhandlungen mit der Gruppe der obszönen Jungen zugesehen, ihrem Hin und Her zwischen ihnen und ihrer Mutter. Diese Leute betrachteten sie mit dem Ausdruck von Ekel, den Erwachsene bekommen, wenn sie sich unverantwortlichen Eltern gegenübersehen. Elsa hat sie machen lassen, sie wußte, sie konnte diesen Karneval nicht abbrechen. Warum machte die stolze Laure so etwas? Warum stellte sich die gewissenhafte Laure so zur Schau? Anstatt die unzulässige Wahrheit auszusprechen, anstatt Laure zu verraten, anstatt sich zu beklagen, hat Elsa lieber die Augen geschlossen und der Sonne ihren Teint einer Rothaarigen zum Fraß vorgeworfen. Sie hat beschlossen, sich für nichts anderes zu interessieren als für das schwierige Verhältnis zwischen ihrer Haut und der Sonne. Aber sie hat verdrängt, was sie über die ultravioletten Strahlen und die Haut wußte: Ihr Scheitern mit Laure ließ sie alles Wissen scheuen... Und sie würde nichts sagen, weder zu ihren Nachbarn noch zu ihrer Tochter. Wenn Laure später über ihr Verhalten würde sprechen wollen, würden sie darüber sprechen.

Sie ertrug die Person nicht, die Laure geworden war, und gleichzeitig liebte sie sie mehr als sich selbst.

Sie kamen nach Paris zurück, wo der Herbst alles rot färbte, und da geschah der erste Rückfall.

Bei ihrer Ankunft war Elsa überzeugt, das Schlimmste sei überstanden, sie würde nun ihr Gleichgewicht wiederfinden und Laures endgültige Rettung in die Hand nehmen.

Gleich nach ihrer Rückkehr hatte sie den Freund in Marseille angerufen, um ihm über ihre zwei Wochen Bericht zu erstatten. Er hatte empfohlen, Laures Welt zu öffnen, er hatte gesagt: »Sie ist zu sehr allein, sie müßte Leute aus ihrer Welt sehen, die für sie nicht gefährlich sind. Ehemalige Drogenabhängige... Weißt du, die gewissermaßen das tun, was die Anonymen Alkoholiker machen. Sie helfen einander gegenseitig, das ist eine wirksame Methode.« Laure hatte den Hörer genommen, sie hatten miteinander diskutiert und am Schluß hatte Laure gesagt, sie könne einen gewissen Alex treffen, der Heroin schon ausprobiert habe, aber davon losgekommen sei.

Eine halbe Stunde später war Alex da, charmant, in bester Gesundheit. Laure lächelte, sie freute sich, diesen Jungen wiederzusehen, und Elsa hat sie alleingelassen.

Sie ist in ihr Büro gegangen, um Jacqueline anzurufen. Auch sie freute sich, eine Freundin wiederzufinden, über ihre Angelegenheiten zu sprechen und zu hören, was in ihrer Abwesenheit geschehen war. Sie plauderte. Sie hörte ihrer Sekretärin zu, die sie um zahlreiche Ratschläge bat...

Da hörte sie jemanden in die Toilette gehen – sicherlich Laure, weil die Tür nicht zugeschlossen wurde – und kurz darauf den Klang von etwas Metallischem, das zu Boden fällt. Dieser Klang hat Elsa entsetzt. Sie hat sofort den Hörer aufgelegt und sich dabei kaum entschuldigt.

Die Toilettentür lag der gegenüber, die in ihr Büro führte. Von dort, von ihrem Büro aus, hat sie, als sie durch die Tür ging, ihre Tochter zusammengesunken auf dem Thron sitzen sehen, mit hängenden Schultern, baumelnden Armen, den linken Ärmel aufgekrempelt, in ihrer Rechten ein Riemen und eine Spritze und auf dem Boden ein kleiner Löffel. Ihr Gesicht zu erheben, kostete Laure eine Anstrengung, die Elsa beträchtlich erschien. Ihre Augen standen voller Tränen, sie lächelte, sie sah freundlich aus, sie hatte das ruhige und gesättigte Aussehen von Kindern, wenn sie am Ende des Abendessens schon der Schlaf überkommen hat und man sie gleich zu Bett bringen wird, das Aussehen von jemandem, der sich in völliger Sicherheit wiegt.

Laures Körper, der wieder auftaucht! Ihre Kleine, ihre ganz Kleine!

Elsa durchquert den Flur, sie nimmt ihre Tochter an den Schultern und Knien.

Sie ist schwer, wie schnell die Kinder größer werden!

Sie trägt sie in ihr Zimmer, legt sie auf das Bett, deckt sie zu, aber das ist nicht nötig, Laure ist ganz warm.

Mein Baby, mein Liebling, mein ganz kleines Käuzchen...

»Hat Alex dir den Stoff gegeben?«

»Ja. Ich wollte nicht, aber es ist nur ein kleines bißchen, ein ganz kleines bißchen, weißt du.«

Sie schläft.

Drei Wochen lang hat Elsa Laure in den Fängen des Heroins gesehen, wie sie für und gegen das Heroin kämpfte, sie hat sie jedoch nie dem Heroin ausgeliefert gesehen. Zum ersten Mal sieht sie ihre Tochter im Bett des Schnees. Sie findet das schamlos! Sie findet es schön. Diese befriedigte Frau ist Laure! Sie schämt sich, dabei zu sein, sie fühlt sich wie ein Voyeur, sie empfindet Eifersucht...

Mein Kind, mein Kind, in welchen Zustand haben »sie« dich versetzt!

Der Körper von Laure!

Der Frieden, den sie in den letzten Tagen in Marokko empfunden hatte, ist verflogen. Der Frieden des Exils, der Frieden der Entfremdung, der Frieden der Einsamkeit... Ich weiß nichts, ich kenne nichts und niemanden... Das war erholsam, das war beruhigend...

Wegen Laures erschlafftem Körper, wegen der Wonne, die sie auf dem verschlossenen Gesicht ihrer Tochter liest, tauchen in ihr Gefühle von äußerster Heftigkeit auf, die sie nicht kontrolliert. Sie wird von einem primitiven Leben überwältigt, das plötzlich hervorgebrochen ist, das sie geißelt, quält, in Stücke reißt. Sie weiß nicht mehr, wo sie ist, wer sie ist. Ihr Instinkt läßt sie Laure unwillkürlich wieder und wieder wiegen. Sie wartet darauf, daß sich die Schläge ihres eigenen Herzens besänftigen, und dann richtet sie sich auf.

Als sie zum Salon geht, schürt sie ihre innere Erregung durch große, energische Schritte, die bewirken, daß sie sich aufrecht hält, größer wird. Sie denkt an die Freiheitsstatue, die sie bei der Einfahrt nach New York aus der Nähe gesehen hat, als sie einmal den Atlantik mit dem Schiff überquerte. Eine große, stattliche, kräftige, reife Frau, die am Ende ihres rechten Armes eine Fackel schwenkt. Elsa marschiert. Die Statue ist mit ihr auf dem Vormarsch, da besteht kein Zweifel. Aber sie, Elsa, sie wird ihre Fackel mit ihrer ganzen Kraft Alex aufs Maul schlagen, das ist sicher.

Sie hat noch nie jemanden bekriegt, sie hat sich noch nie geschlagen, doch das bedeutet nichts, sie denkt nicht einmal daran, sie wird diesen Jungen verprügeln. Damit basta. Und daß man ja nicht kommt und ihr sagt, das sei unüberlegt, das sei nicht seriös. Ihr ist das egal, später wird sie dann wieder seriös sein...

Er war darauf vorbereitet, Laure zurückkommen zu sehen, statt dessen entdeckt er die Mutter, die über ihn herfällt. Er reißt die Augen auf, er weicht zurück. Er bekommt einen gewaltigen Fußtritt in die Beine, der ihm wehtut.

»Sie sind wohl nicht ganz dicht, Sie sind wohl nicht ganz dicht, oder?«

»Hauen Sie ab, hauen Sie bloß ab von hier, sonst bring ich Sie um!«

Er schreit und reibt sich seine Schienbeine:

»Sie hat mich nicht bezahlt, bezahlen Sie mich!«

»Das fehlte ja gerade noch! Sie hätten ihr gar keine Droge geben dürfen!«

»Sie hat mich angerufen, sie war es, die mich darum gebeten hat.«

»Das stimmt nicht. Sie lügen, sie hat vor meinen Augen mit Ihnen telefoniert! Sie hat Sie um gar nichts gebeten.«

Er hat sich hinter das Sofa geflüchtet.

»Hören Sie, Sie da... versuchen Sie zu verstehen. Sie ist süchtig, und ich bin ein Dealer. Also, und wenn eine Süchtige einen Dealer anruft, um ihm zu sagen, daß sie ihn sehen will, muß man nicht gerade ein Hellseher sein, um zu wissen, was das bedeutet, oder? Man muß nicht Psychologe sein...«

Er muß darüber lachen. Sie haßt ihn.

Der Haß! Der Haß ist eine florentinische Zypresse, er ist hoch, spitz, schlank, dunkel. Er überragt die Fülle der Gefühle. Über den Haß läßt sich nicht streiten, er ist unangreifbar.

Seit drei Wochen haßt Elsa das Heroin – Pulver, Staub, ein Gift – aber heute abend haßt sie Alex, ein menschliches Wesen. Sie könnte ihm ohne weiteres die Kehle durchschneiden und zusehen, wie sein Blut fließt, das würde ihr nichts ausmachen.

Elsa weiß nicht, wie sie mit ihrem Haß umgehen soll, sie kennt ihn nicht gut genug. Sie ist überrascht darüber, sie hält inne.

Die Häutung ist ein gefährlicher Augenblick. Man muß sich erst an den neuen Zustand gewöhnen, bevor man daraus seinen Nutzen ziehen kann. Und während sie sich vollzieht, während des Zeitraums, in dem der Mutant noch dem alten Zustand angehört, wohingegen der neue noch zu neu ist, um lebbar zu sein, muß man eine Spanne großer Unsicherheit, großer Zerbrechlichkeit überstehen. Elsa befindet sich in einer solchen Mutation, gelähmt von der Kraft des neuen Gefühls, das macht ihr Angst. Sie weiß, daß sie in diesem Übergangsstadium von einem Augenblick zum anderen einen Mord begehen kann. Sie ist in Gefahr. Auch Alex ist in Gefahr.

Ja, tatsächlich, sie fühlt sich imstande, Alex zu töten. Wenn sie eine Rasierklinge zur Hand hätte, würde sie ihm den Hals durchschneiden und Vergnügen dabei empfinden, sein Blut mit jedem Herzschlag stoßweise hervorsprudeln zu sehen, wie aus einem Geysir, dessen Intensität nach und nach abnehmen würde, bis ihm nicht ein einziger Tropfen mehr bleibt...

Wenn es Laure nicht gäbe, dort, hinten in der Wohnung, weich wie eine überreife Frucht, ganz verfault von der Droge, würde sie Alex töten. Aber da ist Laure...

»Hauen Sie ab!«

»Bezahlen Sie mich erst.«

»Wieviel?«

»Es war nur ein ganz kleiner Schuß... zweihundert Francs... wars für ein Theater um zweihundert Francs... in einer Stunde ist sie wieder abgetörnt.«

Elsa will ihre Handtasche holen. Sie weiß nicht mehr, wo sie ist. Sie zittert aus Anstrengung, ihren Haß zurückhalten zu müssen. Sie findet ihre Tasche und wühlt darin, sie weiß aber nicht mehr, was sie sucht. Es kommt ihr vor, als wären zwanzig Pferde in ihr, die mit den Hufen scharren, die ausschlagen, die ins Freie wollen. Unaufhörlich murmelt sie: »Das ist meine Energie, das ist meine Energie« und man könnte glauben, das mache ihr Angst.

Endlich weiß sie es, ja: Sie sucht zwei Hundertfrancscheine. Sie kehrt in den Salon zurück, erregt zerknautscht sie die Scheine in ihrer Faust. Alex ist dabei, ein Schubfach zu durchwühlen, und in einer Hand hält er eine kleine Frauenfigur aus Elfenbein, an der Elsa sehr hängt. Es ist ein hübsches, antikes Stück aus bemaltem Elfenbein, das aus ihrer Familie stammt, das sie schon immer kannte, das ihre Mutter ihr vor gar nicht langer Zeit geschenkt hat.

»Was machen Sie da?«

»Ach, nichts, ich schau nur. Ich bin hier noch nie gewesen.«

»Und das, was Sie da in der Hand haben?«

»Das? Ach das!«

Es ist ihm nicht peinlich, er stellt die kleine Statue auf ein Möbelstück. Er lächelt, er ist charmant.

»Warum machen Sie das?«

»Was heißt ›das‹?«

»Mit Drogen handeln.«

»Na, um mir mein Fixen zu finanzieren!«

»Und Ihre Eltern? Wissen die das?«

»Meine Mutter ist tot.«

»Schon lange?«

»Als ich sechs war.«

»Und Ihr Vater?«

»Mein Vater? Der ist bei der Müllabfuhr. Mein Vater hat keine Ahnung. Mein Vater ist taub, dem wird man bald Hundeohren aufpropfen!«

Er bricht in Gelächter aus. Er hält seine Zeigefinger rechts und links vom Kopf, und mit einer schnellen Bewegung krümmt er sie und streckt sie wieder aus. Er ist komisch.

»Und Sie versuchen nicht davon loszukommen?«

»Wozu?... Die einen trinken, die anderen rauchen, und wieder andere fahren zum Wintersport, und ich, ich nehme Dope, das ist halb so schlimm.«

Der Haß ist entschärft, Elsa hat gefühlt, wie er in ihr nachließ. An seine Stelle tritt eine weiche, zähflüssige Empfindung: Überdruß, Ekel.

»Gehen Sie, ich will Sie nie wieder sehen.«

Alex läßt es sich nicht zweimal sagen. Er nimmt seine Scheine und verschwindet mit erstaunlicher Schnelligkeit. Elsa denkt: »Ein echter kleiner Gauner.«

Was für eine Ruhe! Was für eine Leere! Was für eine wilde Unordnung!

Alex hatte Angst vor Elsas Gewalt gehabt, aber nicht vor Elsa. Er hatte sie verspottet: »Dafür braucht man kein Psychologe zu sein ...«

Diesen Sommer hat François hundertmal wiederholt: »Seit dem Kongreß von Sydney, *baby*, bist du, beruflich gesehen, auf dem Gipfel deines Ruhmes« ...

Elsas Forschungen haben beachtliche Früchte getragen. Im Grunde ist das nicht schwierig gewesen. Gut, sie hat gearbeitet, aber sie liebt das Arbeiten. Gut, sie hat sich niemals von ihrer Arbeit ablenken lassen, aber nichts lenkt sie besser ab als ihre Arbeit. Gut, ihre Forschung ist originell, aber sie fühlt sich auch nicht wie die anderen. Gut, trotz seiner Originalität respektierte ihr Beitrag von Sydney die Tradition, aber sie liebt auch keine Skandale. Also ... hat sie doch schließlich nichts Außergewöhnliches geleistet, und sie selbst war vor allen anderen überrascht über das Interesse, das sie geweckt hat.

Nach Alex' Verschwinden hat sie sich in einen Sessel im Salon gesetzt, sie hat die Arme auf die Lehnen gelegt. Sie sitzt ganz entschlossen in ihrem Stuhl, ihre beiden Füße flach auf dem Teppich, der eine ein wenig vom anderen getrennt. Sie sitzt da, als würde sie auf ihr Urteil warten. Sie setzt sich auf die Anklagebank.

Sie richtet sich, sie klagt sich an: »Ich bin eine Null. Elsa Labbé ist eine Versagerin, sie ist unfähig, ihrer Tochter zu helfen.«

Sie läßt ihr Leben seit dem »Triumph« von Sydney an sich vorüberziehen.

Allgemeines Thema des Kongresses: »Das Imaginäre bei Kindern gegen Ende des 20. Jahrhunderts.« Psychiater, Psychologen, Soziologen, Psychosoziologen, Kriminologen, Pädagogen etc. nahmen daran teil, und sogar Künstler, einige unter ihnen mit berühmten Namen. Elsa war wegen einer drei Jahre zuvor veröffentlichten Abhandlung eingeladen worden, die Kinderzeichnungen im Vorschulalter zum Thema hatte. Diese Abhandlung enthielt ihre in fünfzehn Jahren gesammelten Beobachtungen und Gedanken zu den Zeichnungen der Kinder, die sie in ihrer Entwicklung verfolgt hatte. Eine Abhandlung, die im Augenblick ihrer Veröffentlichung in ihrem Milieu beträchtliches Aufsehen erregt hatte. Die Einladung nach Australien war in gewisser Weise die Krönung für Elsa, und sie hatte sich mit großem Eifer an die Vorbereitung ihres Beitrags gemacht.

Elsa rührt sich in ihrem Sessel. Sie denkt an Laure, dort hinten, ganz benommen vom Heroin. Sie senkt den Kopf, ihre Augen stechen. Sie denkt daran, was Laure getan hat, während sie selbst ihren Beitrag vorbereitete ... Die Besuche, die ihre Tochter damals machte ... es ereignete sich nichts.

»Du siehst schlecht aus, meine Laure.«

»Elsa, ich bitte dich, bemuttere mich nicht.«

Ihre Arbeit, ihre Forschung, ihre »Entdeckungen«, all das geht ganz einfach zurück auf eine Erinnerung.

Als Kind mochte sie keine Puppen, aber da sie ein kleines Mädchen war, schenkte man ihr welche ... Sie interessierte sich für ihre Puppen nur an Regentagen, an Tagen der Langeweile, an Tagen, wo sie nicht hinausgehen konnte, wo ihre Eltern im Laden beschäftigt waren, wo sie ihre Hausaufgaben beendet und ihre Lektionen gelernt hatte, wo sie alle ihr zur Verfügung stehenden Zerstreuungen erschöpft hatte. Dann holte sie als letzte Zuflucht, am späten Nachmittag, wenn es schon fast Abend war, ihre Puppen hervor, und mit Hingabe vollzog sie an ihnen chirurgische Eingriffe. Sie operierte kleine Mädchen mit Blinddarmentzündung. Sie zog das Kind aus, nahm einen Buntstift als Skalpell und begann exakte Linien dort zu ziehen, wo sie vermutete, dort täte es weh. Unweigerlich kam der Moment, wo die Spitze des Buntstiftes auf dem gewölbten, harten Unterleib der Zelluloidpuppe abrutschte und sich sodann in der verdächtigen Zone, die die Puppen zwischen den Schenkeln haben, verlor. Ein enges, flaches und ödes Tal, wo die geräuschvollen, zerbrechlichen Gelenke der Beine aneinandergehängt sind, ein verwünschter Ort, wo sich irreparable Amputationen und verstümmelnde Unfälle ereignen. Die Chirurgin wechselte die Farbe des

Buntstiftes und begann von neuem. Wieder rutschte das Skalpell ab. Elsa verlor die Geduld und kritzelte schließlich nur noch im Kreis herum, mit schrecklicher Energie, und drückte dabei mit all ihrer Kraft auf die Minen, die häufig abbrachen. Ihr war heiß, sie schwitzte. Sie fühlte, wie ihr das Blut in die Wangen und Ohren stieg. Sie hielt den Drang, Pipi machen zu müssen, zurück, der sie im Bauch kniff. Sie ließ sich gerne von dieser Mischung aus Eile und Anspannung mitreißen. Die Körper ihrer Puppen waren bedeckt mit Kritzeleien, die sie verbarg.

Sie verbarg sie, weil das privat war, nicht weil sie sich schämte. Zu bestimmten heiligen Anlässen wusch sie sie: am 24. Dezember, am Tag vor ihrem Geburtstag. Große Bäder, große Waschungen, am hellichten Tag im Badezimmer. Einmal hatte ihre Mutter, als sie ihr zusah, gesagt:

»Hör' mal, du richtest deine Töchter ja seltsam zu... du bist mir ja ein kleiner Schlingel!«

Sie hatten zusammen gelacht. Sie wußten, warum sie lachten, und doch hätte weder die eine noch die andere dieses Lachen erklären können. Später hat Elsa oft gedacht, was wohl aus ihrer Sexualität geworden wäre, wenn ihre Mutter mit ihr geschimpft hätte anstatt zu lachen...

Im Inneren des Gebäudes hört sie das Auf und Ab des Fahrstuhls, seine Türen, die sich seufzend automatisch öffnen und schließen. Manchmal gedämpfte, ferne Stimmen in den Korridoren. Die Leute kommen nach Hause. Bald wird es nach Suppe riechen, werden die Vorspannmelodien der Abendsendungen ertönen. Das ist die Stunde, in der die Babys weinen, in der die Kinder quängeln, die Mütter sind gereizt und die Väter müde. Dem Luxus des Gebäudes wird es nicht gelingen, all das ganz und gar zu ersticken.

Sie sitzt in ihrem Sessel, in der Falle ihres eigenen Urteils gefangen. Laure liegt wie tot auf dem Bett, blaß, regungslos.

Das erste Kind, mit dem sie sich befaßt hatte, wollte nicht sprechen, obgleich es dazu imstande war. Sein Organismus war dazu imstande, er hatte keinerlei Hirnschaden, keinerlei Schädigung im Kehlkopf, an den Stimmbändern, der Lunge, der Zunge... nichts, das ihn hätte hindern können zu sprechen. Er war vier Jahre alt. Ein wenig älter als vier. Er hatte eine einfache, aber sehr deutliche Sprache erarbeitet, in der es jedoch keinen einzigen artikulierten Laut gab. Er hieß Alain.

Ein stilles Kind, das in eine Art tiefe Niedergeschlagenheit verfiel, wenn Elsa zu neugierig wurde. Er ertrug keinerlei Intimität, er akzeptierte niemanden in seinem Universum. Er tat nur das unbedingt zum Überleben Erforderliche, das übrige spielte sich zwischen ihm und ihm selbst ab. Er verstand alles, man spürte, daß er fähig war, alles auszudrücken, aber er weigerte sich zu kommunizieren, abgesehen von einem gelegentlichen Brummen. Er war schmächtig, und doch blockierte er Elsas Leben hartnäckiger als eine Betonmauer, denn sie wollte ihn befreien, und es gelang ihr nicht.

Alains Mutter ging putzen, sie gab ihn bei der Fürsorgestelle ab und holte ihn zwei Stunden, manchmal auch drei Stunden später wieder ab.

Durch die Kritzeleien war es Elsa gelungen, das Schweigen dieses Kindes zu bezwingen.

Wenn Alain sich selbst überlassen war, ging er oft vorsichtig, mit kleinen Schritten, an den Wänden entlang. Die Augen in der Ferne, eine Schulter gegen die Mauer gelehnt, kam er kaum voran und tat sonst nichts.

Es war Winter, in dem Raum, den sie nur am Nachmittag benutzte, brannte ständig Licht.

Eines Tages, als sie schon morgens gekommen und das Zimmer von der Sonne erhellt war, entdeckte sie eine Spur ungefähr fünfzig Zentimeter über dem Boden, einen unregelmäßigen Streifen. Zuerst hat sie ihn einfach nur bemerkt, ihm keine große Aufmerksamkeit gewidmet, dann war sie neugierig und interessierte sich dafür.

Aus der Nähe sah sie, daß es sich um dünne, verschiedenfarbige Linien handelte. »Alain! Das hat Alain gemacht!« Sie war sich dessen sicher. Sie untersuchte die Linien: Sie hatten nichts Außergewöhnliches an sich, waren kaum zu sehen, und wahrscheinlich war das Gehen der Grund dafür, daß sie zeitweise ein wenig aufstiegen oder abfielen und manchmal unterbrochen waren. In sich hatte keine Linie etwas Erstaunliches, es war nichts als ein Buntstift, der am Ende einer kleinen Hand schleift. Sie waren tatsächlich der Beweis dafür, daß Alain verstanden hatte, wozu er einen Buntstift gebrauchen konnte, er konnte ihm dazu dienen, seine Anwesenheit zu markieren, seine eigene Existenz auszudrücken. Machte er das jedesmal, wenn er kam, oder nur manchmal? Sie löschte die Linien stellenweise einige Zentimeter lang aus. Alain würde morgen kommen, dann würde sie ja sehen.

Am nächsten Morgen beobachtete sie ihn. Wie gewöhnlich, nahm er, während sie sich nicht um ihn kümmerte, seinen langsamen Weg an den Wänden entlang wieder auf. Sobald sie allein war, stellte sie fest, daß er seinen kleinen Pfad aufgezeichnet hatte. Und jedesmal, wenn er kam, machte er das. Hat sein Weg eine bestimmte Richtung? Nein, manchmal ging er in die eine und manchmal in die andere Richtung. War die Farbe wichtig? Sie ließ absichtlich nur bestimmte Buntstifte herumliegen. Nein, die Farbe war nicht wichtig, es war ihm gleichgültig, welchen Stift er nahm, sei er nun schwarz oder bunt. Und wenn nun kein Stift da wäre? Sie räumte alle Stifte in eine Schublade, ließ nur die draußen, die sie für das Kind brauchte, mit dem sie gerade arbeitete. Diesmal begann Alain überall herumzusuchen und entschloß sich schließlich, dem kleinen Jungen, der nach ihm gekommen war, den Stift wegzunehmen. Elsa bot ihm ihren an, er lehnte ihn ab und bestand auf dem Buntstift des Kleinen, der zu weinen begann: Alain wollte den Stift des Kindes, nicht den von Elsa. Schließlich gab sie ihm einen zusammen mit Papier. Sie beobachtete ihn aus dem Augenwinkel, er zog ein paar Striche auf dem Blatt, das sie ihm gegeben hatte, und begann von neuem seinen teilnahmslosen Gang die Wände entlang.

Noch am selben Abend untersuchte sie Zentimeter für Zentimeter alle Linien in ihrer ganzen Länge. Sie entdeckte, daß Alain, sobald er am Türrahmen – sowohl auf der einen wie auf der anderen Seite –, sobald er in der Höhlung angekommen war, in dem tiefen Winkel, der zwischen dem Holzpfosten und der Wand entsteht, mit aller Kraft kritzelte, bis die Mine brach oder bis sie abrutschte. Es rutschte ab! Ja, es rutschte ab ... wie bei ihren Puppen. Sie sah sich wieder, wie sie mit großem Eifer zwischen den Beinen ihrer Puppen krakelte ... So etwas war das. An dieser Stelle wurde er, Alain, gestört: an der Tür. Es rutschte selten ab auf dem hellen Anstrich der Mauer, es rutschte vielmehr ab an dem Türrahmen, der aus dunklem Holz gemacht war. Deshalb hatte sie diese Abrutscher nicht gesehen, man mußte mit der Nase darauf stoßen, sie waren gut versteckt. Es gab Hunderte davon.

Ist es der Hohlraum? Ist es die Tür? Ist es das Holz? Ist es das, was hinter der Tür ist? Ist es ein Geräusch?

Zunächst wurde ihr bewußt, daß Alain beidhändig war, denn er blieb immer im Profil stehen, wenn er an der Tür Station machte, ob er nun seinen Weg von links oder von rechts begonnen hatte. Einmal dort angelangt, kritzelte er in die Ferne blickend mit der Hand, die an der Wand war und den Buntstift verbarg. Sie bemerkte, daß die Kritzeleien auf der einen Seite nicht stärker oder geschickter ausgeführt waren als auf der anderen. Daraufhin bemühte sie sich während ihrer Sitzungen, Alains linke Hand zu fördern, und sie sah sich sehr bald darin bestätigt, daß er sich in gleichem Maße seiner beiden Hände bedienen konnte. Abgesehen davon veränderte sich nichts im Verhalten des kleinen Jungen. Und doch war es schließlich ein Fortschritt. Sie hat darüber mit der Mutter gesprochen:

»Haben Sie bemerkt, daß Alain beidhändig ist, daß er seine linke Hand ebenso gut gebrauchen kann, wie seine rechte?«

»Nein, das wußte ich nicht. Keiner bei uns ist so... Ich würde das gern, beide Hände benutzen, dann würde es schneller gehen... Ah, gut, das will ich meinem Mann erzählen, der wird sich freuen... Er sagt es nicht, aber es beruhigt ihn, den Jungen so zu sehen...«

Trotzdem sprach Alain noch immer kein Wort.

Die Tür! Die verhexte Tür! Elsa sagte sich, daß sie sich auf der falschen Fährte befinde, daß sie nicht weiter auf dieser Tür beharren dürfe. Sie beobachtete Alain heimlich, und wenn sie sah, wie er neben der Tür stehenblieb und sich in seine Kritzeleien vertiefte, immer im Profil, als wäre nichts, suchte sie seinen Blick. Aber er sah sie nicht an, er sah gar nichts an.

Monate vergingen. Elsa wußte, daß sie am Ende des Monats einen Bericht würde schreiben müssen. Was sollte sie berichten? Alain war jetzt fünf Jahre alt. Im nächsten Jahr würde man beschließen, daß er nicht schulreif sei, und man würde ihn als »geistig behindert« einstufen. Vielleicht würde man ihn ihr schon im nächsten Jahr wegnehmen, angesichts der Wirkungslosigkeit der Behandlung in der Fürsorgestelle, und an eine Fachstelle weiterleiten.

Alain ging ihr nicht aus dem Sinn. Oft wandte sie ihre Aufmerksamkeit von den anderen Kindern ab, um ihn zu beobachten. So konnte es nicht weitergehen.

An einem Freitag zu Beginn des Sommers war schönes Wetter. Elsa fühlte sich erschöpft, sie konnte das Ende des Tages kaum erwarten ... Alain stand an der Tür, erstarrt wie ein Vorstehhund. Es war ein Anblick, den Elsa nicht länger ertrug. Gegen alles, was man ihr beigebracht hatte, gegen die elementarsten Spielregeln hat sie deshalb auf brutale Weise eingegriffen: Von da, wo sie sich befand, vom anderen Ende des Raumes, hat sie in einem sehr schroffen, sehr autoritären Ton gesagt:

»Alain! Das ist die Tür! Alain, sag ›Tür‹!«

Das Kind hat sich überrascht an die Mauer gedrückt und sie angesehen. In seinen Augen war eine Verzweiflung, die Elsa erschütterte, ihr sind Tränen gekommen, sie sind übergeflossen, das Kind hat sie gesehen. Nichts anderes ist geschehen. Elsa hat ihren Tag in Bestürzung beendet, sie hatte einen schweren beruflichen Fehler begangen, vielleicht hatte sie für immer die Zukunft dieses Kindes gefährdet. Sie hat nicht mehr gewagt, es anzusehen. Sie hatte den Eindruck, alles verdorben zu haben. Sie war wütend auf sich, diese Krakelgeschichten, was für ein Blödsinn!

Alains Mutter ist gekommen, ihn zu holen, während Elsa gerade noch ihre Unterlagen ordnete. Die Frau hat ihren Sohn bei der Hand genommen, und wie jedesmal hat sie gesagt:

»Sag Madame Labbé auf Wiedersehen, Alain.«

Elsa wollte nicht hinsehen. Sie wußte, daß Alain mit der Hand auf Wiedersehen sagen würde wie ein zehn Monate altes Baby. Dies wollte sie nicht mehr mit ansehen. Ohne den Kopf zu heben, hat sie gesagt:

»Auf Wiedersehen, Alain, auf Wiedersehen, Madame.«

Dann hat sie ganz deutlich »Tür« gehört. Sehr gut ausgesprochen. Und sogar noch einmal »Tür!«. Alain sah sie an, seine Augen waren aufgerissen von der Anstrengung, die er soeben unternommen hatte, und es lag darin eine Frage, die im Raum stehenblieb, als wollte er sagen: »Ist es das? Bist du zufrieden?« Elsa ist zu ihm gekommen, sie hat ihn in ihre Arme genommen, sie wagte nicht, ihn zu sehr zu drücken, sie hielt ihre Tränen zurück, sie hatte Angst, ihn mit ihrer Emotion zu erschrecken, sie hat zu ihm gesagt: »Ja, du hast gesprochen, du hast ›Tür‹ gesagt, ja, du hast mir Freude gemacht, ja, du kannst es, ja, du bist ein großer Junge, ja, das ist gut. Sag es noch einmal, sag ›Tür‹, mein Alain.«

Er hat gesagt: »Tür.«

Elsa hat gesagt: »Die Tür.«

Alain hat wiederholt: »Die Tür.«

Die Mutter hat gesagt: »Er hat gesprochen. Er hat ›Tür‹ gesagt.«

Elsa hat gesagt: »Er hat sogar ›die Tür‹ gesagt.«

Die Mutter hat gesagt: »Mein Gott, Madame Labbé, das ist ein Wunder! Sie haben ein Wunder vollbracht.«

Sie haben sich hingesetzt, um sich von der Aufregung zu erholen. Elsa hat Alain, während seine Mutter sprach, in ihren Armen gehalten. Sie hat nach und nach die ganze Geschichte über eine verschlossene Tür erfahren... Weil Alain, als er klein war, Lärm machte, weil er beim Essen mit seinem Löffel gegen alles und jedes schlug, gab es immer Streit. Der Vater war müde, er ertrug diesen Radau nicht, er bekam schlechte Laune, die Mutter mußte Alain in die Arme nehmen, damit er sich beruhigte, und ihn auf diese Weise zum Essen bringen. Sie konnte sich nicht einmal hinsetzen. Das mochte ihr Mann auch nicht. Deshalb hat sie sich entschlossen, den Kleinen allein essen zu lassen, vor der Rückkehr des Vaters.

»Als der Junge sah, daß er nicht mit uns essen würde, hat er gebrüllt. Madame Labbé! Er hat so gebrüllt, daß uns beinahe die Decke auf den Kopf gefallen ist, ohrenbetäubend gebrüllt. Da haben wir gesagt, wir bringen ihn in sein Zimmer. Er hat geschrien! Wir haben die Tür zugemacht. Er hat noch ein paar Tage lang geschrien und sich dann beruhigt. So, das ist alles... Als er sich aufrecht hinstellen konnte, das war nicht viel später, hat er sie geöffnet... es ist nur ein Riegel, kein Knopf, sie ist nicht schwer aufzumachen... Eines Tages habe ich geahnt, daß er sie geöffnet hatte, ich hab' nachgesehen und hab' ihn gefunden, wie er es geschafft hatte, allein auf das Fensterbrett im Flur zu klettern, denn es war Sommer, und wir hatten das Fenster offen gelassen... Einen Augenblick später, und er wäre rausgefallen, ich bin gerade noch rechtzeitig gekommen, um ihn zu packen. Stellen Sie sich vor, die Angst, die er mir eingejagt hat... Da hab ich ihn eingeschlossen, und von da an hab' ich es immer so gemacht. Man weiß nicht, was in seinem Kopf so alles vorgeht... Bei ihm weiß man nie... Solange er in seinem Zimmer ist, kann er nichts anstellen... So brauche ich auch keine Kinderfrau... Wo sie ihn im Hort nicht haben wollen...«

»Sie könnten versuchen, die Tür offen zu lassen. Und bringen Sie ihn zu mir, während Sie arbeiten.«

»Ah, gut, wenn's nur das ist! Wenn Sie glauben, daß das helfen kann.«

»Versuchen wir's.«

Einen Monat später sprach Alain, und er sprach sogar gut. Auf seine Akte hat Elsa geschrieben: Schulreif.

Elsa hat keinen speziellen Bericht über den »Fall Alain« gemacht. Das lag daran, daß sie keine sehr orthodoxen Methoden angewendet hatte, und sie verspürte keine Lust, sich dessen zu rühmen.

Elsa Labbé ist eine gebildete Frau, gebildeter als die meisten Menschen. Sie ist eine Spezialistin geworden. Sie hat Kenntnisse angesammelt, die ihr dazu gedient haben, ganze Batterien von Tests auszuwerten und sogar zu erstellen, das mentale Alter zu bestimmen, Intelligenzquotienten zu ermitteln... aber sie hatte mehr als das gelernt. Sie hatte sich in einer wissenschaftlichen Welt bewegt, die sich selbst in Frage stellte. Sie hatte eine wahre Naschsucht für Überraschungen, die das Wissen für sie reserviert hielt. Ihr schien, sie sei gewappnet, um solchen Überraschungen gegenübertreten zu können...

Elsas Welt hatte sich seit ihrer Geburt nicht verändert. Sie hatte sich entwickelt, aber sie war nicht anders. Ihre Welt war die ihrer Eltern: die Welt Frankreichs seit einem Jahrhundert. Sie wußte, daß sie nicht immer so gewesen war, sie war imstande, die Etappen ihrer Entwicklung zu benennen und zu datieren. Sie kannte die Auswüchse und Irrtümer des Zeitalters der Aufklärung. Sie war sich dessen bewußt, was erreicht, und dessen, was verloren worden war. Es ergab ein Gleichgewicht, es hielt sich die Waage. Die Welt war das wert, was sie wert war, war das, was sie war, sie kritisierte sie, aber sie fühlte sich in ihr wohl, es war ihre Welt, sie liebte sie.

Sie liebte sie.

Es war ihre Epoche, ihre Zeit, ihr Anteil an der Geschichte. Sie malte sich aus, wie ihr Leben verlaufen würde, und wußte genau, daß sie Entscheidungen würde treffen müssen. Sie stellte sich ihre zukünftigen Entscheidungen vor und freute sich darauf: Jede Entscheidung würde einen Schritt voran bedeuten...

Und nun ist es geschehen, daß Laures Geschichte sich an ihrer mit ungeahnter Gewalt gestoßen und sie zu Staub zerschmettert hat. Sie ist in tausend Stücke geschlagen, sie weiß das. Wie soll sie unter diesen Bedingungen ihre Tochter stützen, wo sie selbst keine Strukturen mehr besitzt?

Elsa zieht diese Bilanz, während sie aus der Erinnerung an den kleinen Alain wieder auftaucht. Sie sieht sich um, sie ist zu Hause, aber das will nichts mehr besagen. Bei sich zu Hause, in sich, in ihrem Inneren, all das ist jetzt für sie verdächtiger als alles andere.

Sie sagt sich, daß sie außerordentlich sparsam mit ihrer Energie umgehen muß, wenn sie durchhalten will. Sie muß es vermeiden, die Zukunft vorauszusetzen, muß aufhören, sie zu organisieren, und so einfach wie nur möglich auf die Gegenwart reagieren. Keine Analyse, keine Moral, keine Lösungen; wenn, dann nur elementare Lösungen, Lösungen, um jetzt im Augenblick die Gesundheit ihrer Tochter und ihre eigene zu bewahren, sonst nichts.

Laure ist lautlos in den Salon gekommen, sie sieht ihre Mutter ganz aufrecht in einem Sessel sitzen und in die Leere starren. Sie hat keine Vorstellung von Elsas Ohnmacht. Wie könnte sie auch? Sie hat ihre Mutter nie anders als im Vollbesitz ihrer Kräfte gesehen. Sie weiß nicht, daß Elsa ihre Kraft aus dem schöpft, was sie gelernt hat. Sie weiß nicht, daß Elsas Wissen innerhalb weniger Wochen nur noch dazu taugt, sie mit ihrem eigenen Unwissen zu konfrontieren. Sie weiß nicht, daß ihre Mutter eine Wüste ist.

Sie kommt auf ihre Mutter zu, die schließlich ihre Gegenwart fühlt und sie ansieht. Laure macht ein Gesicht wie ein kleines Mädchen, das eine Dummheit begangen hat, sie spielt die Reumütige und läßt sich mit einer schmiegsamen, sehr zarten Bewegung auf Elsas Knie gleiten, sie legt ihr die Arme um Hals und Schulter, sie stößt den Körper ihrer Mutter an. Sie möchte gewiegt werden, sie spielt das Schmeichelkätzchen, sie befindet sich noch in der Milde des Schnees. Elsa schaukelt sie. Sie schaukelt sie nicht, um zu verzeihen, zu trösten, sie schaukelt, weil es ihr gut tut zu schaukeln, der Rhythmus des leichten Schaukelns beruhigt sie. Sie schaukeln hin und her, bis sie genug davon haben.

Elsa sagt:

»Laß uns eine Kleinigkeit essen.«

Sie sind in der Küche. Elsa sucht in Kühlschrank und Wandschränken nach etwas, was sie kochen könnte. Laure sitzt am Tisch, sie ist noch immer benommen.

»Ah, ich hab's, ich schlage dir ein Omelette mit Kräutern vor, leicht durchgebacken, wie du es magst, und wie ich es mag. Schinken, Salat, Käse und ein Schluck Rotwein ... und Obst. Gut?«

»Gut ... Elsa, ich kann nicht in Paris bleiben. Ich fühle, daß ich nicht durchhalten werde.«

»Gut, wir essen, und dann fahren wir los. Einverstanden?«

»Einverstanden. Du bist phantastisch. Und deine Arbeit?«

»Ich hab' mich arrangiert, keine Sorge. Möchtest du noch weiter darüber reden?«

»Nein ... Das kann man nicht so einfach erklären.«

Ihr Leben bestand nur noch aus Umherirren.

Es gab viele Rückfälle. Heftiges Scheitern, das Laure und Elsa ins Fleisch schnitt wie eine Rasierklinge. Laure hielt nicht durch, es gelang ihr nicht, sich vom Heroin freizumachen, also reisten sie wieder ab. Nie ging es darum, den Beschluß in Frage zu stellen, den sie am ersten Tag gefaßt hatten.

Geographisches Umherirren. Sie flohen Paris und die anderen. Jetzt wußten sie, wie sie sich verhalten mußten, um die grausamste Phase des Entzugs zu umgehen: Sie hatten Medikamente. Der befreundete Psychiater hatte ihnen welche verschrieben.

Aber es gibt kein Mittel gegen den anderen Entzug, den, der danach kommt, den schlimmsten, den, der das Verlangen zerreißt, der das Verlangen foltert, der den Geist mit seinen widersprüchlichen Zwangsvorstellungen zermalmt. Elsa ging langsam, sehr langsam bei diesem Entzug in die Lehre.

Wegen des anderen Entzugs, den Laure »den psychologischen Entzug« nannte, ist Elsa, während sie sich auf geographischen Irrwegen befanden, auf einen schwindelerregenden, intellektuellen Irrweg geraten. Von nun an wird ihr Wissen wie Treibsand sein, wird ihre Intelligenz nicht mehr viel nützen, sie wird sich mit den anderen nicht mehr verständigen können.

ENDE DER 143 SEITEN

Zweiter Teil

Am darauffolgenden Montag hat sie mich mit der ihr eigenen besonderen Höflichkeit empfangen. Sie hat mir gesagt, sie sei mit dem Text zufrieden, sie finde darin ihren Rhythmus, ihr Vokabular, ich hätte sehr viel über sie verstanden, über ihre sprachlichen Eigenarten, über ihre fixen Ideen, und mein Stil eigne sich sehr gut für das Thema. Sie schien wirklich zufrieden zu sein, und doch fand ich sie zurückhaltender, mißtrauischer.

Ich hatte Angst, manchmal im Text zu grob, zu kraß gewesen zu sein. »Nein, nein, die Welt der Drogensüchtigen ist so, und ich selbst bin sehr heftig, das müssen Sie gemerkt haben. Ich hab' mich an manchen Tagen mitreißen lassen... Es so zu lesen, wie Sie es übertragen haben, hat mich diese Zeit noch einmal durchleben lassen und mir weitere Momente von Gewalt und Verlogenheit ins Gedächtnis zurückgerufen...«

Wir haben die Arbeit wieder aufgenommen. Ich habe gespürt, daß irgend etwas sie hemmte. Sie schwieg häufig, wir verbrachten lange Augenblicke schweigend. Sie unternahm deutliche Anstrengungen, sich nicht zu verschließen, sie nahm Fakten wieder auf, die schon geschrieben waren, vor allem die Nacht des Entzugs. Wir kamen auf diese Passage zurück, wechselten hier und da Worte aus, wir versetzten Beistriche... Ihr schien, das Leiden ihrer Tochter sei nicht zu beschreiben. Eines Tages hat sie zu weinen begonnen und immer wieder gesagt: »Es war grauenhaft, es war grauenhaft. Sie können sich ihre Qual nicht vorstellen. Es ist grauenvoll.«

Diese Frau war dabei, sich vor meinen Augen aufzulösen. Ich konnte es nicht fassen. Sie war mir immer so vorgekommen, als habe sie sich vollständig in der Hand. Ich hatte nicht gesehen, daß der Schwindel, der Abgrund, von dem sie oft gesprochen hatte, noch immer in ihr war. Sie hatte mir etwas oder jemanden verborgen. Von wem wurde sie gehetzt? Von was? Mit einemmal habe ich nur noch ihre Zerbrechlichkeit gesehen, und ich empfand das Bedürfnis, diese Zerbrechlichkeit kennenzulernen und zu beschreiben. Deshalb habe ich insistiert, ich habe zu sehr insistiert...

Eines Morgens, als ich eben erst angekommen war, hat sie gesagt:

»Es ist Schluß. Ich habe nichts mehr zu erzählen.«

»Das ist doch nicht möglich. Wir sind noch nicht über das Unwesentliche hinausgekommen. Verstehen Sie, was ich damit sagen will? Jetzt, auf Seite 144, müssen wir nicht nur das Ende von Laures Geschichte in Angriff nehmen, sondern vor allem den Hintergrund.«

»Welchen Hintergrund?«

»Das, was Sie die ganze Zeit andeuten.«

»Was deute ich denn an?«

»Ich weiß nicht... vielleicht die Eitelkeit der ›Sachverständigen‹, die Ignoranz der ›Gelehrten‹...«

»Sie machen einen Roman daraus!«

»Jedenfalls, so ist es kein Buch.«

»Ich habe nie gesagt, daß ich ein Buch daraus machen wollte. Ich hab' das nie gesagt.«

»Sie sagen nicht die Wahrheit.«

»Zugegeben, reden wir nicht mehr davon. Jedenfalls können Sie nichts ohne meine Zustimmung veröffentlichen...«

»Was heißt das: zugegeben! Ich kann das nicht hinnehmen, ich will weitermachen.«

»Na gut, dann schreiben Sie es eben allein zu Ende. Sagen Sie, daß Laure drei Jahre gebraucht hat, um davon loszukommen, und damit hat sich's.«

»Nein, das werde ich nicht tun. Ich weiß nicht, wie sie davon losgekommen ist, ich würde irgendwas erzählen, und der Text würde seine Authentizität verlieren. Dafür habe ich nicht gearbeitet, für nichts und wieder nichts.«

»Ich habe Sie bezahlt, Sie haben einen Scheck über zehntausend Francs erhalten.«

»Das meinte ich nicht damit. Ich wollte sagen, daß meine Arbeit in einem Buch enden muß... Darin steckt ein Buch, und ich werde nicht aufgeben... Eine meiner Freundinnen ist vor ein paar Monaten an einer Überdosis gestorben. Ich hatte sie in der letzten Zeit ihres Lebens nicht mehr getroffen, ich konnte nicht mit ansehen, wie sie nichts tat, um davon loszukommen. Ich verachtete Drogensüchtige. Ich hatte nichts verstanden. Sie schrieb Gedichte... Indem ich Ihnen dabei helfe, das Buch zu gestalten, habe ich den Eindruck, daß ich etwas wieder in Ordnung bringe... daß es andere Augen öffnen könnte und nicht nur die meinen... und dann habe ich diesen Text und Sie liebgewonnen. Ich möchte nicht auf halbem Wege aufgeben.«

»Aber ich habe nichts mehr zu sagen.«

»Das ist nicht möglich. Wenn Sie nicht fähig sind, über den Hintergrund zu sprechen, über das, was Sie zerrieben hat – denn ich weiß, etwas oder jemand hat Sie zerrieben –, dann erzählen Sie mir doch wenigstens das Ende von Laures Geschichte.«

»Na, gut; nach drei Jahren ist meine Tochter davon losgekommen... Ich bin berührt von dem, was Sie über Ihre tote Freundin gesagt haben. Und auch von der Tatsache, daß es helfen könnte, Drogensüchtige anders zu beurteilen... Aber Geschichten über Drogensüchtige sind viele geschrieben worden. Das Wichtigste sind nicht die Fakten, sie sind furchtbar, diese Fakten, aber es gibt noch Schlimmeres als sie, die Droge ist eine Enthüllerin... Da ist noch etwas anderes, aber ich weiß nicht was... das wäre privat, zu privat... Es würde uns zu nichts führen... und ich möchte nicht das Risiko eingehen, meine Tochter zu kompromittieren. Die ehemaligen Drogensüchtigen stehen nicht sehr hoch im Kurs.«

»Das, das ist einfach, man braucht nur die Namen, Vornamen und Berufe zu ändern.«

»Nicht meinen Beruf, sonst hätte alles keinen Sinn.«

Ich habe die Namen, die Vornamen und den Beruf ihrer Tochter geändert. Aber ihre Haltung ist dadurch nicht anders geworden.

»Und wenn Sie das Buch beenden, indem Sie mit einer Frau sprechen? Es gibt viele Frauen, die den gleichen Beruf haben und mindestens so tüchtig sind wie ich. Sie hätten mehr Vertrauen.«

»Nein, ich bin froh, daß Sie ein Mann und jung sind. Nicht Sie sind das Hindernis, sondern ich. In mir ist das Hindernis, aber ich vermag es nicht klar zu erkennen.«

Ich kam auch weiterhin. Anstatt über sich zu sprechen, sprach sie mit mir über ihren Umzug. Sie gab ihr großes Appartement auf, um in einer Zweizimmerwohnung zu leben.

Sie hatte ihre Praxis aufgelöst, ich glaube, sie hatte kein Geld mehr. Diese beiden Punkte wollte ich klarstellen. Was ihren Beruf betrifft, hat sie mir gesagt: »Ich wage mich nicht mehr an das Unbewußte anderer heran.« Und was das Geld anbetrifft: »Ich habe kein Geld mehr. Ich bin nicht in der Lage, Ihnen mehr zu geben, als ich Ihnen schon bezahlt habe.« Ich habe sie beruhigt. Wenn es uns gelänge, das Buch zu machen, würde ich prozentuell am Verkauf beteiligt sein. Das war kein Entgegenkommen, das war üblich.

Ich fühlte, wie sie beunruhigt auf der Lauer lag. Sie wartete, sie wollte über etwas anderes sprechen als über ihren Umzug, aber sie tat es nicht.

Wenn man in die Dinge, die Wäsche, die Papiere eintaucht, die sich im Laufe der Jahre angesammelt haben, kommen Erinnerungen wieder ans Tageslicht. Sie erzählte mir von ihrer Jugend, ihrer Kindheit, der Kindheit ihrer Tochter, sprach von ihren Eltern, von deren Laden und von Aix. Ich wußte all das, alles war in den 143 Seiten. Sie wußte, daß ich wußte, aber sie spielte die Vergeßliche: »Ich bin ganz durcheinander. Sie können sich nicht vorstellen, wie sehr ich durcheinander bin.«

Sie war allein. Ich habe mich gefragt, ob Laure am Leben sei, ob sie nicht tot sei, ob es nicht das sei, was sie verberge. Es ist mir sogar passiert, daß ich gedacht habe, sie hätte sie erfunden. An manchen Tagen habe ich Elsa verdächtigt, mir nur ungereimtes Zeug erzählt zu haben. Aber am Tag des Umzugs habe ich Laure gesehen, eine sehr schöne, sehr fröhliche, sehr tüchtige junge Frau. Ich habe an meine tote Freundin gedacht, daran, wie sie war, bevor sie der Droge verfiel. Ich habe gedacht, daß auch sie hätte davon loskommen können, wenn ich weniger blöd gewesen wäre... Ich habe gesehen, daß es zwischen Mutter und Tochter eine große, beinahe zärtliche Komplizenschaft gab. Jedenfalls war Laure sich nicht dessen bewußt, was ihre Mutter durchlebte. Übrigens tat Elsa alles, um das, was sie durchlebte, zu verbergen: an jenem Tag lachte und scherzte sie und behandelte mich, als sei ich ihr kleiner Freund. Ich habe nicht gewagt, mit Laure zu sprechen. Ich war in Elsas Lager, ich konnte sie nicht verraten.

Laure arbeitete damals in der Provinz, sie war nur nach Paris gekommen, um Elsa beim Umzug zu helfen, sie hat noch am selben Abend den Zug genommen. Nachdem sie ihre Mutter umarmt hatte, sagte sie zu mir: »Kümmern Sie sich um sie,

sie arbeitet zu viel. Ich finde, sie sieht schlecht aus.« Sie wußte nicht, daß Elsa keine Patienten mehr empfing. Ich frage mich, welchen Unsinn sie ihr erzählt haben muß, um ihren Umzug zu rechtfertigen.

Jetzt war das, was mich mit Elsa verband, sehr stark. Ich wußte nicht, wie ich meine Gefühle für sie genau definieren sollte. Da war die Erinnerung an meine tote Freundin, die zählte, aber das war eher ein Vorwand. Ich war nicht in Elsa verliebt, ich liebte sie. Ich liebte sie, als sei sie mein Kind oder meine Schwester, ich liebte sie nicht, wie ich andere Frauen geliebt hatte. Ich ging jeden Tag zu ihr.

Von dem Augenblick an, wo sie in die kleine Wohnung eingezogen war, sprach sie weniger und weniger. Der ganze Februar und ein Teil des Monats März gingen vorüber, ohne daß sie zu mir mehr als zwanzig Sätze sagte.

Sie ist nicht nur stumm geworden, sie hat sich auch körperlich verändert. Eines Tages erschien sie mir entstellt. Sie besaß keinerlei Eleganz mehr, sie war gebeugt, ihre Haare waren zu einem harten Knoten zusammengezogen, ihre Augen waren dunkel umrandet, sie war blaß und abgemagert.

Dann hat sich die Verwandlung noch verstärkt, sie pflegte sich überhaupt nicht mehr, ihre Kleider waren staubig und mit Flecken übersät, sie wirkte kleiner, ihre Schultern waren steif und hochgezogen, es sah aus, als wolle sie ihren Kopf darin vergraben. Ihr Blick war unbestimmt und außergewöhnlich traurig.

Ich stellte ihren Verfall fest, das war alles, was ich tun konnte. Ich hatte ihr geraten, einen Arzt aufzusuchen, aber sie hatte mir geantwortet, daß sie niemanden sehen wolle, vor allem keinen Arzt. Sie hatte hinzugefügt, daß ich weiterhin kommen könne, wenn ich wolle, aber daß ich es genauso gut lassen könne. Ich war unglücklich.

Ich läutete, sie öffnete. Ich brachte ihr Blumen, Obst, Süßigkeiten. Sie bedankte sich. Sie stellte die Blumen in eine Vase, aber alles übrige rührte sie nicht an. Am folgenden Tag waren meine kleinen Geschenke verschwunden. Die Blumen verwelkten, das Wasser verfaulte... Ich setzte mich in den Sessel. Sie ging wieder auf ihren Platz, immer denselben, auf ein Kissen, den Rücken an der Wand, den Kopf vornüber gebeugt betrachtete sie ihre Hände. Neben ihr waren ein Aschenbecher und Zigaretten mit ihrem Feuerzeug. Manchmal bat sie mich, ihr Zigaretten mitzubringen. Ich hatte sie darauf aufmerksam gemacht, daß sie zuviel rauche, sie hatte mich lächelnd angesehen und mit den Schultern gezuckt, als wolle sie sagen, das habe keinerlei Wichtigkeit, meine Sorge sei absurd, alles sei absurd.

Die Situation hatte sich alarmierend zugespitzt. Ihr Telefon war abgeschaltet. Laure war nicht in Paris, ich wußte nicht, wo ich sie erreichen konnte. Ich habe versucht, von ihr die Adresse ihrer Tochter zu erfahren, diesmal hat sie ihre Stimme wiedergefunden: »Lassen Sie sie in Ruhe. Laure hat nichts damit zu tun. Niemand zwingt Sie zu kommen. Man braucht sich nicht um mich zu kümmern.«

Eines Tages hat sie nicht auf mein Läuten reagiert. Ich hatte Angst, ich dachte, es ginge ihr nicht gut. Und dann habe ich gemerkt, daß der Schlüssel im Türschloß steckte. Ich bin hineingegangen. Es war vollkommen still. Sie war nicht im Salon und auch nicht in der Küche. Die Tür zu ihrem Zimmer war geschlossen, ich hatte es nie betreten. Sie war dort, auf dem Bett, sie hat den Kopf nicht zu mir gewendet, ihre Augen waren geöffnet, sie atmete. Auf dem Nachttisch standen eine leere Kaffeetasse und ein Aschenbecher voller Kippen.

Unser Schweigen und unsere Unbeweglichkeit erfüllten ihr ganzes Zimmer. Wir waren gefangen in der erstickenden Dichte, die durch die Abwesenheit unserer Worte und Gesten entstand. Es gab nur das. Ihr Selbstmord war da, fast sichtbar, neben ihr ausgestreckt. Meine Machtlosigkeit war auch da, stand neben mir. Ich war entsetzt. Ich hatte nicht das Recht, ihr gegen ihren Willen zu helfen. Sie wußte, was sie tat.

Ich bin in die Küche gegangen, es gab dort nichts zu essen. Ein großes Paket Kaffee und Zucker, das war alles. Und dann, aufgehäuft auf dem Tisch, all die Kleinigkeiten, die ich täglich mitbrachte: Kekse, Schallplatten, Bilder, Bücher, Konservendosen, Schokoladetafeln. Sie hatte nichts angerührt. Dieser Kram war unsere einzige Unterhaltung, die einzige Beziehung, denn ich stellte meine Geschenke im Salon ab, und sie trug sie in die Küche, aber die Pakete waren unangetastet. Nein, es gab nicht nur das, es gab auch all die im Salon angesammelten verwelkten, vertrockneten, verfaulten Blumen, sie hatte keine einzige weggeworfen, und vor allem war da der Schlüssel im Schloß. Ich lebte für sie. Nie war mein Dasein für irgend jemanden so wichtig gewesen. Davon war ich überzeugt. Was erwartete sie von mir?

Am nächsten Tag bin ich mit dem Tonbandgerät gekommen. Ich wußte nicht mehr, was ich ihr mitbringen konnte, nichts interessierte sie, sie sah mich nicht einmal an. An jenem Morgen hatte ich den Apparat bei mir im Flur stehen sehen und ihn mitgenommen. Ich habe ihn auf ihren Nachttisch neben die Zigaretten gestellt. Sie hat sich nicht gerührt, aber sie wußte, daß ich gekommen war. Ich glaube, daß sie es wußte.

Drei Tage lang hat sich die gleiche Szene wiederholt, genau die gleiche: der Schlüssel in der Tür, sie in ihrem Zimmer, zusammengeschrumpft. Ich glaube, daß sie nicht einmal mehr Kaffee trank. Sie rauchte. Ich leerte ihren Aschenbecher, und jeden Tag gab es neue Kippen. Sie war in Gefahr. Ich war sicher, daß sie einschlafen, daß sie sterben würde.

Eines Morgens bemerkte ich, daß das Tonbandgerät auf einem anderen Platz stand. Ich sah, daß die Kassette benutzt worden war. Ich hatte sie zurückgespult, ich habe auf den Startknopf gedrückt. Ihre Stimme ist erklungen, zunächst matt, und dann ist sie stärker geworden, hat sich ausgebreitet. Ihre Stimme hat den ganzen Raum der Stille eingenommen, sie füllte die Leere, sie schrie:

»Ich bin nichts... Ich bin nichts... Ich bin gar nichts... Ich bin eine Null... Ich bin eine Null, ein leerer Kreis, ein Loch... Ich bin keine Null, die dazu dient, den Ausgangspunkt von Plus und Minus zu bestimmen, den Ursprung des Unendlichen... Ich bin eine Null, die annulliert... Ich bin ein Nichts, mein Nichts... Ich bin unnütz, absolut unnütz...«

Sie hörte ihre Stimme, und ihr Körper auf dem Bett wurde zu dem, was sie sagte: zu nichts, zu einem unwichtigen Haufen, zu einem Lumpen, zu einer abgestreiften Haut.

Ich hatte die Vorahnung, daß diese Frau sterben würde, wenn ich nicht in den nächsten Sekunden etwas Entscheidendes täte. Je nachdem, was ich unternähme, würde sie hier auf ihrem Bett entweder geboren werden oder sterben. Und dieses Leben und dieser Tod hingen von mir ab. Ich erinnerte mich an die Welle, in der sie sich als Kind treiben ließ, worin sie den Boden unter den Füßen verlor, worin sie das Gefühl für oben und unten, für außen und innen, für Anfang und Ende, bis zum Ersticken verlor, bis sie kaum spürbar ein wenig festen Strand unter sich fühlte und sie dann dringend wieder Fuß fassen mußte, weil es sonst das Ende für sie bedeutet hätte. Ich mußte dieses bißchen fester Strand sein, diese Empfindung von festem Grund. Ich mußte eingreifen, ich durfte die Welle sie nicht für immer davontragen lassen. Bei der Heftigkeit dessen, was ich empfand, hatte ich Angst zu handeln, ich wußte nicht, wie ich handeln sollte. Ich mußte mich beeilen, das war alles. Ihre Stimme hat aufgehört zu schreien.

Ich hörte mich sagen:

»Zumindest sind Sie imstande gewesen, Ihre Tochter zu retten.«

Während ich dies sagte, glaubte ich, alles verloren zu haben. Man hörte nur noch das Zischen des leeren Tonbandes, das sich in dem Gerät weiterdrehte. Aber die Stille war nicht mehr die gleiche. Sie war nicht fest, im Gegenteil, sie war fließend.

Sie hat gesagt:

»Wer hat Ihnen erzählt, daß ich meine Tochter gerettet habe?«

»Ich weiß nicht, wie sich Laures Rettung vollzogen hat, Sie haben es mir nicht erzählt. Ich stell' mir vor, daß eine Rettung stattfand und daß Sie es waren, die sie vollbracht hat.«

»Nicht ich habe Laure gerettet, sie hat sich selbst gerettet.«

»Sie sehen also, daß ich das Buch nicht allein zu Ende bringen kann.«

Sie hat gelächelt. Das Leben war mit den Worten zurückgekehrt. Wir waren glücklich darüber. Wir haben es genossen, wie man eine Wintersonne genießt, etwas Kostbares, das man hüten muß. Sie hat mir die Hand gereicht, ich habe sie in der meinen gehalten. Ich habe mich auf den Bettrand gesetzt, ich habe sie in die Arme genommen. Sie ließ es sich gefallen. Ich habe sie gewiegt. Sie war klein und zart. Ich hatte Angst, sie loszulassen, daß alles wieder von vorne begänne. Sie hat gemurmelt:

»Ich werde sprechen, ich werde sprechen ... drei Jahre lang hab' ich alles, an dem ich hing, verkommen sehen. Alles, was mich ausgemacht hatte ... Ich bin nicht jemand, der unbekümmert von einem Tag zum anderen leben kann ... Ich muß an etwas glauben ... Deshalb wollte ich diese Geschichte erzählen und versuchen, den Geschmack daran wiederzufinden ... an etwas zu glauben. Ich habe das Gefühl, an Sie kann ich glauben ... Ich werde sprechen ...«

Ihre Augen waren geschlossen, sie hörte nicht auf zu wiederholen:

»Ich werde sprechen, ich werde sprechen.«

Elsa ist eine kräftige Frau: zehn Tage später war sie auf den Beinen.

Ich besuchte sie weiter jeden Tag, aber sehr bald hat sie mich gebeten, nicht mehr zu kommen. Sie wollte allein sein. Mein Eifer berührte sie, machte sie stutzig und ... störte sie. Sie hat es mir gesagt. Sie hat mir gesagt, früher oder später müsse sie mit mir über dieses Unbehagen sprechen, aber im Moment lege sie keinen großen Wert darauf. Sie rief mich jeden Abend an, sie sagte mir, sie arbeite, sie schreibe manches nieder und nehme anderes mit dem Tonbandgerät auf.

Während dieser Phase dachte ich an sie, und meine Gedanken waren allesamt die eines Verliebten. Ich war eifersüchtig. Aber worauf? Auf wen? Auf Laure? Wäre ich gern das Kind dieser Frau gewesen? Auf ihre kämpferische Natur? Wie kann man den Nebel beneiden, in dem sie lebte? Eifersucht auf ihre Einsamkeit, ihren klaren Verstand? Ich beneidete sie um ihre Beharrlichkeit, ihr Engagement, ihren Willen, den Dingen nachzuspüren, um die Leidenschaft, die sie in alles legte, die sie verbrannte, die sie zugrunde richtete. Sie fehlte mir.

Nach zwei Wochen bat sie mich, zu ihr zu kommen. Ich fand sie verändert, strahlend schön, heiter, in Höchstform.

Auf dem niedrigen Tisch im Salon hatte sie ein Gebäude aus Papieren und Kassetten errichtet, eine Art mehrstöckige Pagode. Kassetten, Papiere, Kassetten, Papiere ... jedes Element war numeriert.

Lachend hat sie zu mir gesagt:

»Ich habe Ihnen ein ›Big Mac‹ vorbereitet, ein dickes MacDonald-Sandwich, wissen Sie: eine Schicht Salat, eine Schicht Käse, eine Schicht Tomaten, eine Schicht Schinken, alles mit Ketchup übergossen. Ein Haufen Müll, was? Ich habe alles so geordnet, wie es aus mir herausgekommen ist, chronologisch. Aber in Wirklichkeit gibt es keine Ordnung. Ich weiß nicht, ob Sie daraus etwas machen können.«

Man hätte glauben können, daß alles, was sich während ihres Schiffbruchs ereignet hatte, weggefegt, ausgewischt sei, als habe es überhaupt keinen Schiffbruch gegeben. Das Thema war kein Tabu, sie verbarg es nicht. Es gehörte der Vergangenheit an... Ich wußte nicht mehr, ob ich ihre Kraft bewundern oder bedauern sollte. Ich erinnerte mich an den Tag, an dem ich sie gewiegt hatte, an dem ich glaubte, sie sei ganz klein, und ich würde ihr das Leben zurückgeben... Durch ihr Verhalten, in dem Moment, wo sie mir ihren Wust von Worten aushändigte, schien es mir, als würde sie mir diese Erinnerungen stehlen. Sie hatte genau die Distanz wiedergefunden, die vorher zwischen uns bestand.

Ich habe mich sofort an die Arbeit gemacht. In zwei Tagen habe ich die ersten Kassetten abgehört. Sie waren auf beiden Seiten bespielt, voller Augenblicke des Zögerns und Schweigens. Sie hatte die Bänder oft angehalten, ihre Sätze waren vom trockenen Geräusch des Ein- und Ausschaltens des Geräts zerstückelt. Zu Beginn der ersten Kassette gab es noch das »Ich bin nichts, ich bin eine Null...« Sie hatte es nicht gelöscht. Bei mir zu Hause erklang unaufhörlich ihre Stimme. Weniger schön als in Wirklichkeit, von der Maschine verfremdet, aber in meinem Kopf vollzog ich die Korrektur, und es gelang mir, sie so zu hören, wie sie war. Ich stellte mir vor, sie sei da, ich sei es, zu dem sie spräche.

Ich habe daraus einige Seiten gezogen, die ich ihr gebracht habe. Sie hat sie genommen, hat sich wie gewöhnlich auf ihre Kissen gesetzt und sie laut vorgelesen.

»Ich will nicht im einzelnen erzählen, was sich in den drei Jahren der Hölle, während denen Laure süchtig war, ereignet hat. Es ist zu erbärmlich, zu entsetzlich. Und doch sind diese Einzelheiten in mir lebendig, sie sind es, die mich hemmen. Ich kann aus diesen Fakten keine Lehre ziehen. Ich bin nicht imstande zu erklären, wie ein Drogensüchtiger davon loskommt. Ich bin nicht fähig, jemandem auf wissenschaftliche Weise dabei zu helfen, von der Droge loszukommen. Trotz allem, was ich gesehen und gelernt habe, bin ich nicht fähig,

Ratschläge zu erteilen, und noch weniger, eine Methode zu entwickeln...

Die anderen machen mir jetzt Angst... Die Leute verhalten sich den Süchtigen gegenüber schlecht. Sie werden aggressiv... Die Leute sind gemein mit den Süchtigen... Ich glaube, daß sie sich selbst sehen, wenn sie sie betrachten. Sie sehen die schlimmste Seite ihrer eigenen Natur, und das akzeptieren sie nicht... Die Droge entwickelt bei denen, die sie nehmen, alle menschlichen Schwächen.

Sehr schnell haben Laures Freunde das Haus besetzt. Sie kamen, um aufzuhören, aber es gelang ihnen nicht. Jedesmal, wenn wir aus Paris flohen, nahmen wir welche mit. Drei Jahre lang habe ich nur mit Süchtigen gelebt...

Die Süchtigen sind Lügner, Diebe, Heuchler, fahrlässig, Betrüger... Sie prostituieren sich... Sie zerstören sich und, indem sie sich zerstören, zerstören sie ihre Umgebung... Die Leute sagen: ›Sie haben keinen Willen... Das ist eine Frage des Willens... Wenn sie wollten, würden sie aufhören... Alles ist zu einfach für sie, das sind verwöhnte Kinder... Sie müßten mal ein bißchen schuften... Was die brauchen, ist ein richtiger Krieg...‹ Sie irren sich, Drogensüchtige sind Schwerkranke und Mutanten... Vor allem das, Mutanten... Aber sie selbst wissen es nicht, daß sie mutieren. Politisch gesehen halten sie leicht linksgerichtete oder, im Gegensatz dazu, rundweg reaktionäre Wahlreden. Sie sind die Frucht einer Frucht, sprechen aber nur von der Frucht, von der sie stammen, sprechen nicht von der Frucht, die sie sind. Wenn sie es täten, würden sie sofort aufhören, Drogen zu nehmen, und unsere Köpfe würden zerspringen... Sie sind manipuliert, aber nicht auf die Weise, wie sie sagen...

Da ist das Geld... Da ist diese verrückte Beziehung zum Geld, eine fanatische Beziehung... Das Goldene Kalb, es existiert... Sie erleben sie, diese frenetische, um den Verstand bringende Anbetung... Alles ist Geld, weil sich alles gegen Dope eintauschen läßt... Mit den Drogensüchtigen leben, das heißt im Geld, in den Scheinen, den Schecks, den Münzen, im Preis der Dinge zu leben, in der Flüssigkeit des Bargeldes, in seiner Vergänglichkeit, seinem Überfluß, seiner Abwesenheit; alles hängt von der Nähe der nächsten Dosis ab... Es ist wie Ebbe und Flut... erschöpfend... Das Geld ist heilig... für alle... Es ist lebensnotwendig... Ich habe begonnen, mein Geld wie eine Verrückte zu verteidigen... Ich habe mir alles stehlen lassen... Ich habe begonnen zu lügen, meine Pfennige zu verstecken wie ein Geizkragen... Ich wußte nichts von meiner zweiten Natur und auch nichts von meiner Geldgier. Ich glaubte sogar, davon verschont zu sein... Ich beurteilte den Wert der Dinge anders...

Und dann gibt es das verborgene Gesicht der Lust, die für sie ganz einfach die Lust ist. Eine Liebesbeziehung mit der Nadel, der Spritze... Die Heroinsüchtigen, die wirklichen Junkies, haben kein Sexualleben mehr, oder vielmehr spielt sich ihre Sexualität nicht mehr über das Geschlecht ab, das Heroin hat dieses Leben zerstört und eine andere Form von Sexualität entwickelt... eine Perversion... Das Geschlecht ist einheitlich, es ist dasselbe für Jungen und Mädchen, etwas, das eindringt, sehr dünn ist, sehr spitz, sehr klein, glänzend, metallisch, es ejakuliert das Pulver, das in dem über einer Kerzenflamme angewärmten Wasser aufgelöst worden ist... Sie spielen mit ihrem Blut... Die ›Zieher‹... Ein wenig angesaugtes Blut fließt in die Spritze zum Heroin und färbt es – man könnte glauben, sie liebkosten einander –, es wird zurückgestoßen, wieder angesaugt... Sie sind von diesem Kommen und Gehen fasziniert, solange die Lust noch zu widerstehen vermag... Sie haben keine andere Lust. Sie denken nur an die Droge, sprechen nur von ihr, von ihrer Qualität, ihrer Herkunft, ihrer Menge, von ihrem Preis und ihrer Wirkung... Die Überdosen werden bis in alle Einzelheiten besprochen... anstatt sie zu besänftigen, regt es sie an. Ein Toter im Freundeskreis, und der Verbrauch steigt. Im Gegenteil, wenn einer von ihnen versucht aufzuhören und wirklich aufhört, wird alles nur Erdenkliche unternommen, um ihn zurückzuholen oder seine Flucht zu leugnen... Das Heroin ist verhängnisvoll, es ist ihr Schicksal, sie stellen sich kein anderes vor, sie wollen kein anderes... Und doch sprechen sie davon, es aufzugeben. Wenn sie von ihm befriedigt sind, glauben sie, genug davon zu haben, weil sie es gerade eben genießen konnten. Dann sprechen sie davon, es zu verwerfen, weil es zu teuer ist, weil es sie martert. In solchen Momenten sind sie hellsichtig, sie halten es für das, was es ist: eine Schweinerei. Zu Anfang, als ich das hörte und sah, wie Laure sich dessen bewußt war, glaubte ich, auf dieses Bewußtsein aufbauen zu können... Aber sobald die Wirkung der Droge nachläßt und sie nicht mehr ihre Wärme verspüren, sondern sich im Gegenteil die Kälte des Entzugs, oder auch nur der Gedanke an diese Kälte, einstellt, verlangen sie nur noch nach ihr ... Sie fehlt ihnen ... Sie wollen lieber durch einen letzten Schuß sterben, als nichts mehr zu bekommen ...

Und dann ist da ihr Körper ... Es ist unglaublich, wie nah und gleichzeitig auch wie fern sie ihrem Körper sind ... Die Freiheit, die sie mit ihm teilen ... das Vertrauen, das sie in das amtliche Arzneibuch haben; jeder Drogenabhängige ist eine wandelnde Apotheke ... einige übergeben sich oft, sie behaupten, das Erbrechen säubere sie, es reinige sie. Sie sagen nicht, daß die Droge ihre Leber zerstört hat. Sie sagen es nicht, weil sie es nicht glauben. Die Leber, das ist etwas für alte Leute ... Ihr Körper besteht aus Adern. Ihr Körper ist ein rot-blaues Vlies, das ist alles. Ihr einziges körperliches Problem liegt hier: im Verlauf und in der Empfindlichkeit ihres Adernnetzes ... Diejenigen, die Angst vor der Polizei haben, spritzen sich ins Zahnfleisch ... Sie spritzen sich überall hin. Manchmal machen sie sich einen Spaß daraus, in die unwahrscheinlichsten Stellen zu spritzen ... Das Heroin nimmt den Appetit, sie essen wenig und schlecht, sie entwickeln Kalkmangel, ihre Zähne verfallen. Sie spritzen sich mit irgendeiner Spritze, ganz gleich welcher, mit einer, die gerade herumliegt, die soeben benutzt wurde, oder einer anderen, ganz gleich. Sie infizieren sich, haben Abszesse, sie leiden. Das Heroin lindert die Qual ... Ihre Haut trocknet aus, altert schnell. Sie sehen sich, sie sehen, wie alt sie wirken, sie müssen unbedingt aufs Land fahren ... ›Oh, aufs Land, wie geil!‹ ... Sobald sie können, sammeln sie einen kleinen Vorrat und fahren los. Es gibt immer irgendwo in Frankreich einen leerstehenden Zweitwohnsitz einer unwissenden Familie oder eines verbündeten Erwachsenen ... Sie tun so, als spielten sie im Grünen wie Kinder, die sie noch sind, aber es sind erschöpfte, sterbende Kinder, sie laufen schnell nach Hause, um an ihrem spitzen Fläschchen zu saugen, sie schließen sich ein hinter geschlossenen Läden, das Licht tut ihnen weh ...«

Sie hat unterbrochen. Sie hat in ihrem Rock nach einem Taschentuch gesucht.

Nachdem sie begonnen hatte vorzulesen, fing sie sehr bald an zu weinen. Zuerst bin ich mir dessen nicht bewußt geworden. Ich habe gedacht, irgend etwas störe sie, sie versuche, mit der einen oder der anderen Hand ein Staubkorn oder eine Wimper zu entfernen, etwas, das sie irritierte. Dann habe ich gesehen, daß ihre Wangen glänzten, und eine Träne bemerkt, die an ihrer Schläfe bis zu ihren Haaren herunterglitt. Sie weinte zu sehr, sie hat ihre Tränen einfach fließen lassen, sie hat sie nicht mehr weggewischt.

»Meine Tränen sind süß ... Sie tun mir gut ... Ich habe das Gefühl, ein Bad zu nehmen ... ein schönes, warmes Bad ...«

Ohne sich zu bewegen, ohne zu sprechen, schwamm sie in ihrem Wasser. Sie ist lange Zeit sehr weit weg gewesen. Sie ist zurückgekehrt und hat wieder vorgelesen:

»Sie kleideten und schminkten sich mit einer Freiheit, um die ich sie beneidete ... die Jungen ebenso wie die Mädchen ... Die Süchtigen sind die Opfergefäße der Droge. Nichts ist für sie zu schön, zu kostbar, zu strahlend, zu farbig, zu verrückt ... Mit der Droge in ihrem Körper sind sie wie Verrückte ... großartige Verrückte ... überwältigende Exhibitionisten ... Indem sie sich parfümieren, parfümieren sie sie ... Es ist ergreifend, sie weggehen zu sehen mit ihrem Gelächter, ihren Bändern, Pailletten, ihren Wohlgerüchen. Jeder von ihnen ist ein Fest, ein Karneval, eine Prozession ... Sie werden mit Kälte in ihren Knochen zurückkehren, mit der Wimperntusche, die über die festliche Schminke läuft ... mit unordentlichen Kleidern ... mit Laufmaschen in den Strümpfen ... abgebrochenen Hacken ... Sie rennen. Oft gibt es Razzien in ihrem Leben ... polizeiliche Durchsuchungen ... Treibjagden der Dealer ... Schulden, die sie verfolgen ... kleine Einbrüche ... und der Entzug, der sie quält ... Sie rennen, sie springen, überqueren im Galopp die Straße zwischen den Autos hindurch ... Sie sind fähig zu phantastischen Heldentaten ... Ihre von der Droge ausgelaugten, überall angenagten Körper ... ihre Nieren, ihre Leber, ihre Lungen, ihr Herz, ihr Drüsensystem ... alles ist von der Droge verwüstet ... Und doch sind sie imstande, mit diesen Körpern Höchstleistungen zu vollbringen. In ihren Körpern ist ein sagenhaftes Verlangen ... eine ... Energie ... die ... unzulässig ... unverständlich ist ... Diese Energie ist es, die mich zerstört hat. Ich habe versucht, sie zu verstehen. Es ist mir nicht gelungen. Ich bin gescheitert ...«

Die Seiten waren zu Ende. Sie hat sich wieder aufgerichtet, sie hat sich mir lächelnd zugewandt.

»Ich bin gescheitert, und ich kann mich davon nicht erholen... Und danach, was kommt danach?«

»Das Porträt von Professor Greffier.«

»Ach ja, das ist wahr... Was haben Sie daraus gemacht?«

»Es ist, bis auf einige Kommata, ganz genau so, wie Sie es geschrieben haben.«

»Das, das konnte ich nicht sprechen, das konnte ich mich nicht sagen hören, es ist zu persönlich, ich brauchte das Schreiben, die Stille des Schreibens, sein Geheimnis. Ist es nicht zu akademisch?«

»Ganz und gar nicht... Es ist sogar das Gegenteil von akademisch. Sie haben sich Mühe gegeben. Es ist gut, Sie werden sehen, es ist in der Art, wie ich schreibe.«

Wir haben gelacht. Es tat gut zu lachen. Sie lachte wie ein Kind. Als wolle sie sich entschuldigen, hat sie gesagt:

»Ich versuche mich zu beeilen... Ich versuche mich im Ganzen zu sehen... ich mache mir Angst... ich möchte das lieber mit frischem Kopf lesen, allein.«

Wir sind übereingekommen, uns acht Tage später am Nachmittag zu sehen. Ich habe sie mit ihren Seiten allein gelassen.

Porträt des Professors Greffier

Er saß auf seiner Couch.

Eigentlich war es keine Couch, es war ein Sitz für zwei Personen, weder Sessel noch Couch, ein tiefer, gepolsterter Sitz ohne Lehnen.

Mit einem zweiten, ähnlichen Sitz und einem dritten, längeren für vier Personen – alle in dunklem Leder –, war sein Sessel ein Teil einer Gruppe, die um einen quadratischen Tisch stand. Der quadratische Tisch war häßlich, aus unechtem Kupfer, eine Imitation, die stellenweise ihre Vergoldung verlor, und mit einer dünnen Glasplatte bedeckt; ein bei ihm stehengebliebenes Abfallprodukt.

Er saß auf seiner Couch aus dunklem Leder...

Seine Katzen hatten das Leder an manchen Stellen so sehr zerkratzt, daß es aufgerissen war. Es waren Löcher entstanden, aus denen die wollene Polsterung hervorquoll. Dabei war es schönes, dickes, weiches Leder...

Er saß auf seiner Couch, ich sah die Katzenspuren, ich sah den Eifer der Tiere an der Kante der Rückenlehne, ganz nah von der Stelle, wo er seinen Kopf auflegte.

Ich stand in seiner Nähe, an der Ecke der langen Couch, ganz nah bei ihm. Ich wollte sprechen, und dann stieß mein Blick auf die übel zugerichtete Rückenlehne, und nun konnte ich nichts mehr sagen, ich fand keine Worte mehr, ich suchte nach ihnen, von denen, die auftauchten, paßte keines wirklich zu dem, was ich ausdrücken wollte. »Ich gehe fort, ich verlasse dich, ich will dich nicht mehr sehen, ich werde dich nicht mehr sehen, es ist Schluß...« Nichts davon ging. Das zu sagen, war ich gekommen, aber es war nicht mehr genau das, was ich empfand. Jetzt, wo ich da war, wollte ich auch noch etwas anderes sagen, ich wußte nicht, was... Ich wollte nicht von Laure sprechen, von dem Zustand, in dem sie war. Laure interessierte ihn nicht, niemand interessierte ihn, nur ich... weil er fühlte, daß ich ihm entglitt. Laure konnte kein Vorwand sein. Mein Wunsch, ihn zu verlassen, war alt, älter als Laures Geschichte. Ich hatte immer darauf geachtet, meine beiden Leben nicht miteinander zu vermengen, es gab keinen Grund, dies jetzt zu tun, wo es zu Ende war.

Ich war fasziniert von den Rissen, von dem weißlichen Material, das hervorquoll, ausfranste. Diese Verletzungen waren eine Falle, ihretwegen war ich gefangen, gefesselt durch die Erinnerung an die Tage, die sich zu Wochen, Monaten, Jahren, zu beinahe zwei Jahrzehnten aufgehäuft hatten. Als symbolisierten die Wunden des Möbelstücks die Zeit, die wir miteinander verbracht hatten, und als schiene es mir unerträglich, sie nicht mehr zu sehen. Ich verstand nicht, was über mich kam. Warum hat sich ein Gefühl von Gefahr eingestellt? Eine Angst?

Während ich sprach und die Erinnerungen sammelte, die dazu dienten, die 143 Seiten zu redigieren – im Glauben, ich könne mich dadurch von der Verwirrung befreien, in der ich mich befinde –, ist die Erinnerung an diese Angst oft wieder aufgetaucht. Ich habe sie verjagt. Ich habe nicht gewagt, ihr entgegenzutreten... Heute glaube ich, daß ich nicht weiterkommen werde, wenn ich mich ihr nicht stelle...

Ich wollte gehen, ich wollte ihn verlassen. Aber weil ich so lange geglaubt hatte, dieser Mann sei mein Hafen, hat der Kummer begonnen, im Halbschatten des tristen Appartements zu schweben. Ein Mann wie ein Port... Ein Mann wie ein Abort...

Mich überkam ein unerklärliches Sehnen nach diesem verpesteten Port, nach seinem Rost. Sehnsucht nach dem Zufluchtsort, wo das zähe Wasser ruhig ist. Hätte es Laures Geschichte nicht gegeben, wäre ich vielleicht für immer dort geblieben... Jetzt mußte ich sagen, daß ich meine Sachen packe. Ich würde mich nicht heimlich davonmachen. Es war vorbei! Ich wollte gehen, das Weite suchen! Aber ich sagte nichts.

Er saß auf seiner Couch.

Er hatte diesen Sitz in einem Maße verformt, daß sich außer ihm niemand anderer mehr dort hinsetzen konnte. Er setzte sich nicht, sondern fläzte sich darauf. Er hatte ihn eingedrückt, indem er immer wieder seine hundert Kilo und seine ein Meter neunzig quer darauf hatte fallen lassen; dann rollte er sich zusammen und zog seine langen, dürren Beine an, auf seinen hohen, emporragenden Bauch. Schließlich legte er seinen sowohl schweren als auch langgezogenen Schädel in eine Kuhle der Rückenlehne, die seine Haare allmählich geölt und geschwärzt hatten, genau über der von den Katzen verschandelten Stelle.

Er hatte schon immer Katzen.

Seit einigen Jahren lebten sie in den hintersten Winkeln der Wohnung, er suchte sie nicht mehr, sie interessierten ihn nicht mehr, aber das war nicht immer der Fall gewesen... Ich fragte mich, ob mir der Wunsch, ihn zu verlassen, nicht zur gleichen Zeit gekommen ist, als er seine Vorliebe für die Katzen verlor... oder vielleicht hat er sich für sie nicht mehr interessiert, weil er spürte, daß ich weggehen wollte... Er hatte einen sehr sicheren Instinkt für die wesentlichen Rhythmen... Katzen, niemals Kater... Und doch geschah es, daß er von einem Männchen sprach, das er seinerzeit besaß, das Berlingot hieß... er sprach liebevoll von ihm...

Zu Anfang, als ich ihn kennenlernte, hatte er zwei Siamkatzen, degenerierte Tiere. Die eine hatte nicht einen Zahn im Maul, sie war so geboren, sie ernährte sich ausschließlich von dem, was ihre Schwester wieder hervorwürgte. Die Tage dieser Tiere standen ganz im Zeichen ihres Ernährungsproblems. Die eine kaute ausgiebig, was sie auf ihrem Teller fand, dann bemühte sie sich, die Hälfte dessen, was sie gerade zerkaut hatte, wieder herauszuwürgen, und die andere schleckte diesen Brei. Sie waren abstoßend und doch herzzerreißend wegen der Solidarität, die zwischen ihnen bestand. Die eine hätte nicht ohne die andere leben können. Denn als Gegenleistung für dieses Heraufwürgen leckte die Zahnlose ihre Schwester, putzte sie, säugte sie, kümmerte sich um sie, als sei jene ihr Junges. Aus den beiden war bei ihm das gleiche geworden wie aus dem quadratischen Tisch im Salon, sie waren aufgegeben. Abfallprodukte.

Zu der Zeit, als ich täglich zu ihm kam, als dies gewissermaßen mein Büro geworden war (denn dank der Sekretariatsarbeiten, die ich für ihn machte, konnte ich meine Studien fortsetzen), habe ich mich oft gefragt, warum so vielen Menschen daran lag, hier etwas zu hinterlassen: die Katzen, den Tisch im Salon, ein Mofa, ein komplettes Eßzimmer und viele andere Möbelstücke und Gegenstände. Für ihn unnützes Zeug, im allgemeinen häßlich. Warum? Weil die Räume zahlreich, groß und unbewohnt waren? Handelte es sich nur um Relikte oder um Spuren? Später habe ich ihm diese Fragen gestellt, und er hat mir geantwortet: »Warum nicht? Mir ist das egal.«

Die Wohnung, die sorgfältig von der Concierge abgestaubt wurde, die ohne, daß man es bemerkte, kam und ging, glich einer Verkaufshalle. Dieses Gerümpel verstärkte noch den Eindruck von Leere, den mir dieser Ort machte. Und dann kam es mir an manchen Tagen der Anspannung so vor, als stiegen aus diesem Wust Gespenster, Seufzer auf, vielleicht auch Gedanken von Abrechnungen, Abtreibungen, etwas Schweres, ein ganzes, totes, verscharrtes Leben: ein Friedhof.

Es waren Frauen, die dieses Lager anlegten. Frauen aus seiner Familie, alte und neue Mätressen. Frauen, die ihm nichts bedeuteten. Manchmal kamen sie. Gewöhnlich traf ich sie nicht. Sie blieben nicht lange. Er zog sich zu ihrem Empfang um und benahm sich mit ungewohnter Zuvorkommenheit.

Ich hörte ihn. Er ließ sie in den Salon eintreten und begleitete sie dann in den Raum, wo sich das befand, was sie zurückgelassen hatten. Sie murmelten, man hätte annehmen können, sie seien in einer Kirche, dann gingen sie wieder und ließen einen starken Duft zurück, als hätten sie Parfum verschüttet. Warum? Um zu überdauern? Um trotzdem anwesend zu sein, gegen ihren und auch gegen seinen Willen? Sie gingen, vielleicht würden sie niemals wiederkehren, aber ihre Gegenstände blieben dort, hinter den verschlossenen Fensterläden, unbeweglich wie Wachtposten.

Er hatte keine Kinder.

Manchmal »liebkoste« er seine Katzen. Es überkam ihn plötzlich. Er mußte sie einfach berühren. Das Bedürfnis tauchte schlagartig auf. Ich konnte niemals die Anfänge dieses Verlangens erkennen, vielleicht gab es sie gar nicht. Vielleicht war es wie das Schlagen des Herzens, wie das Blinzeln der Augenlider, etwas Wesentliches, das ohne Lust einfach geschieht.

Plötzlich erhob er sich hinter seinem Schreibtisch und versuchte eine zu fangen, oder sogar zwei, wenn es ihm gelang. Es war nicht einfach, weil sie flüchteten, sie hatten Angst vor ihm.

Zuvor hatte er die Türen geschlossen. Er lief ihnen nach. Er verfolgte sie. Sie stoben auseinander. Der Raum verwandelte sich innerhalb weniger Sekunden in einen Dschungel, in eine Safari-Steppe, in ein Schußfeld. Es war ein brutaler, perverser Partisanenkrieg. Er riesengroß, gewaltig, und sie rachitisch, aber gewandt. Er umwickelte seine Hände mit Zeitungspapier, weil sie kratzten, bissen, spuckten. Trotz dieser Vorsichtsmaßnahmen hatte er immer Bisse oder Kratzer an den Händen. Rosige Schmisse, die er von Zeit zu Zeit streichelte. Mich gab es gar nicht, ich konnte höchstens nur ein Hindernis sein.

Gewöhnlich blieb ich auf meinem Sekretariatsplatz an meiner Schreibmaschine sitzen. Es kam vor, daß er aufstand, wenn wir mitten in einem Satz waren. Ich blieb in der Schwebe, es war, als sei ich aus dem Raum verschwunden. Er hingegen widmete sich sofort unverblümt seiner Hetzjagd. Er überließ sich ganz und gar der Schamlosigkeit seines Triebes. Schamlosigkeit, weil ich zusah, Schamlosigkeit nur mir gegenüber, ich hätte ja hinausgehen können. Er befand sich in der Gewalt eines mächtigen Verlangens, in der Dringlichkeit, dieses Verlangen zu befriedigen, das stärker war als er und das er, koste es, was es wolle, befriedigen würde.

Er widerstand ihm nicht, er lieferte sich aus. Eine Mischung aus triumphierender Freude und Qual bemächtigte sich seiner Gesten und seines Ausdrucks. Sein großes, aus Schwellungen und Furchen bestehendes Gesicht belebte sich. Das Chaos seiner gewöhnlich schlaffen Züge wurde straff. Sein Leben hatte, wie eine Kerze, Spuren in Form von fleischigen Tropfen hinterlassen, durch die hindurch man früheres Lachen, einen wollüstigen Glanz und auch eine Zerbrechlichkeit, eine verletzte Zartheit erkennen konnte, und sogar Nächte der Kindheit mit ihren Alpträumen und ihrer erregenden Neugier. Er hatte trotz seiner Häßlichkeit ein rührendes, ich würde sogar sagen ein ergreifendes Gesicht. Und dort, bei der Jagd, überkam ihn eine Art Schönheit, Frische, eine Heiterkeit, eine Verletzlichkeit... Ich hatte den Eindruck, ihn so zu ertappen, wie er war, bevor die Aufeinanderfolge der Jahre an ihm genagt hatte: unberührt. Und unvergeßlich. In Zukunft, was auch immer geschehen mag, werde ich niemals vergessen, was ich dort, in seinen Augenblicken vollständigen Wahns, gesehen habe, in seiner verrückten Bestialität, seiner besessenen Hoffnung, seiner stürmischen Grausamkeit, in seinem Glück zu nehmen, zu quälen. Unvergeßlich. Immer wird, in den schlimmsten Momenten des Abscheus, das Echo dieser kindlichen Reinheit wie eine Entschuldigung zurückkehren, meinen Zorn besänftigen, mein Verzeihen bewirken, so daß ich bereit bin zu bleiben...

Bis ich nicht mehr dazu bereit bin. Oder vielmehr, bis er die Kraft verloren hat, mich zum Bleiben zu veranlassen.

Er saß auf seiner Couch, verfallen, jammervoll. Ich werde weggehen. Ich bin gekommen, ihm das zu sagen, daß ich für immer weggehen werde, endgültig. Nichts bindet mich mehr an ihn. Ich sehe den Wirrwarr in seinem Gesicht und das Alter, das an ihm gearbeitet hat und es dabei aushöhlte und auslaugte. Die Abnutzung geschah von innen heraus, die erschlafften Partien seines Fleisches sind leer – Haut über Haut –, die Muskeln sind mitsamt ihrem Blut verschwunden, die Blässe und das schmutzige Rosa der Alten hat alles überzogen.

... Ich habe ihn nie einen Kampf aufgeben sehen. Es konnte noch so lange dauern, endete aber immer mit dem Einfangen der Tiere. Seine Papierhandschuhe waren zerfetzt, er entledigte sich ihrer gewandt mit katzenartigen Bewegungen. Seine Hände und Handgelenke waren voller Blut. Dann begann die Folter. Er ließ die Katzen erniedrigende Haltungen einnehmen – meistens drückte er den Kopf zwischen die Hinterbeine. In dieser Position ließen sich die Katzen alles gefallen, sie legten ihre Ohren an und stießen ein haßerfülltes Fauchen aus, das war alles. Keine Schläge mit den Tatzen, die Krallen waren ausgefahren, aber sie ruhten. Wenn sie einmal in dieser Haltung waren – grob ausgedrückt, die Schnauze in ihr Arschloch gepreßt –, streichelte er sie mit langen, wiederholten Strichen, wobei er die Kiefer zusammendrückte. Die Finger seiner freigebliebenen Hand streckten sich, einer nach dem anderen, lockerten sich, er ließ sie mit tiefgreifenden, ruckartigen Bewegungen über das gesträubte Fell der Siamkatze hin- und hergleiten. Dann ließ er die Tiere los und kümmerte sich nicht mehr um sie. Er sah sie nicht einmal mehr fliehen.

Es war ein häßliches, sehr häßliches Schauspiel, das ich jedoch für notwendig hielt. Ich nahm es mir übel, daß ich es für notwendig hielt, aber so war es. Während der ganzen Zeit, die die Jagd dauerte, empfand ich Ekel vor ihm, ich sagte mir: »Es ist aus, ich kann nicht länger mit diesem Mann arbeiten, er ist widerlich, er stößt mich ab.« Und dann schließlich – trotz der Unterwerfung der Katzen, oder vielleicht gerade wegen dieser Unterwerfung – empfand ich Erleichterung, eine Art Befriedigung. Es war gut, wir nahmen die Arbeit wieder auf, ohne auch nur das geringste Wort über das zu verlieren, was sich gerade abgespielt hatte.

Schließlich habe ich ihm gesagt, daß ich nicht mehr mit ihm arbeiten würde.

Elsa wußte nicht, daß ich dabei war, ihr Schatten, ihr Doppelgänger, ihr Echo zu werden. Sie wußte nicht, daß ihre Stimme bei mir wohnte. Sie konnte sich die Vertrautheit, die mich mit ihr verband, nicht vorstellen. Ich spielte bestimmte Sequenzen der Tonbänder immer wieder, nicht um sie abzuhören, sondern um sie zu hören. Zum Beispiel: »Am ersten Tag als Führerin bei den Pfadfindern...« Ich kannte den Text auswendig. Ich achtete nicht mehr auf die Worte, ich hörte die Schwingungen ihrer Stimme, die Tiefe ihrer Stimme, ich hörte das Ungesagte.

Ich begann sie wirklich zu kennen, war sicher, sie nicht zu erfinden.

Elsa ist eine Frau, die zugleich äußerst wißbegierig und äußerst methodisch ist. Sie geht ausschließlich so vor, daß sie gliedert, was sie weiß: was sie sich angeeignet und was sie erahnt hat. Vor allem das: was sie erahnt hat. Sie weiß zunächst mit ihren Eingeweiden, aber sie mißtraut ihren Eingeweiden. Elsa ist eine zaghafte Abenteurerin, ihre Lust am Abenteuer ist ebenso groß wie ihre Zaghaftigkeit. Die, die allein vor dem Tonbandgerät sprach, brauchte all ihre »Mittel«, um sich zurechtzufinden. Sie mußte verstehen, um zu handeln, aber nicht, um zu denken. Ihre Gedanken waren frei, ihre Vernunft war es nicht. Jedesmal, wenn sie ihrer Phantasie, ihrer Abenteuerlust freien Lauf ließ, rechtfertigte sie im folgenden Satz ihre Freiheit. Ich stelle mir vor, wie ihr Untergang mit Laure gewesen sein mochte. Ich stelle mir ihre Hartnäckigkeit vor, trotz allem zu lieben, Laure in der Droge, mit der Droge, wegen der Droge zu lieben, ihre Hartnäckigkeit unbedingt verstehen zu wollen. Sie mußte die Droge verstehen, um ihre Tochter noch zu lieben. Für alles Gold der Erde hätte sie Laure nicht im Stich gelassen, aber keine Macht der Erde hätte sie dazu gebracht, das Heroin zu akzeptieren. Drei Jahre war sie von diesem Widerspruch zermahlen worden. Sie hatte aus Liebe durchgehalten, einzig und allein aus Liebe, einer verrückten, reinen Liebe...

Ich wollte sie lieben, und ich wollte, daß sie mich liebt...

An dem Tag, wo ich ihr den Text von Kassette 4 und 5 brachte, war ich wie ein Irrer. Ich hatte gerade mit ihr acht Tage des Wahnsinns verbracht. Acht Tage, Tag und Nacht. Acht Tage, in denen ich sie beruhigte, beschützte, in Glück bettete, sie mir glücklich vorstellte. Aber das war ein Glück, wie ich es mir dachte. Würde sie es so wollen? Jedenfalls, so konnte es nicht weitergehen, ich war entschlossen, es ihr zu sagen.

Sie war ganz normal, sie war vernünftig, auch ein wenig beunruhigt:

»Ist in dem, was Sie mir bringen, auch etwas über Professor Greffier?«

»Ja, ein Abschnitt.«

»Haben Sie daran auch nicht zu viel verändert? In dem Text, den Sie mir das letztemal dagelassen haben, kam es mir vor, als hätten Sie Kürzungen vorgenommen... Ich glaube nämlich nicht, daß ich so schonungslos gewesen bin... ich besitze keine Kopie...«

»Ich habe sozusagen nicht daran gerührt. Wollen Sie, daß ich Ihnen das Original wiederbringe?«

»Nein, das ist nicht nötig. Ich glaube Ihnen. Manchmal ist es beunruhigend, sich selbst zu gebären... erschreckend... und doch hätte ich es wissen müssen... Was wollen wir daraus machen? Wollen wir es verwenden?«

»Das scheint mir unbedingt nötig.«

»In welcher Form? So kann es nicht bleiben, es ist schamlos. Ich fand die Seiten, die Sie mir das letztemal hiergelassen haben, schamlos.«

»Ich würde nicht dieses Wort gebrauchen. Anstößig, vielleicht. Es geschieht häufig, daß Sie...«

»Sie werden es zurechtbiegen, wie man sagt. Nicht wahr?«

»Ja, wahrscheinlich, ich weiß es nicht. Es ist schwierig, darüber zu sprechen, solange wir noch nicht am Ende angekommen sind. Augenblicklich kann ich es noch nicht so machen wie bei den 143 Seiten, es fehlen mir noch Teile, es fehlt das Ende.«

»Wie wollen wir es mit dem Schluß halten?«

»Wie Sie es möchten: mit dem Tonbandgerät oder anders. Entweder schreiben Sie, oder ich komme, Sie sprechen und ich mache mir Notizen, wie vorher.«

»Was denken Sie?«

»Ich würde lieber kommen. Ich habe in die übrigen Bänder hineingehört, es ist konfus, es treten Wiederholungen auf. Ich werde mir das noch einmal genau ansehen.«

»Der Gedanke an ein Buch macht mir angst.«

»Warum?«

»Weil es öffentlich ist. Ich stelle mich nicht gern zur Schau.«

»Sie brauchen sich keine Sorgen zu machen. Wissen Sie, Lesen ist eine sehr private Handlung. Die Leute lesen nur, was sie lesen wollen, praktisch lesen sie nur, was in ihnen schon geschrieben steht. Wir leben mit unseren Phantasiegebilden.«

»Das stimmt ... Sie wollen also aus mir eine ›Coquecigrue‹ machen.«

»Was ist das für ein Wort?«

»Das ist ein altes Wort, es bezeichnet einen phantastischen Vogel, etwas Erdichtetes ...«

»Sie müssen es bei Freud gefunden haben.«

»Ich weiß es nicht mehr, eher bei Jung ... Gut, darum geht es jetzt hier nicht. Ich zittere bei dem Gedanken an das, was Sie aus meinen Faseleien gemacht haben.«

Wie beim letztenmal hat sie die Seiten genommen und sie vorgelesen:

Oft fangen Drogensüchtige an zu trinken, wenn sie aufhören wollen.

Die Macht des Heroins ist so groß, daß sie riesige Alkoholmengen brauchen, um sich in einen Zustand zu versetzen, der dem gleicht, in den sie mit nur einer einzigen Heroinspritze kommen.

Damals, bei einem der ersten Male, wo wir abdrifteten ... es war, nachdem ich Professor Greffier verlassen hatte, unmittelbar danach ... Während ich bei ihm war, wartete Laure unten im Auto auf mich ... Wir sind in einem Haus in der Normandie gelandet. Ein Haus, das Freunde mir zur Verfügung gestellt hatten.

Bei der Rückkehr aus Marokko habe ich begriffen, daß ich nicht in Paris bleiben könnte und nicht genug Geld haben würde, um uns weiter Spritztouren zu finanzieren wie die nach Marokko. Deshalb habe ich alle meine Bekannten angerufen, die ein Haus auf dem Lande hatten. Die Saison war vorüber, die Häuser waren unbewohnt ... Ich bekam eine ganze Kollektion von Zufluchtsorten, über ganz Frankreich verteilt.

Das Haus in der Normandie wurde gerade hergerichtet, es war leer ... zum Glück gab es einen Kamin. Davon abgesehen zwei Betten, einen Tisch, einige Stühle. Und draußen den Nebel.

Ich wollte dort so lange bleiben, wie es für Laures Therapie erforderlich sein würde ... Dazu war ich noch gar nicht gekommen. Ich war zu durcheinander, zu aufgewühlt gewesen. Ich hatte zu viele Dinge auf einmal in Angriff nehmen müssen. Als ich am ersten Tag versprach, ihr zu helfen, hatte ich mir selbst fest vorgenommen, eine Therapie mit ihr durchzuführen... Ich würde sie zum Sprechen bringen, würde ihr zuhören, ihr helfen, sich der Wurzeln ihrer Not bewußt zu werden... Damals glaubte ich, die Sucht sei eine Neurose wie jede andere... daß es eine therapeutische Lösung für diese Unordnung gäbe... daß wir gemeinsam entdecken würden, wo ihre Energie außer Kontrolle geraten sei, auf welchem Wege sie entkomme... Sie wissen ja, daß ich mich für Entropie interessiere... Sie wissen, daß ich eine Methode entwikkelt habe... daß ich mit kleinen Kindern zu interessanten Resultaten komme... gekommen bin... Nun, wie dem auch sei, ich wollte so mit Laure verfahren...

Bei der Ankunft in der Normandie hat Laure schlecht auf die Beruhigungsmittel reagiert, die sie nahm, um aufzuhören. Sie blieb unruhig und ängstlich. Ich lernte allmählich die Doppelzüngigkeit der Drogensüchtigen kennen. Ich schöpfte den Verdacht, daß sie ihre Tabletten gar nicht oder nur unregelmäßig einnahm, um nach Paris zurückzukehren und wieder Heroin zu nehmen. Ich stellte ihr Fragen, um zu sehen, ob mein Verdacht begründet war. Sie ist wütend geworden, hat geweint, geheult, ich würde sie wie ein kleines Mädchen behandeln, daß sie dort sei, um aufzuhören, und daß sie unter diesen Bedingungen, wo ich ihr nicht vertraute, nicht davon loskommen würde... Etwas war nicht in Ordnung. Wir haben gesprochen. Ich habe ihr erklärt, daß es meine Absicht sei, hier zu bleiben, bis es ihr besser gehe, vielleicht mehrere Monate, die Arbeiten am Haus würden erst im Frühjahr wieder aufgenommen werden. Sie hat zugestimmt. Dann war von Alkohol die Rede...

Ich habe den Zusammenhang mit dem Morphium, das sie in Marseille verlangt hatte, nicht gesehen...

Wir sind zum nächsten Dorf gegangen und haben uns Gin gekauft. Ich habe die größte Flasche genommen, weil ich dachte, Laure hätte daran genug für einen Monat. Es war zehn Uhr morgens. Um drei Uhr nachmittags war die Flasche leer. Laure begann sich zu beruhigen... wir sind gegen fünf Uhr losgegangen, um noch eine zu kaufen, weil sie sich wieder nicht gut fühlte, weil sie einige Tabletten genommen und ich Angst vor der Mischung hatte, und weil die Geschäfte auf dem Land früh schließen...

Wie in der ersten Nacht des Entzugs in Hyères war ich entsetzt. Was ich sah, war für meinen Verstand nicht zu akzeptieren. Die Menge an Alkohol und Beruhigungsmitteln, die sie zu sich genommen hatte, hätte sie am Boden zerstören müssen. Und doch war sie keineswegs am Boden zerstört... ich war es... Ich dachte, wir müßten dieses Haus verlassen, daß es ein schlimmes Ende nehmen würde, daß sie dabei sei, sich zu töten... Für Laure hingegen war von Abreise keine Rede. Sie hatte ein paar Schallplatten und einen Plattenspieler mitgebracht, den sie mit voller Lautstärke laufen ließ. Ich erinnere mich an eine Frauenstimme, die »Horses! Horses!« brüllte... auf der Plattenhülle war das Mädchen, das sang, abgebildet, ein rührendes, mageres, schönes Gesicht und ein zwangloser Körper; eine schlaksige Silhouette, ewig lange Arme und Beine, die eine großartige Selbständigkeit erlangt hatten, sie schienen aus den Fesseln der Schulter- und Hüftgelenke befreit zu sein... Laure tanzte ganz allein vor dem Feuer, sie war bezaubernd, glücklich.

Und sie sprach und sprach über dieses Mädchen, das sang, das jetzt an einer Überdosis gestorben sei, und über andere Musik, andere Stimmen, alle tot. Alle durch Drogen. Alle waren sie den Weg des Heroins bis zum Ende gegangen: Heilige, Helden, legendäre Gestalten.

Ich hörte ihr mit großer Aufmerksamkeit zu. Sie pries die Leere... Mir kam es so vor, als preise sie die Leere. Sie selbst benutzte das Wort nicht; sie sprach von einem Leben und verehrte alle Symbole dieses Lebens... dieser Leere.

Wegen der Flut von Worten, die aus ihr herausbrach, entstand zwischen uns eine erschreckende Distanz. Nicht die positive Distanz, die für eine Therapie nötig ist, nein, eine aggressive Distanz... Zunächst ist sie eine Fremde gewesen, und im Verlauf der Tage, während sich die Ginflaschen leerten, ist sie zu einer Feindin geworden. Ich war gegen das, was sie sagte, ich war die Feindin jenes Lebens, das sie besang, das sie betanzte, das sie besprach. Ich behielt all das für mich. Ich registrierte, das war alles. Ich hatte die Hoffnung, mich zu beruhigen, meine Objektivität wiederzufinden, ein neutraler Zuhörer zu sein...

Sie war niemals betrunken, sie war voller Alkohol, aber sie taumelte nicht, es fiel ihr nicht schwer zu sprechen, sie war vollkommen klar... Nie bin ich so kurz davor gewesen, sie aufzugeben, unseren Vertrag zu brechen. Ich verabscheute diese Leute, die sangen, ich verabscheute die Schönheit von Laures Körper, der von ihren Rhythmen beherrscht war, ich verabscheute ihre Parolen, ich haßte mich selbst, wie ich vor dem Feuer hingegossen lag, unfähig, mich zu beherrschen, vor Erschöpfung dort auf dem Boden vor dem Kamin einschlafend und vor Kälte steif wieder aufwachend, weil das Feuer ausgegangen war. Laure schlief in einem Bett, wahrscheinlich stockbetrunken, vollgestopft mit Beruhigungsmitteln...

Am ersten Tag hatte ich wie eine Anführerin bei den Pfadfindern einen Trainingsplan aufgestellt mit dem Ziel, daß Laure ihren Körper wieder auf gesunde Weise gebraucht. Ich hatte ihr gesagt: »Du warst eine Sportlerin, du solltest mit deinen Muskeln wieder so haushalten, wie du es gewohnt warst und wie es dir gefiel. Es wird dir gut tun, deine Energie wieder in einfache und sinnvolle Betätigung zu leiten.« Sie hatte zugestimmt: »Solange du mir keine Wettkämpfe vorschlägst, bin ich einverstanden. Denn die erste oder die letzte zu sein, interessiert mich nicht mehr.« Das Feuer bot uns genau solch ein Training: Holz aus dem nahen Wald holen, es nach Hause tragen, es zersägen, mit der Axt zerhacken, all das würde keine sinnlose Übung sein, denn wir hatten nur den Kamin, um uns zu wärmen. Sie willigte ein. Zuerst hat sie mich begleitet. Aber sie war so mager und schwach, daß sie sich schnell elend fühlte... Also bin ich allein gegangen.

Die Pflicht der Holzbeschaffung war meine Zuflucht geworden. Es regnete unaufhörlich. Ich ging hinaus, ich füllte meine Lungen mit feuchter Luft, ich atmete gierig den Humusduft ein, und meine Gedanken galoppierten davon, während ich nach toten Ästen, nach von anderen erstickten, mit Flechten bedeckten Bäumen suchte, die umgefallen waren und deren Wurzeln aus der Erde hervorragten. Ich hörte nicht auf, an Laure zu denken, daran, was ich anstellen könnte, damit es mir gelänge, etwas Vernünftiges mit ihr auszutauschen, und an die Notwendigkeit, meine Ruhe, meine Geduld wiederzufinden. Ich kehrte mit Plänen nach Hause zurück, ich hatte eine neue Taktik ausgearbeitet. Sobald ich die Wiese betrat, die das Haus umgab, hörte ich die Musik. Ich fand Laure schlafend, tanzend, oder vertieft in die Lektüre von Comics... Es war klar, daß sie nichts von meiner Therapie wissen wollte. Was sollten wir unter diesen Umständen in dieser gottverlassenen Gegend? Die Distanz zwischen ihr und mir war noch größer geworden.

Ich hatte ihr nichts vorzuwerfen. Ich hatte keinerlei Grund, mit aller Strenge durchzugreifen, ihr meine Ordnung aufzuzwingen. Sie kannte meine Ordnung. Ich wußte nicht, was ich antworten sollte, wenn sie zu mir sagte: »Warum nicht zu einem anderen Zeitpunkt?« Ich konnte ihr nichts anderes antworten als: »Es ist nun mal so.« Es war also besser, gar nichts zu sagen.

Wenn das Gespräch darauf kam, daß ich einen Beruf ausübte, daß ich meinen Lebensunterhalt verdiente, legte sie los mit pseudo-politischen Reden, die eine sofortige Revolution implizierten.

»Laure, würdest du denn jetzt mitkommen nach Paris, um dort Revolution zu machen?«

»Mit wem?«

»Es gibt Extremisten, Gruppen, die die Revolution wollen.«

»All diese Idioten! Idiotische Marxisten-Leninisten, idiotische Maoisten ... die Roten, die sind doch noch reaktionärer als die offiziellen Rechten ...«

Ich hatte keinerlei Einfluß auf sie. Sprachen wir über das Leben, das Glück, so sprachen wir von zwei verschiedenen Leben, von zwei verschiedenen Arten von Glück. Es gab überhaupt kein gemeinsames Maß für unsere Ansichten. Und mir gelang es nicht zu schweigen. Zuerst hörte ich zu, und dann war es stärker als ich, und nach einer Weile griff ich ein und hörte mich erschreckende Moralpredigten herunterbeten ...

Ihre Laune war sehr unbeständig, sie bekam entsetzliche, abnormale Wutanfälle, sie brüllte: »Das ist alles genauso wie mit dem Abwaschen! Warum sollen denn deine Ansichten besser sein als meine?« ... Ich wußte, daß ich mich nicht hinter meinen Prinzipien, meinem Wissen, meinen Überzeugungen verschanzen durfte, daß ich versuchen mußte, in ihre Welt einzudringen. Sie vertraute mir, sie sprach ganz frei über ihre Drogenerfahrungen. Sie wollte Schluß machen mit diesem Leben, wegen der materiellen Zwänge, die es mit sich brachte, wegen des Entzugs, wegen des Geldes, aber sie fühlte sich von dem angezogen, was die Droge bedeutete, von der

Leere. Um ihr zu folgen, mußte ich verstehen, wie diese Leere aussah. Ich sah darin nur die Leere, das Nichts, den Tod, gar nichts. Was konnte es darin an Verführerischem geben? Ich mußte einen Schritt auf sie zugehen, anstatt ständig zu versuchen, sie auf mich zukommen zu lassen.

Als ich eines Tages Besorgungen machte, kaufte ich Champagner. Ich habe mir gesagt, daß ich ein wenig trinken sollte. Ich war nicht gewohnt zu trinken. Champagner war für mich mit Festen, ja sogar mit Ausschweifungen verbunden... Ich wollte mich ein bißchen enthemmen und vielleicht auf diese Weise einen Weg finden, um Laure zu begegnen. Ich habe eine Kiste Champagner gekauft, es gab bei Nicolas ein »sehr interessantes« Sonderangebot, um eine unbekannte Marke einzuführen: »Für den Preis von 12 Flaschen erhalten Sie 14!«

Wir haben gefeiert! Der erste Korken ist geflogen, wir haben vor dem Feuer angestoßen. Der Champagner hat begonnen zu wirken, ich war beschwipst. Wir haben getanzt, wir sind einander in die Arme gefallen. Ja, ja, wir fanden uns wieder, es war das Paradies. Ich hörte ihr zu, endlich gelang es mir, ihre Fragen ruhig zu beantworten, sie füllte mein Glas... Aber ich vertrage keinen Alkohol. Um den Abend fortführen zu können, ging ich, um mich zu übergeben, und begann von neuem zu trinken. Ich war betrunken, sie nicht. Sie lachte, sie machte sich über mich lustig: »Du weißt nicht, wie man trinkt!« Sie erklärte mir sehr vernünftig die Moral des Konsumierens, den richtigen Umgang mit dem Rausch, den besten Weg, um ins Nichts zu gelangen.

»Und danach?«

»Danach? Gar nichts. Das ist das Nichts, was willst du denn noch mehr? Du schwebst, nichts ist mehr wichtig.«

»Und wenn du herunterkommst?«

»Dann fängst du wieder von vorne an.«

»Bis du dabei draufgehst?«

»Na, klar! Sterben müssen wir alle, dann lieber so sterben, als fünfundsechzig Jahre lang seine acht Stunden abreißen!«

Diese Logik ließ uns Tränen lachen.

Am nächsten Morgen hatte ich einen fürchterlichen Brummschädel und Lust, mich umzubringen. Laure erinnerte sich nur an einen schönen Abend. Sie benahm sich gönnerhaft.

»Elsa, der beste Weg, dich von einem Rausch zu erholen, ist, beim Aufwachen gleich einen Schluck zu trinken.«

»Aber verstehst du nicht, daß letzte Nacht mein Körper und mein Geist wegen der speziellen Eigenschaften des Alkohols funktioniert haben, und daß ich heute Alkohol brauche, um weiter so funktionieren zu können? Verstehst du nicht, daß es, wenn ich jetzt Alkohol trinke, der Alkohol ist, der mich handeln läßt, und nicht ich? Verstehst du denn nicht, daß es mit Heroin genau dasselbe ist, daß nicht du es bist, sondern die Droge, die für dich agiert?!«

»Und du, du verstehst nicht, daß es genauso mit dem Geld, dem Beruf, dem Erfolg ist, mit der Familie, der Schönheit und der Religion! Du bist es niemals, sondern das, was dir Energie gibt, der Köder, hinter dem du herrennst. Warum sollen Schuften, Pennen, Metro besser sein als Drogen? Warum soll Gott besser sein als Dope? Warum sollen Arbeit, Familie, Vaterland besser sein als Dope? Warum? Wenigstens ist ein Junkie ein Junkie, es ist jemand, der ganz offiziell sein Leben führt. Ein Junkie ist kein Spießer, kein Heuchler! Und das, genau das geht allen Leuten so auf den Wecker!«

Der Beton, die Betonmauer. Die Katze, die sich in den Schwanz beißt. Die Worte, die ersticken, die Gewißheiten, die sich auflösen. Mai 68 ohne Hoffnung...

»Siehst du, Laure, was mich entsetzt, ist die Zerstörung des Körpers, der hartnäckige Kampf gegen den Körper. Den Körper in einen derartigen Zustand zu versetzen, daß es keine andere Lösung gibt, als ihn von einer Organisation behandeln zu lassen, die man verabscheut, ihn all dem auszuliefern, was man verabscheut. Ins Krankenhaus oder ins Gefängnis gehen, sich der Polizei oder einer Entziehungsstelle überlassen, das bedeutet, einen entwürdigenden Kompromiß einzugehen. Wie kann man es akzeptieren, eine solche Zukunft zu haben!«

»Du hast recht, es gibt überall Feiglinge. Du mußt aber wissen, daß viele von denen, die das akzeptieren, es mit Zynismus akzeptieren. Es erlaubt ihnen, ein wenig Atem zu holen, bevor sie wieder anfangen, oder es bringt sie einen Augenblick lang vor zu gefährlichen Dealern in Sicherheit... Nicht jeder hat eine Mama, die einen aufs Land mitnimmt... Ich sage das nicht, um mich über dich lustig zu machen. Ich will gar nicht erst mit dieser Masche anfangen. Wenn ich vom Dope nicht loskomme ... an dem Tag, wo ich merke, daß ich es nicht schaffe, davon loszukommen, setz' ich mir den goldenen Schuß.«

»Aber du willst doch davon loskommen?«

»Ja.«

»Warum?«

»Weil es zu teuer ist.«

»Nicht weil es das ist, was es ist?«

»Aber was soll es denn schon sein? Es ist nicht schlimmer als Alkohol, Zigaretten oder das morgendliche Jogging! Weißt du eigentlich, wieviele Leute man im Bois de Boulogne, in Shorts und Basketballschuhen, mit einem Infarkt aufsammelt? Es sind sehr viel mehr als die, die an einer Überdosis sterben. Weißt du, wieviele Alkoholiker es in Frankreich gibt? Weißt du, wieviele Leute auf der Straße durch betrunkene Fahrer umkommen? Weißt du, wieviele Betten in französischen Krankenhäusern mit Alkoholikern belegt sind? Tausende, Zigtausende! Weißt du, wieviele Raucher an Lungenkrebs eingehen oder unheilbare Krankheiten der Atemwege mit sich herumschleppen? Warum dieses ganze Theater, dieses Drama um die Droge? Wenn ein Gramm Heroin dasselbe kosten würde wie ein Liter Wein oder ein Päckchen Zillen, würde man über Heroin kein Wort verlieren. Man würde nicht nur kein Wort verlieren, sondern es gäbe ein nationales Dope-Monopol und sogar Dope-Steuern und Reklame, um zum Kauf von Dope anzuregen: ›Für den Preis von 12 Gramm erhalten Sie 14!‹ Es ist der Preis, der die Leute erschreckt und ihm eine solche Wichtigkeit verleiht. Im Elend sterben ist in Ordnung, im Luxus sterben ist schlecht! Was für ein Blödsinn! Sieh doch, Alkohol hast du mir gekauft, seitdem wir hier sind, aber eine Dosis Stoff würdest du mir nie kaufen. Findest du Saufen besser als Fixen?«

»Nein, darum geht es nicht, das weißt du genau.«

»Was ich weiß, ist, daß es wegen seines Preises wichtig ist. Denn was teuer ist, ist auch wichtig. Die Sprache der kleinen Kinder, die in deine Praxis kommen, ist wichtig, weil es die Eltern viel Geld kostet.«

»Laure, jetzt gehst du zu weit!«

»Ich sag' ja nicht, daß Geld für dich wichtig ist, ich sag'

nicht, daß du dich wegen des Geldes um diese Kinder kümmerst, aber für die Eltern ist es wichtig. Sie waren sich nie darüber im klaren, daß ihre Kinder etwas zu sagen hatten, bevor sie anfingen zu blechen! Für mich liegt das Problem darin, den Stoff zu kaufen, und nicht darin, ihn mir reinzuziehen. Abgesehen davon ist er wie Blumen und Weihrauch in der Kirche, er verschönt die Atmosphäre, das ist alles ...«

Nie kamen wir über diese einseitigen Gespräche, diese abgedroschenen Argumentationen eines überholten Protestes hinaus. Sie verweigerte gedankliche Auseinandersetzungen und hielt sich an oberflächlichen Provokationen fest. Und ich machte es auf meine Weise genauso ...

Wir blieben beharrlich an diesem Punkt stehen. Und oft brach sie zum Abschluß in Tränen aus und nannte mich gemein.

Als wir nach Paris zurückkehrten, war ich nur noch der Schatten meiner selbst.

Wir haben ihre kleine Wohnung verkauft, sie ist zu mir gezogen.

Ich habe Hilfe gesucht. Ich hätte sogar alles dafür gegeben, daß man mir hilft. Aber die Leute flohen mich. Die Leute fliehen die Drogensüchtigen. Die Drogensüchtigen sind lästig. Laure hatte recht, als sie vom Geld sprach. Die Leute sind hilfsbereit zu denen, die sich für eine Flasche zu fünf Francs achtzig töten, aber sie sind unerbittlich, oder sie schämen sich denen gegenüber, die sich für einen Schuß zu tausend Francs töten. So ist es eben. Ich weiß nicht, wie oft man zu mir gesagt hat: »Sie sind zu schwach. Sie dürften ihr keinen Centime geben.« Nun, ich gab ihr nie einen Centime ... jedenfalls nicht direkt. Aber sie hatte tausend Wege, mir Geld aus der Tasche zu ziehen. Sie stahl – oder ließ mich durch ihre Freunde bestehlen –, und zwar alles, was im Haus auch nur den geringsten Wert besaß. Oder aber ich stellte Schecks aus, zum Beispiel für eine Fahrschule, wo sie angeblich Fahrstunden nahm. In Wirklichkeit hat sie niemals auch nur eine einzige Stunde genommen ... Sie stellte es sehr geschickt mit mir an, sie fragte mich niemals nach Geld, nur um Schecks, um Kurse für dies oder jenes nehmen zu können, oder um einen Arzt zu bezahlen, der bekannt dafür war, Junkies zu helfen, von der Droge loszukommen... Lauter derartige Geschichten. Die Welt der Drogensüchtigen ist sehr gut organisiert, sie haben haufenweise Tricks für jedes Milieu. Es ist unentwirrbar... und als ich ihr klarmachte, daß ich nicht auf den Kopf gefallen sei, daß ich wisse, sie würde mich übers Ohr hauen, erwiderte sie: »Wäre es dir lieber, wenn ich Einbrüche mache oder auf den Strich gehe oder deale?...«

Als ich merkte, daß ich ihr nicht helfen konnte, habe ich Spezialisten aufgesucht. Ich habe Dutzende gesehen. Ich habe bei einem Haufen Spezialisten Rat gesucht. Sie haben mich fallengelassen. Schließlich wollten sie nicht mehr mit mir sprechen, sie ließen ausrichten, sie seien nicht da oder würden zurückrufen, und sie riefen nicht zurück. Die Drogensüchtigen konfrontieren uns mit dem Scheitern, mit der Inkompetenz. Das ist nicht angenehm, wenn man glaubt, kompetent zu sein.

Wie dem auch sei, Laure wollte weder von Therapie noch von Entzug in einem Krankenhaus oder anderswo hören. Ich gebe zu, daß ich nicht darauf bestand, ich habe so viele ihrer Freunde aus einer Kur kommen und noch am selben Tag rückfällig werden sehen...

Die einzigen, mit denen ich sprechen konnte, waren die Polizisten vom Rauschgiftdezernat. Es sind nicht viele, sie sind anders als die übrigen Polizisten, die Drogensüchtige wie Hunde behandeln. Die habe ich Schreckliches machen sehen... Ich habe gesehen, wie einer einem Jungen, der auf dem Boden lag und sich auf dem Höhepunkt des Entzugs befand, Fußtritte gab... Ich habe gesehen, wie ein anderer sich einem Mädchen unsittlich näherte, das sich in dem gleichen Zustand befand und unfähig war, sich zu wehren. Ich habe gesehen, wie Jungen und Mädchen von anderen an den Haaren in die Grüne Minna geschleift wurden... Die Polizisten des Rauschgiftdezernats sind nicht so... Sie kennen wirklich alles... sie sehen so viel Elend... sie wissen kein Gegenmittel, sie wissen nicht, was man tun kann, aber in gewisser Weise verstehen sie die Verzweiflung der Drogensüchtigen... das ehrt sie, denn die Verzweiflung der Drogensüchtigen ist nicht immer rührend. Sie werden leicht beleidigend und führen zerstörerische Reden, oder aber sie sind völlig abgestumpft, vollkommen gleichgültig... Sie sind gewalttätig und gefährlich, wenn sie sich im Entzug befinden. Für Stoff würden sie Vater und Mutter umbringen... Einmal hat es an meiner Tür geläutet. Ich habe geöffnet. Ich habe ein Klicken gehört: Der eine von beiden hatte die Klinge eines Springmessers gelöst. Ich hatte so etwas bis dahin nur im Kino gesehen. Sie sind hereingekommen, sie haben die Tür hinter sich zugemacht. Sie wollten Geld. Laure schuldete ihnen angeblich Geld. Ich habe nie erfahren, ob es stimmte... Sie durchsuchten das Haus, sie sahen nach, was sie stehlen könnten. Sie waren auf Entzug, sie schwitzten... sie wollten fünftausend Francs. Pro forma habe ich mit ihnen diskutiert und ihnen dann schleunigst einen Scheck ausgestellt... Was tun die Eltern, die kein Geld haben?... Es stimmt, daß die Dealer die Verhältnisse kennen, in denen die Familien ihrer Klienten leben... Der das Messer hielt, sagte zu mir: »Hast du nichts flüssig?« Ich sagte nein. »Du hast Bargeld, zeig deine Tasche!« Ich habe ihnen meine Handtasche gegeben. Er hat das Geld genommen, das darin war. Beim Weggehen hat er gesagt: »Zeig' die Sache mit dem Scheck ja nicht an. Wenn du's tust, weißt du, was dir blüht!« Ja, ich wußte es, ich hatte einige Mütter erschreckende Geschichten erzählen hören, sie würden noch einmal zurückkommen, sie würden das Haus plündern und mir Messerstiche versetzen... übrigens konnte ich gar keine Anzeige erstatten, ohne Laure zu denunzieren... Ich habe einen Spion und zusätzliche Riegel an meiner Tür anbringen lassen... Ich frage mich, wie ich so lange unter diesem Terror leben konnte...

Niemand rief mich mehr an... außer einigen Müttern. Sie waren in der gleichen Lage wie ich... jeder von uns hatte ein ganzes Netz von Vornamen, von Telefonnummern. Das Telefon klingelte. Ich brauchte nur die Stimme zu hören, und schon wußte ich, daß es eine Mutter war, eine etwas ängstliche Stimme, die sich entschuldigte: »Hallo, ist das die Nummer von Laure?« – »Ja.« – »Haben Sie zufällig Bruno gesehen?« – »Nein, hier ist im Moment niemand.« – »Und Laure, ist sie da? Könnte ich mit ihr sprechen?« – »Nein, sie ist nicht da, ich habe sie schon zwei Tage lang nicht mehr gesehen.« – »Sie sind schrecklich!« – »Ja, sie sind schrecklich.« Oft weinten sie, und ich weinte auch. Weiter sagten wir uns nichts... Nur zweimal ist es vorgekommen, daß ich Väter am anderen Ende der Leitung hatte; der eine hat mich beauftragt, seinem Sohn, falls ich ihm begegnen sollte, auszurichten, er würde ein paar Ohrfeigen bekommen, wenn er vorhabe, nach Hause zurückzukehren, der andere war verloren wie ich und hat geweint... Es gab zwei Arten von Eltern, diejenigen, die von ihrem Kind nichts mehr hören wollten, und die anderen, die es machten wie ich, die verzweifelt versuchten, ihrem Kind zu helfen. Beide Methoden ergeben die gleichen Resultate...

Was ich mit Laure durchlebte, war entsetzlich... aber was ich mit mir selbst durchlebte, war schlimmer...

Sie hat die Seiten auf ihre Knie gelegt und hat mich angesehen. Ihr Blick hat mich beruhigt, ich fragte mich, was sie in meinen Augen sah. Ich hatte ihr beim Vorlesen nicht zugehört, ich hatte ihr lockiges, dichtes Haar gesehen (das ist selten bei blondem Haar). Sie hatte eine herrliche Mähne. Ich hatte auch ihre langen, starken Schenkel gesehen; sie trug an jenem Tag eine Hose. Ich hatte den Eindruck, in flagranti bei einem inzestuösen Vergehen, bei einer Vergewaltigung ertappt zu sein... deshalb habe ich mich Hals über Kopf ins Sprechen gestürzt:

»Ich hab' es nicht gern, wenn man vorliest.«

»Warum nicht?«

»Weil das, was gelesen werden soll, nicht gesprochen werden sollte.«

»Aber diese Passagen wurden aufs Tonband gesprochen, sie wurden nicht geschrieben... Vielleicht lese ich schlecht vor.«

»Im Gegenteil, Sie lesen sehr gut vor.«

»Mir hilft es, diese Texte zu hören. Ich verstehe erst jetzt, wo ich sie so lese, wie Sie sie verdichtet haben, was für Wünsche ich hatte, während ich ganz allein vor mich hin sprach... Sie machen Ihre Arbeit gut... Finden Sie, daß sie interessant ist?«

»Sie interessiert mich.«

»Wegen Ihrer toten Freundin?«

»Nicht nur.«

»Haben Sie sie geliebt? Waren Sie verliebt in sie?«

»Ich habe mit ihr geschlafen... Ich weiß nicht mehr, was Verliebtsein bedeutet.«

»Warum?«

»... Ich glaube jetzt, daß die Liebe Dimensionen hat, die ich nicht kenne.«

»Wie alt sind Sie?«

»Ich werde sechsunddreißig.«

»Ganz kleine Kinder haben manchmal eine gefühlsmäßige Reife, die viele Erwachsene nicht besitzen. Sie zeigen dem Gegenstand ihrer Liebe gegenüber eine Intelligenz und Großherzigkeit, die die meisten Erwachsenen nicht haben. Man könnte sogar sagen, daß die Leute beim Älterwerden verlernen zu lieben.«

»Warum sagen Sie das? Halten Sie mich für kindisch? Oder im Gegenteil, für zu alt?«

»Ich dachte nicht an Sie. Ich dachte ganz allgemein an das Phänomen der Verliebtheit.«

Sie hat die folgenden Seiten aufmerksam angesehen und an bestimmten Stellen innegehalten, es handelte sich um die Fortsetzung des Porträts von Professor Greffier.

»Ich erinnerte mich nicht mehr daran, all das geschrieben zu haben... Während ich auf den nächsten Abschnitt Ihrer Arbeit wartete, habe ich weitere Seiten geschrieben, mir scheint, daß sie gut zu diesen hier passen. Ich habe einen Durchschlag gemacht. Ich mißtraue Ihnen trotz allem ein wenig... Wenn wir uns wiedersehen, sagen Sie mir, was Sie davon halten.«

»Sie haben noch mehr über Professor Greffier geschrieben, wollen Sie, daß ich Ihnen davon eine Fotokopie schikke?«

Ein Kleinkrieg: Sie wollte mir in die Schuhe schieben, was sie an sich selbst nicht tolerierte.

»Nein, ich mag die Überraschungen gern, die unsere Treffen mir bescheren. Wann sehen wir uns wieder?«

»Wie üblich, in acht Tagen. Wenn ich vorher fertig bin, rufe ich Sie an.«

»Rufen Sie mich in jedem Falle an, um mir zu sagen, was Sie über die Seiten denken, die ich Ihnen heute gebe. Sie betreffen Laure. An der Stelle, wo wir uns jetzt befinden, muß man das, glaube ich, anbringen.«

»Gut, bis bald.«

Professor Greffier (Folge)

Meine Eltern waren einfache Ladenbesitzer, und wenn ihr Geschäft sie auch sehr in Anspruch nahm, so waren sie doch nicht gleichgültig dem gegenüber, was draußen geschah. Mein Vater hatte »Wissenschaft und Leben« abonniert, meine Mutter »Historia«. Sie lasen. Sie gingen in jede Aufführung der Tourneen von Barret, über die sie dann tagelang sprachen. Sie verschmähten kein Konzert. Sie gehörten zum Kirchenchor, obgleich sie nicht sehr gläubig waren, aus Liebe zur Musik. Es gab im Haus ein Klavier und ein Grammophon... ich bin kein ungebildetes Kind gewesen...

Beim Eintritt in die Universität hatte ich eine solide bürgerliche Allgemeinbildung. Und doch hatte ich damals den Eindruck, alles neu zu entdecken, ich staunte. Das, was ich über das menschliche Gehirn lernte, diese Mechanik von höchster Präzision und höchster Ungenauigkeit, begeisterte mich. Der Eindruck, auf einem Ausgrabungsgelände zu stehen, wo Wunderbares in der Erde verborgen ist... Die Perfektion der Neuronen, die Unvollkommenheit der Übertragung der Bewegung zwischen ihnen, der Bereich des Traumes und des Alptraumes, der Synapse heißt...

Und dann habe ich Professor Greffier kennengelernt. Für mich war sein Spezialgebiet eins für Männer, zu dem ich keinen Zugang hatte, weil ich eine Frau war. Es war genauso dumm wie: »Die Frauen verstehen nichts von Mechanik.« Und da die Mechanik mich in keiner Weise anzog, versuchte ich erst gar nicht, diese Lebensweisheit Lügen zu strafen. Es sind die Worte, die für mich die Türen zu diesem Universum aufgestoßen haben. Bei derselben Gelegenheit entdeckte ich, daß die Tatsache, daß ich eine Frau bin, eine wichtige Auswirkung auf meine Arbeit und meine Überzeugungen hatte...

Durch eine kleine, in der Eingangshalle der Universität mit Reißzwecken angeheftete Annonce bin ich mit Professor Greffier zusammengetroffen: »Suche Vertretung für einfache Sekretariatsarbeit. Grundkenntnisse in Stenographie erforderlich. Nicht allzu hoch bezahlt. Telefonisch melden bei Monique 252 89 23.«

Ich habe Monique getroffen. Sie hat mich geeignet gefunden und mir die Adresse und Telefonnummer des Professors überlassen, wobei sie sagte: »Du wirst sehen, er ist ein Gelehrter, ein Thermodynamiker, du weißt ja, wie sie sind ... Er ist ein wenig sonderbar, aber er ist nicht penetrant.«

Sie hatte recht: »Er war sehr sonderbar« mit seinen Katzen, aber er war überhaupt nicht penetrant, was den Zeitplan anbetraf.

Das Wesentliche seiner Sekretariatsarbeit wurde von seiner Dienststelle in der Universität und von seinem Laboratorium erledigt. Ich hatte mich um seine Privatpost zu kümmern, um seine Probleme mit den Versicherungen (er fuhr sehr schlecht, er hatte ständig Unfälle), um andere Kleinigkeiten, und mußte einige Artikel ins reine schreiben, die er für populärwissenschaftliche Zeitschriften verfaßte. Artikel, die ihm viel Geld einbrachten, die er jedoch seiner Dienststelle nicht für würdig erachtete ... Er bezahlte mich schlecht, aber es war eine sichere Arbeit, und ich konnte sie mir selbst einteilen unter der Voraussetzung, daß sie rechtzeitig fertig wurde, was es mir möglich machte, häufiger mit Laure zu Hause zu sein. Ich mußte nicht mehr wie vorher herumrennen, um kleine Jobs auf Zeit zu finden.

Wenn ich mich für seine Arbeit nicht interessiert hätte, wäre es so weitergegangen bis zum Abschluß meiner Studien, und dann hätte ich aufgehört. Aber ...

In dem Durcheinander von wissenschaftlichen Begriffen, von denen es in den Texten nur so wimmelte, zwischen den Beschreibungen jeder Art von Motoren, von unverständlichen Energievorrichtungen machten mich gewisse Worte stutzig: Aufheizung, Temperatur, Ordnung, Unordnung, Energie, Reibung, Abkühlung, Arbeit ... Diese Worte befanden sich auch in meinen Psychologie-Nachschlagwerken, tauchten in meinen Kursen über die Physiologie des Nervensystems auf ...

Wenn er mir einen seiner Texte zu tippen gab, sagte er gewöhnlich zu mir: »Luce, überarbeiten Sie mir gründlich meinen letzten Einfall.« Er nannte mich Luce und gab vor, daß er sich meinen Vornamen nicht merken konnte. Zu Anfang korrigierte ich ihn, erinnerte ihn daran, daß mein Vorname Elsa sei, aber das änderte nichts.

Dann verstand ich, daß er sich, indem er mich Luce nannte,

meiner Person bemächtigte: Luce war ich nur für ihn... Ich ließ ihn machen, ich bin »seine« Luce geworden, das störte mich nicht. Ich war »die kleine Sekretärin Luce, die sich um meinen Papierkram kümmert«, wie in manchen großen Häusern das Zimmermädchen Louise und die Köchin Marie genannt wird, wie auch immer diese Frauen in Wirklichkeit mit Vornamen heißen mögen.

Er wohnte in der fünften Etage eines Gebäudes, das dreißig Jahre zuvor modern gewesen war. Ich benutzte den Aufzug häufig mit einem blinden Paar, das im dritten Stock wohnte. Tatsächlich verbrachten die Leute viel Zeit im Eingang des Gebäudes, wo sie darauf warteten, daß jemand hinauffahren wollte, denn der Aufzug funktionierte schlecht und blieb irgendwo zwischen den Etagen stecken. Sie standen geduldig und unbeweglich einander gegenüber vor der Tür zum Aufzug. Da sie nicht wußten, ob die Person, die soeben eingetreten war, das Problem kannte, beteten sie mit kaum hörbarer Stimme ihre Bitte um Hilfe herunter. Dieses Paar beeindruckte mich. Ich fand die beiden häßlich, sie schwitzten viel, sogar im Winter, und sie rochen nach Zwiebeln. Ihretwegen und wegen des halbkaputten Aufzugs hatte ich zu Beginn den Eindruck, daß ich, um zu Professor Greffier zu gelangen, den Styx überqueren mußte und anstatt hinunter- zur Hölle hinauffuhr, daß ich eine Art Charon sei...

Ich läutete. Oft war er nicht da. Wenn er nicht antwortete, trat ich ein. Er hatte mir einen Schlüssel zu seiner Wohnung gegeben. Ich ging in sein Büro, das zugleich ein Schlafzimmer war, oder vielmehr gab es in diesem Raum ein Bett, das immer ungemacht blieb...

Zu Beginn nutzte ich seine Abwesenheit, um mich mit der angefallenen Arbeit davonzumachen. Später bin ich geblieben, ich war gern dort. Ich verbrachte die Zeit damit, in seinen Büchern herumzublättern. Ich machte mich auf meine Weise mit der Thermodynamik vertraut... Ich entdeckte ein Universum, von dem ich nichts verstand, und das mich dennoch anzog. Als ich erst einmal mein Diplom in der Tasche und meine erste Anstellung bekommen hatte, kam es mir nicht in den Sinn, ihm zu kündigen... Er war dreiundfünfzig Jahre alt und ich sechsundzwanzig, Laure war sechs, sie kam in die Grundschule.

Mein Leben gefiel mir. Was ich an der Universität gelernt hatte und was ich bei Professor Greffier lernte, gab meinem Dasein eine faszinierende Wendung: es gab überall Schätze!

Zu Hause hatte ich über meinen Schreibtisch Texte und Definitionen an die Wand geklebt, die ich oft ansah, die mich träumen ließen:

»Laut Freud drückt sich jeder Trieb über die beiden Register Affekt und Vorstellung aus. Der Affekt ist der qualitative Ausdruck der Quantität an Impulsenergie und ihrer Variationen…

Affektquantum: quantitativer Faktor, der als Substrat des subjektiv erlebten Affekts postuliert wird, um das zu bezeichnen, was an den verschiedenen Modifikationen desselben invariabel ist.« (siehe Laplanche und Pontalis).

DISKRET: Math.: bezeichnet eine Größe, eine Menge, die nur eine endliche oder zählbare Anzahl von Werten umfassen kann (Ggs.: kontinuierlich).

Ling. Semiot.: Diskrete Einheit: durch Analyse isolierbare und bis zu ihrem hierarchischen Niveau unzerlegbare Einheit.

»Die Quantenphysik führt also nicht mehr zu einer objektiven Beschreibung der Außenwelt, wie sie dem gewissermaßen instinktiven Ideal der klassischen Physik entspricht. Sie liefert nur noch eine Relation zwischen dem Zustand der Außenwelt und den Erkenntnissen jedes einzelnen Beobachters, eine Relation, die nicht mehr allein von der Außenwelt selbst abhängt, sondern auch von den Beobachtungen und Messungen, die der Beobachter durchführt.

Es ist uns praktisch unmöglich, uns exakt die wirkliche Natur der wesentlichen physikalischen Diskontinuität vorzustellen, die man heute das Aktionsquantum nennt, denn sie verbindet auf eine unserer Intuition und unseren Denkgewohnheiten vollkommen entgegengesetzte Weise die Konfiguration der mechanischen Systeme im Raum und ihre dynamische Evolution in der Zeit, aber ihre fundamentale Wichtigkeit in der Natur unterliegt keinem Zweifel…« (L. de Broglie, ›Physik und Mikrophysik‹)

NULL: Ansatzpunkt. Das Nichts.

›Absoluter Nullpunkt‹. (–273,15°C), niedrigste erreichbare Temperatur, bei der die kinetische Energie der Moleküle quasi null ist…

Der absolute Nullpunkt… diese Null, die keine ist, und doch absolut ist. Ich träumte davon, was –273,16°C heißen könnte, wenn die Zellen von der Kälte erstarrt sind, oder von

–273, 14 °C, unmittelbar vor der Erstarrung, wenn es noch dieses Hundertstel an Hoffnung gibt... Das Leben, der Tod.

Diese Worte errichteten um mich herum einen Schutzraum. Ein Zelt aus einem Gewebe mit einem sonderbaren Schußfaden, der jedoch haltbar, sehr haltbar, mehr und mehr haltbar war. Worte, einige Worte vermischten sich, fügten sich zusammen, entfernten sich dann wieder voneinander, um sich später wiederzufinden und von neuem auseinanderzugehen. Atomisierte Worte, deren befreite Partikel sich im Zickzack bewegten und hartnäckig unvorhersehbaren, verrückten Bahnen folgten, im Verlauf derer sie sich, anstatt ihre Bedeutung zu verlieren, mit anderen Bedeutungen anreicherten. Anstelle von Zusammenhanglosigkeit bewirkte diese Aufspaltung der Worte einen einleuchtenden Zusammenhang: das schimmernde Universum der Erkenntnis.

Ich arbeitete allein. Zu jener Zeit stieß mich der Anblick des Professors noch ab, im übrigen war mir schnell klar geworden, daß er keinerlei Sinn für Pädagogik hatte, ich versuchte nicht, auch nur die geringste Erklärung von ihm zu bekommen. Ich habe also mein Wissen auf meine Weise zusammengestellt.

Wegen der Worte habe ich zwischen den nervlichen Mechanismen des menschlichen Körpers und denen irgendeiner beliebigen Maschine eine Parallele gezogen. Ich fand, daß sich die Gesetze der Thermodynamik Wort für Wort auf die menschliche Maschine anwenden ließen... Von dem Moment an, wo Wärme von einem System ins andere übergeht, entsteht Energie, und gleichzeitig entsteht notwendigerweise Entropie, das heißt Unordnung. Diese Energie und diese Unordnung verändern die Systeme. Das gilt genauso für eine Kurbelstange und ein Ventil wie für zwei Neuronen... Je perfekter, je komplizierter das System wird, desto größer wird die Unordnung. Anders ausgedrückt, je mehr Ordnung man macht, desto mehr Unordnung bewirkt man. Je mehr Schrauben, Lötstellen, Kniestücke, Abzweigungen, Getriebe und Verbindungsstücke man verwendet, desto mehr Energie geht verloren, je perfekter die Maschine ist, desto schwerwiegender sind ihre Pannen. Je mehr Kontakte es gibt, desto größer ist die Entropie. Je mehr Gesetze, Vorschriften, Eltern, Ernährung, Möbel, Häuser, Schulen, Atmosphären es gibt, desto schwieriger ist es, das geistige Gleichgewicht zu halten. Kindisch! Eindeutig!

Ich habe schon immer die Tendenz gehabt, überall Zusammenhänge zu sehen, und die Idee, Zusammenhang in das Zusammenhanglose zu bringen oder umgekehrt, begeisterte mich mehr als alles andere. Die geistige Unordnung war eine Ordnung in sich. Es genügte, Reibungen, Zusammenstöße, Kränkungen, Kritzeleien zu enthüllen... Das war kinderleicht! Ich brauchte nur eine Methode zu entwickeln, die mir erlaubte, die Temperaturkurven zu verfolgen und die Erwärmungen und Abkühlungen zu lokalisieren...

Wenn ich nicht allein gearbeitet hätte, wäre ich sofort von der Vielfalt der Reibungspunkte in der menschlichen Maschine und vor allem von ihren Rätseln aufgehalten worden. Aber zu Beginn habe ich nicht einmal an Enzyme, Hormone, an die Chemie gedacht, ich sah nur ein System von Rollen und Hebeln, fast eine simple Maschine. Und das klappte! Ich war ein würdiges Kind des 19. Jahrhunderts: Alles ist erfaßbar.

Danach habe ich mich mit Endokrinologie, mit Sozialpsychologie, moderner Architektur und mit den Funktionsarten der Sozialversicherung befaßt... mit allem und jedem. Genau gesagt, mit allem, was auch nur im geringsten Einfluß haben kann auf die Psyche des Menschen, sie verändert. Das funktionierte immer, es war immer mit dem ersten Gesetz der Thermodynamik zu erklären, das besagte, daß die Energie innerhalb eines gegebenen Systems konstant ist, daß man niemals Energie abziehen oder hinzufügen kann.

Es gab eine perfekte, mein Verständnis weit übersteigende Organisation, die ihm aber nicht fremd war und zu der meine Intelligenz Zugang haben konnte. Kurz, ein sehr warmes, sehr weiches Federbett, in dem ich mich aalte... Bis Laures Geschichte auftauchte. Bis das Heroin sich einschaltete. Bis ich diesem Symbol begegnete: dem Pulver der absoluten Unordnung, der Injektion reiner Entropie... Meine Welt war vernichtet!

(Von Elsa nach unserem letzten Treffen hinzugefügte Seiten)

Mir fällt es schwer, über Professor Greffier zu sprechen, ich ziehe es vor, es niederzuschreiben. Ich bin mir dessen bewußt, daß ich über die Droge, über die süchtige Laure sprechen kann (ich habe dies während der ganzen Gespräche, die Ihnen dazu gedient haben, die 143 Seiten zu redigieren, getan, ich habe es später allein mit dem Tonbandgerät getan), und doch bin ich nicht imstande, ebenso frei mit meinem Privatleben umzugehen.

Ich müßte es wagen, mit Ihnen über mein Privatleben, über mein Leben mit mir selbst, zu sprechen. Aber noch gelingt es mir nicht, deshalb schreibe ich es nieder.

Professor Greffier lehrte mich nichts, für ihn war ich praktisch und kostete nicht viel. Später bin ich ihm nützlich geworden aufgrund dessen, was ich ohne sein Wissen lernte, und wegen des wachsenden Interesses, das ich seinem Werk entgegenbrachte.

Dieser Mann war weltfremd, er existierte nur vor sich selbst, und das auch nur als Zuschauer.

Er entdeckte, ohne zu wissen, daß er entdeckte, er verstand, ohne zu verstehen. Für ihn war Wissen ein Dünger, der seinen Instinkt fruchtbar machte und seine Triebe hemmte. Es war ein für allemal erworben, es beruhigte ihn nicht. Er brauchte nicht beruhigt zu werden, er genoß nicht die Behaglichkeit des Wissens, er vermochte nur in Unbehaglichkeit zu leben. Er suchte Anhaltspunkte nur im Unbekannten, das Bekannte interessierte ihn nicht. Vielleicht war er genial.

Ich fühlte mich von diesem Abenteurer des Laboratoriums, von diesem Erforscher des Chaos angezogen. Ich wurde verführt von seiner Häßlichkeit, seiner Mißgestalt...

Ich muß über meine Sexualität sprechen. Sie ist etwas merkwürdig. Gewöhnlich impliziert Sexualität den anderen, anderes, einen Unterschied; ich lebe sie in der Einsamkeit. Nicht wegen der Keuschheit, der Gesetze, Sitten, Erziehung, der Scham oder der Sünde, sondern weil sie etwas enthält, was sich nicht teilen läßt, sie enthält das, was man früher... Seele... nannte... ich finde kein anderes Wort... etwas Einzigartiges, Ganzes, das nur einer einzigen Person gehören kann, etwas Diskretes, etwas, das einen diskreten Wert besitzt. Meine Sexualität ist einfach, ich empfinde sehr leicht Genuß, und das nicht nur beim sexuellen Akt. Ich genieße Neugier, Beobachtung, Kontemplation, Bewegung, das heißt, daß ich beim Zusehen, beim Beobachten, wenn ich nachdenke, mich bewege, Gefühle empfinde, die meinen Geist bezaubern und mein Geschlecht feucht werden lassen. Und sogar wenn es ein menschliches Wesen ist, das mich diese Verzauberung empfinden läßt, so genieße ich sie doch in vollkommener Einsamkeit, ich verlange nicht danach, sie mit wem auch immer zu teilen. Für mich hat der Orgasmus nichts mit dem Geschlecht zu tun, auch wenn er durch das Geschlecht zustandekommt.

Ich frage mich, was heute mit meiner Sexualität wäre, wenn ich nicht Witwe geworden wäre. Mein Witwendasein hat mich vor dem Eheleben bewahrt, ich glaube nicht, daß ich eine Ehe hätte leben können. Nach Jacques' Tod haben mir die Studien Gesellschaft geleistet, in ihnen suchte ich Halt und Schutz. Ich habe nicht an einen anderen Mann gedacht. Ich habe weiterhin mit Jacques gelebt. Er tot und ich lebendig, so sahen wir Laure aufwachsen, studierten zusammen, zählten gemeinsam unser Geld. Er war anwesend, er war mehr als nur ein Zuschauer, wir machten alles zusammen. Es war nicht traurig, wir waren Komplizen. Ich war immer er und ich. Ich brauchte lange Zeit, um ihn zu vergessen. Übrigens habe ich ihn nicht vergessen, mein Leben hat seine Abwesenheit aufgesogen ... Ein Toter ist praktisch ... aber er ist auch tyrannisch ... Ich hatte immer Angst, seinem Geist untreu zu sein ... Ich habe ihn so wenig gekannt ... Dieses ... Aufsaugen ... hat sich so leicht, so glücklich vollzogen, daß ich Laure nicht unter der Abwesenheit ihres Vaters leiden fühlte ... wir sprachen und sprechen noch immer viel von ihm. Ich bin mir dieser Lücke nicht bewußt gewesen. Und doch ...

Und doch muß ich zwei Dinge nachtragen, die ich vergaß, als ich während der Gespräche, die Ihnen dazu dienten, die 143 Seiten zu redigieren, über Laure erzählte. Es sind keine unfreiwilligen Unterlassungen. Es handelt sich im Gegenteil um Fakten, die ich absichtlich zensiert habe. Als ich sie aufschrieb, wurde mir klar, daß sie mit meiner eigenen Sexualität zu tun haben. Ich habe die dritte Person verwendet. Um dies niederzuschreiben, erschien mir die Ich-Form wie ein Gefängnis.

Laures Wohnung

Bei ihrem Eintritt in die Filmschule war Laure neunzehn Jahre alt und hatte nur einen Gedanken im Kopf: allein zu leben, ein eigenes Zuhause zu haben, Elsa zu verlassen. Aber sie wußte nicht, wie sie es sagen sollte, sie hatte Angst, ihre Mutter könne es schlecht aufnehmen, könne darin eine Kritik sehen, sich dadurch verletzt fühlen. Um nichts in der Welt wollte Laure ihre Mutter verletzen. Also sprach sie den Wunsch nicht aus, aber er wurde größer, erfüllte sie ganz, und eines Abends brach es aus ihr hervor.

An jenem Abend war sie sehr spät nach Hause gekommen und hatte, ohne es zu wollen, Elsa geweckt. Es hatte sie geärgert, das getan zu haben und ihre Mutter, die sich Sorgen machte, dastehen zu sehen mit verschlafenen Augen und zerzaustem Haar. Ganz plötzlich kam es aus ihr heraus, sie hat erklärt:

»Elsa, ich kann fast alles, aber nicht wirklich alles mit dir teilen. Dazu hab' ich keine Lust... Zum Beispiel die Freunde, mit denen ich die Nacht verbracht habe... allein beim Gedanken an das Gesicht, das du machen würdest, wenn du sie siehst, siehst du, verbiete ich es mir... ich lasse sie nicht hierherkommen. Also treffe ich sie in Bistros. Und nicht einmal das, denn sie haben kein Geld... also treffe ich sie auf der Straße, irgendwo... Aus diesem Grund bekommen sie eine Bedeutung, die sie vielleicht gar nicht haben. Und vor allem schafft das ein schlechtes Klima zwischen uns... ich bin es nicht gewöhnt, mich vor dir zu verstecken... dir Ammenmärchen zu erzählen, als sei ich ein kleines Mädchen, das ist etwas, was ich nicht ertrage... Du bist Psychologin, du kannst dir vorstellen, daß ich ein Leben führe, mein ganz eigenes Leben. Daran ist nichts Außergewöhnliches. Da brauchst du nicht gleich aufzustehen und ein Gesicht zu machen, als ginge die Welt unter... Ich ertrage es nicht, wenn wir uns schlecht verstehen, ich ertrage es nicht, das kleine, wohlerzogene Mädchen zu spielen ... und ich ertrage es noch weniger, feststellen zu müssen, wie stark ich gefühlsmäßig von dir abhängig bin ... Wenn ich ein Eckchen für mich allein hätte, ein kleines Appartement oder ein Studio, würde ich diese Probleme lösen. Es gäbe gar kein Problem. Verstehst du?«

Ein echter Schnitt, der erste. Die freundliche aber nüchterne Rede von Laure unterbrach auf brutale Weise den Weg, den sie beide seit beinahe zwanzig Jahren eng nebeneinander beschritten hatten.

Zunächst hatte Laure geglaubt, daß Elsa es schlecht aufgenommen hätte, aber nach einem kurzen Schweigen hatte ihre Mutter sie zärtlich angesehen:

»Was ist denn an diesen Freunden so besonderes?«

»Sie sind ein bißchen ›verrückt‹, weißt du, ein wenig wie Clochards, ein wenig ... Ich weiß nicht.«

»Freunde aus der Schule?«

»Nicht wirklich ... eher aus dem Umfeld der Schule, vom Film und so. Aber, ich hab' jetzt gerade keine Lust, über sie zu reden.«

Laure hatte schon immer getan, was sie tun wollte. Seit langem schon verstand sie es, ihre Zeit für Examensvorbereitungen, Tanzen, Sport einzuteilen und sich so zu verhalten, daß die eine Aktivität nicht die anderen beeinträchtigte. »Ich kenne niemanden, der so ausgeglichen ist wie meine Tochter«, sagte Elsa voller Respekt. Sie, Elsa, wäre im selben Alter nicht fähig gewesen, ihr Leben mit ebensoviel Entschlossenheit zu führen.

So hat sich der Gedanke an die kleine Wohnung aufgedrängt. Warum auch nicht, wo doch Elsas Ersparnisse und die kürzlich gemachte Erbschaft der alten Tante aus Marseille ein kleines Polster bildeten?

Der Kauf der beiden Dienstbotenzimmer im 15. Arrondissement, dann ihre Instandsetzung und schließlich Laures Einzug waren eine Riesenaffäre. Mindestens drei Monate dauerte es, bis sie sich wirklich trennten. Zu Beginn kehrte Laure unter dem Vorwand, es rieche nach Farbe, beinahe jeden Abend zum Schlafen zu ihrer Mutter zurück. Schließlich hatten sie ihren Rhythmus gefunden. Täglich sahen sie sich oder telefonierten miteinander. Elsa ging niemals zu ihrer Tochter, ohne eingeladen zu sein. Von Anfang an hatte sie sich diese Weisung auferlegt und sie befolgt.

Gerührt und besorgt beobachtete Laure von weitem ihre Mutter. Beim geringsten Zeichen von Verlorenheit wäre sie zurückgekehrt.

Sobald sie allein zu Hause war, hatte Elsa das Zimmer ihrer Tochter in Beschlag genommen, ihren Papierkram dort aufgestapelt und ihre Sekretärin, die vorher im Salon arbeitete, darin untergebracht. Sie hatte das mit einer Art Eifer getan.

Laure glaubte, daß dies so geschehe, um ihre Abwesenheit zu negieren, um diese Abwesenheit zu füllen, um nicht darunter zu leiden. Mehr als einmal schnürte es ihr beim Gedanken an Elsas Einsamkeit das Herz zusammen. Bis zu dem Tag, wo sie sich dessen bewußt wurde, daß es ihrer Mutter gut ging, daß es ihr sogar sehr gut ging. Damals hatte Elsa François bei einem Kolloquium getroffen. Sie hatte von diesem Abenteuer mit einer Leichtfertigkeit und Heiterkeit gesprochen, die Laure an ihr nicht kannte.

Laure war auf all das sehr stolz: sie hatte die enge Verbindung, in der sie beide erstickten, gesprengt. Sie hatte sie in Stücke zerlegt und sie hatte recht gehabt, denn Elsa, die sich des von ihr gesponnenen Kokons nicht bewußt war, hätte dieses Dasein in dieser Weise noch lange, wenn nicht sogar für immer, fortdauern lassen.

Elsa hatte Laure zur Welt gebracht, und nun war es Laure, die Elsa zur Welt brachte. Elsa, die berühmte Psychologin, die in allen Fragen Kompetente!

Sie hatten über diese Metamorphose gesprochen.

»Elsa, du wirst jeden Tag schöner und jünger. Und das noch mehr als früher. Bist du dir dieser Verwandlung bewußt?«

»Natürlich, ich habe mich noch nie so wohl in meiner Haut gefühlt.«

»Und woran liegt das deiner Meinung nach?«

»Stell dir vor, ich habe gar keine große Lust zu wissen, woran es liegt. Ich übe meinen Beruf lieber an anderen Leuten aus als an mir selbst.«

»Es liegt daran, daß du verliebt bist.«

»Ach weißt du, meine Geschichte mit François beschäftigt mich nicht sehr. Man sieht sich nie. Es ist angenehm, einen Geliebten zu haben, aber er ist nicht der Mittelpunkt meines

Lebens. Er ist auf der anderen Seite des Ozeans... Ich glaube, daß die Männer mir nie viel bedeutet haben... Vielmehr habe ich mir nie die Zeit genommen, auf sie zu zählen...«

»Und dein alter Professor?«

»Er hat resigniert.«

»Dann geht es dir also so gut, weil ich das Feld geräumt habe?«

»Du wirst niemals mein Feld räumen, meine Schöne, meine Wunderbare, meine geliebte Tochter, meine Lolo, mein Liebling...«

Und schon waren sie wieder bei ihren Zärtlichkeiten, ihrem Gelächter, bei den Spielen, die sie sich ausgedacht hatten und derer sie nie müde wurden.

Im letzten Jahr war Elsa viel gereist, sie hatte sich zu mehreren Kongressen begeben. Sie hatte auch viel gearbeitet, sie bereitete eine Veröffentlichung vor, die ihr am Herzen lag. Laure ihrerseits war durch mehr oder weniger vage Projekte in Anspruch genommen, die sie stark zu beschäftigen schienen. Elsa fand, daß sie schlecht aussah.

»Du machst zu viel, meine Laure.«

»Elsa, ich bitte dich, bemuttere mich nicht.«

Laures Träume

Als Kind erzählte Laure Elsa ihre Träume. Es war die große Sonntagmorgenbeschäftigung, sie hatten Zeit. Während der Woche erklärte sie in der Küche, indem sie ihr Frühstück herunterschlang, weil sie Angst hatte, zu spät zur Schule zu kommen: »Ich hatte heute nacht wieder so einen Traum... ich erzähle ihn dir Sonntag.« Und Elsa legte ihr ans Herz: »Vergiß' ihn ja nicht, meine Laure, Träume sind wichtig.«

Oft waren es Träume von modernen und exotischen Kriegen. Die Landschaften waren die der Pazifischen Inseln oder Vietnams, wie im Kino oder im Fernsehen. Es war heiß. Es gab viele Leute. Sie redeten in allen möglichen Sprachen. Es gab Märkte, wo eigenartige, verlockende Früchte und Blumen verkauft wurden. Die Frauen waren halbnackt, verführerisch, in Schweiß gebadet. Die Männer trugen Uniformen oder Lumpen. Elsa hielt sie fest bei der Hand, und sie schritten gemeinsam durch die Menge. Beide hatten sie keine Angst. Und doch war es gefährlich. Etwas Gefährliches braute sich zusammen. Laure war gern dort, sie hatte es gern, wenn ihr Herz heftig schlug, sie hatte es gern, wenn man sie ansah. Ein großer, blonder Soldat im Tarnanzug sah sie an, ein Held. Er ließ sie nicht aus den Augen. Ganz verschwitzt wachte sie auf, sie wollte in ihren Traum zurückkehren, aber es gelang ihr nicht.

Manchmal waren es archaische und Kriege im Weltall Sie fanden auf einem anderen Planeten statt. Die Erde war sehr fern, vielfarbig und rund, aber das war nicht wichtig, denn der Planet, wo sie sich aufhielten, war auch angenehm. Und doch sagte Elsa, es gäbe dort riesige Saurier und Kraken, daß sie schon einen Menschen getötet und bei lebendigem Leib verschlungen hätten, daß man sich davonmachen müsse. Hinter ihrer Mutter versteckt, brach Laure zur Suche nach diesen Monstern auf. Sie entdeckte einen kahlen, staubigen Ort, eine immense geographische Weite, ein unendliches Wirrwarr von steinigen Hügeln. Dort fraßen sich klebrige Tiere an einem Menschen voll, der ewig nicht starb. Wie durch ein Wunder wurde er immer wieder aus seinem Blut geboren, aus seinen Fleischfetzen, aus seinen verstreuten Eingeweiden, aus seinen zerbrochenen Gliedmaßen. Die Tiere, diese einfachen, zähflüssigen Haufen, waren nur damit beschäftigt, sich von diesem unerschöpflichen Körper zu ernähren. Die beruhigte Laure lief, um ihrer Mutter zu sagen, es bestehe keine Gefahr, aber sie wußte, daß ihr Weg sinnlos wäre, daß ihre Mutter, wie dem auch sei, davonlaufen würde.

Elsa konnte ihr gut dabei helfen, diese Geschichten von Kriegen, Monstern, diesen Helden im Schatten, diesen unerschöpflichen Leichnam zu erklären. All das war ihr Vater. Sie war stolz auf ihn. Sie fand, daß sie Glück hatte, so einen jungen, schönen Vater zu haben, der im Krieg getötet wurde … er fehlte ihr nicht. In Laures Bewußtsein war Jacques immer verbunden mit der Wärme von Elsas Bett am Sonntagmorgen.

Als sie begann, sich für Jungen zu interessieren, hat sie nach und nach ihre Träume nicht mehr erzählt. Ihre Mutter wußte zu viel über sie, sie brauchte Geheimnisse.

Sie mußte entrinnen … Für Laure bestand, als sie heranwuchs, die Schwierigkeit darin, sich von den Gewohnheiten ihrer Kindheit loszumachen, von ihrer Manie, Elsa alles zu erzählen, nicht nur ihre Träume und Sorgen, sondern auch ihre Lorbeeren.

Elsa, Elsa, Elsa, immer Elsa... immer dasselbe Lied! Die Jacques gekannt hatten, sagten, Laure sei ihm ähnlich. Sie erinnerte sich nicht an ihn, sie wußte nur, was man ihr über ihn erzählt hatte und vor allem, was sie sich vorstellte.

Mit dreizehn Jahren bekam sie ihre Regel, und Elsa bot ihr an jenem Tage an, die Briefe zu lesen, die Jacques aus dem Krieg geschickt hatte, als sollten diese Briefumschläge in gleichem Maße wie das Blut aus ihr eine Frau machen.

Warum hat Elsa das getan?

Laure hat diese Briefe wieder und wieder gelesen, bis sie keinen Sinn mehr hatten, bis sie nur noch abgegriffenes Papier waren. Das Papier hat dann einen Sinn bekommen. Sie legte sie auf ihren Tisch, sie breitete sie auf ihrem Bett aus und betrachtete sie. Laure las in ihnen ein fernes Land, die Gefahr, den rasenden Schmerz des Vaters im Augenblick seines Todes. Und dann hat sogar das Papier seine Bedeutung verloren. Es blieb nur noch die Ohnmacht ihres Vaters, sich der Verweigerung, jener Verweigerung, seiner Verweigerung des Krieges zu stellen. Nicht einmal das, es blieb nichts als der Wunsch fortzugehen. Das Anderswo, das Andersartige dort auf dem Tisch.

Laure nahm diese Briefe nur in Abwesenheit ihrer Mutter. Zuerst tat sie das, trotz der Erlaubnis, die man ihr gegeben hatte, heimlich. Sie legte sie danach genau an ihren Platz zurück, in der Reihenfolge, wie sie sie gefunden hatte. Sie stellte sich vor, daß ihre Mutter sie häufig las. Einmal wurde sie davon überrascht, daß Elsa früher als vorgesehen zurückkehrte, und versteckte die Briefe unter ihrer Matratze. Mehrere Tage vergingen, ohne daß sie sie wieder in die Mappe legen konnte, in der sie aufbewahrt wurden. Während der ganzen Zeit kreisten sie in ihrem Gewissen wie ein uneingestandener Fehler. Glücklicherweise hatte Elsa nichts gemerkt. Es ist noch öfter vorgekommen. Laure hat verstanden, daß ihre Mutter die Briefe nicht ansah. Also hat sie sie in ihrem Zimmer behalten, sie hat sie sich angeeignet. Die Mappe in Elsas Schreibtisch ist leer geblieben. Als sie in ihre kleine Wohnung umzog, hat Laure die Briefe mitgenommen. Damals war sie schon seit langem sicher, daß Elsa Jacques nicht mehr liebte und daß sie ihn womöglich nie geliebt hatte. So hatten die Briefe durch ein Täuschungsmanöver, das keins war, ihren Adressaten gewechselt: sie waren seitdem an Laure gerichtet und enthielten Lektionen über Geschichte, Lektionen, in denen Jacques Laure beibrachte, daß die Geschichte unvollständig sei, weil sie nicht seine Geschichte erzählte, die Geschichte seiner Weigerung.

Immer war Laure elegant, wie aus dem Ei gepellt, sie ging nicht zur Schule, ohne vorher ihre Bügelfalten an den Hosen zu erneuern. Sie war die Schönste und wurde immer schöner. Ihre Lehrer waren hingerissen, der Polizist, der an der Kreuzung den Verkehr regelte, war hingerissen, die Kaufleute waren hingerissen, ihre Mutter war hingerissen. Es kam eine Zeit – sie war etwa fünfzehn Jahre alt – wo sie sich dessen bewußt wurde, daß ihre meisten Erfolge an ihrer Schönheit lagen, und von da an veränderte sie sich. Sie begann systematisch, sich für die Unterdrückten einzusetzen. Damals wollte sie Jura studieren, denn sie hielt schon den Blick der anderen für eine Unterdrückung. Sie wollte dagegen kämpfen, sie wollte die Menschheit davon befreien ... Sie wollte nicht zulassen, daß die äußere Erscheinung das Schicksal der Menschen wesentlicher bestimmt als ihre Intelligenz. Von da an interessierte sie sich für Randgruppen und wechselte von Jura zum Film über. Sie wollte sich der Bilder ganz anders bedienen, den Blick verändern ... Sie pflegte sich weniger. Und doch besaß sie noch immer genau so viel Anmut und wußte es, aber nur vor Elsa spielte sie damit. Es war ein Privileg, das sie nur ihrer Mutter gewährte, aus dunklen Gründen, die sie beide nicht zu erhellen suchten.

Seit fast sechs Monaten tue ich nichts mehr, sehe niemanden mehr. Ich besuche nur Elsa; aber kann man diese Treffen überhaupt Besuche nennen, bei denen ich ihr meine Kopie bringe wie ein eifriger Schüler? Ich höre nichts anderes sprechen als von Leidenschaft, ich schreibe, lese, lebe nichts anderes, aber ich vollziehe die Liebe nicht und ich sage nicht »ich liebe dich«. Ich halte es nicht mehr aus.

Ich werde diesen Text aufgeben, dieser Frau sagen, daß ich nicht imstande bin zu leben, was sie durchlebt: Leidenschaft ohne Ende, ohne Ende. Ich sage mir das, wenn ich das Tonband anhalte, und zehn Minuten später lasse ich es wieder laufen, und ich höre ihr zu, und es beginnt von neuem.

Ich bin wie sie, ich weiß nicht mehr, wo mir der Kopf steht.

Zu Beginn der Sitzung, die der folgte, wo sie mir »Laures Träume« und »Laures Wohnung« übergeben hatte, benahm sie sich wie jemand, der sich verteidigt, sich rechtfertigt. Sie begann damit, kategorische Urteile abzugeben, und mit Autorität unterstrich sie Binsenwahrheiten, was eigentlich nicht ihre Art war. Sie hat wie jemand gesprochen, der für Freispruch plädiert, obgleich er nicht von seiner Unschuld überzeugt ist. Sie hat eine wirkliche Rede gehalten. Es kam mir so vor, als würde sie sich zum erstenmal eine Blöße geben.

»Es ist jetzt höchste Zeit, an die tatsächliche Beziehung zu denken, die ich zu meiner Tochter gehabt haben mag, und daraus abzuleiten, daß sie sich deshalb dem Heroin hingegeben hat... Aber das wäre zu einfach.

Warum habe ich ›vergessen‹, über Laures Träume und über ihre Wohnung zu sprechen?

Warum habe ich nach ihrem Auszug meine Freiheit so sehr genossen?

Warum ihr die Briefe ihres Vaters an dem Tag gegeben, als sie zum erstenmal menstruierte?

Das Schuldgefühl der Mütter verdirbt das Leben aller; ihr eigenes zu allererst, dann das ihrer Kinder, ihrer Männer und das ihrer Umgebung obendrein. Es geschieht sehr selten, daß eine Frau absichtlich ihr Kind verletzt... Wenn eine Frau für ihre unbewußten Handlungen schuldig gesprochen wird, so muß man alles, was sie ausmacht, beurteilen, angefangen bei ihren eigenen Eltern, den Eltern ihrer Eltern und der Gesellschaft seit grauer Vorzeit... Alle Welt weiß das! Es ist wie ein Gottesbeweis... Der beste Beweis, daß Gott nicht existiert, ist, daß man Beweise für seine Existenz suchen muß... Die Mütter sind nicht schuldig!

Ich bin wütend, verzeihen Sie, das ist dumm, aber ich finde, es kann nicht hingenommen werden, daß man die meisten Verirrungen unserer Gesellschaft den Müttern auf die Schultern legt... Die Straffälligen, die psychisch Kranken, die Drogensüchtigen, die Alkoholiker haben Mütter gehabt, die zu sehr dies oder nicht genug das gewesen sind!... Die Fehler der Mütter füllen die Zeitungen und Fernsehschirme. Die Mütter sind nur dann gut, wenn sie von ihrer Aufopferung ausgelöscht sind... Lieber sollte man versuchen zu verstehen, wie aus Müttern Mamas geworden sind... in kurzer Zeit, in kaum einem Jahrhundert! Man hat nicht auf mich gehört, als ich das sagte und schrieb. Man nannte mich eine Feministin! Das ist idiotisch, ich verabscheue Ghettos... Es handelt sich um ein soziologisches, um ein wirtschaftliches Phänomen!... Die Mama ist eine der Ungeheuerlichkeiten der modernen Zeit...

Ich habe immer versucht, den Müttern der Kinder, die ich behandelte, ihre Schuldgefühle zu nehmen. Die Mütter haben das Recht auf ein eigenes Leben!

Das Schuldgefühl der Mütter ist zur gleichen Zeit wie die populärwissenschaftliche Version der Arbeit Freuds in unsere Sitten eingedrungen. Übrigens wäre Freud besser beraten gewesen, seine genialen Geistesblitze nicht zu theoretisieren. Indem er sie theoretisierte, ist er in all die Fallen gegangen, die er selbst anprangerte. Bei jedem von Freud geschriebenen Wort muß man Freud analysieren. Bei jedem seiner Worte muß man sich ins Gedächtnis rufen, daß er ein Mann ist, ein Jude, ein Österreicher, daß er aus dem 19. Jahrhundert stammt und daß er ausschließlich Leute aus dem Bürgertum behandelt hat... Das ist lästig.

Nichtsdestoweniger wäre es gelogen, wenn ich sagte, ich hätte während der drei Jahre des Abdriftens keine Schuldgefühle gehabt... Ich habe viel und oft daran gedacht. Habe ich mit Ihnen schon über meine Schuldgefühle gesprochen?«

»Nein, nicht wirklich.«

»Nicht mehr als über meine Sexualität... Ich habe nie Probleme mit meiner Sexualität gehabt. Heutzutage klingt das verdächtig...«

»Professor Greffier...«

»Ach, der! Es sieht so aus, als würde ich auch auf den neuen Seiten wieder von ihm sprechen.«

»Ja, sehr sogar.«

»Was denken Sie darüber?«

»Ich habe mir nie vorgestellt, daß es eine solche Beziehung zwischen einem Mann und einer Frau geben könnte... Dieses Glied wie ein Periskop, wie ein Knüppel...«

»All das kann man weglassen.«

»Ich glaube nicht. Wir müssen es konsequent durchführen.«

»Stört es Sie wirklich, wenn ich laut vorlese?«

»Nein, neulich war ich nicht mit mir zufrieden, ich fand die Seiten, die Sie vorgelesen haben, nicht sehr gut.«

»Heute sind es viele. Wollen Sie sich gemütlich hinsetzen und Ihr Jackett ausziehen? Wollen Sie Kaffee oder etwas anderes trinken?«

»Nein danke, alles ist sehr gut so.«

Sie begann vorzulesen:

»Bevor ich in Professor Greffiers Bett – das in seinem Büro, das immer ungemacht war – landete, habe ich Männer kennengelernt, Junggesellen (ich hüte mich davor, mich zwischen ein Paar zu drängen, auf wie wackeligen Füßen es auch immer stehen mag. Das Paar...). Nie ist es mir in den Sinn gekommen, mit einem dieser Männer zu leben. Sie waren nur vorübergehend wichtig. Sie bedeuteten Heiterkeit in meinem Leben, Unterhaltung, Unbekümmertheit. Ich empfing sie nicht bei mir zu Hause. Laure hat sie nicht kennengelernt. Einige sind Freunde geblieben.

Eines Tages hatte ich also eine sexuelle Beziehung zu ihm. Das mußte so kommen. Allen Frauen in seiner Umgebung ist es so ergangen. Ich wußte, daß es auch mir so ergehen würde, daß es unvermeidlich war.

Und doch tat er nichts dazu, er machte mir nicht den Hof, er gab keine Zeichen, aber auf subtile Weise führte er mich in seine private Sphäre ein. In seiner Art, sich zu geben, zu sprechen, sich zu bewegen, lag eine Ungezwungenheit, die kein Sichgehenlassen war, sondern Vertrautheit. Ja, das ist es, er hat mich mit sich vertraut gemacht, obwohl ich privat nichts mit ihm zu tun hatte. Er duzte mich, indem er Sie sagte: ein seidiges Sie, das das Du, das Du des Koitus, in sich barg... Ich bin mir dessen bewußt geworden. Ich habe ihn machen lassen, so wie ich zugelassen hatte, daß er mich Luce nannte. Das amüsierte mich mehr als alles andere. Ich dachte, daß man es vielleicht zu seiner Zeit, in seiner Generation, so anstellte, um eine Frau zu verführen. Er war gleichzeitig sehr präsent und sehr teilnahmslos... Es würden sich Dinge zwischen uns ereignen, das war wichtig und doch unwichtig.

In der Thermodynamik ist die Zeit ein wesentlicher, nicht umkehrbarer Wert. Ein funktionierendes System muß sich im Laufe der Zeit verändern, weil die Entropie nicht umhin kann anzuwachsen. Für Professor Greffier, der seine Zeit mit der ›Zeit‹ verbrachte, konnte sich ›das System Luce‹, das sich soeben mit seinem eigenen System verbunden hatte, nur auf eine wachsende Unordnung hin entwickeln. Weil diese Systeme miteinander in Beziehung getreten waren, würde Luce ihm eines Tages die Tür vor der Nase zuschlagen oder aber in seinem Bett landen. In diesem Fall würde er zu Hause Luces Entropie studieren können. Es würde die Zeit dauern, die es eben dauert, es war ein Experiment wie jedes andere, dem ich mich ohne Furcht zur Verfügung gestellt habe. Ich glaubte, Luce unter Kontrolle zu haben, ihrer Herr zu sein.

Auf seinem Arbeitstisch lagen Hefte herum. Die meisten enthielten Notizen über seine laufenden Experimente. Ziffern, Buchstaben, Gleichungen, von einfachen Sätzen unterbrochen. Aber einige dieser Hefte enthielten Anmerkungen über Personen, die immer mit Initialen bezeichnet wurden. Ausschließlich Frauen. Zum Beispiel: ›S. schönes Kleid. Koketterie. Bett. Schlampe. Dann rot vor Wut: Saukerl! Ein Schwanz wie ein Angelhaken! Immer auf Nuttenfang!‹ Oder auch: ›F. aufgelöst. Verrückt gemacht durch Geschichte von S. wegen Getratsche von N. ›Wenn du einer anderen ein Kind machst, bringe ich sie um!‹ Tür zugeschlagen. Telefon die ganze Nacht.‹... etc. Im Telegrammstil Gewitter von äußerster Heftigkeit, entfesselte, lüsterne, eifersüchtige, geile Frauen. Über seine eigenen Reaktionen während dieser Stürme:

nichts. Ein Opfer. Ich bedauerte ihn... Das Telefon klingelte häufig. Er hatte mich gebeten, während seiner Abwesenheit den Hörer nicht abzunehmen, und wenn er da war, antwortete er einsilbig und freundlich: ›Aber ja... aber ja... aber nein... Mach' dir keine Sorgen.‹ Es kam vor, daß ich von da, wo ich mich befand, Gezeter knistern hörte. In solchen Fällen sah ich in seine Richtung, er schloß seine Augen, als würde er leiden, stellte den Apparat auf seine Brust und wartete, daß es vorübergehe. Ein Martyrium. Danach machte er sich, wie nach den Kämpfen mit den Kätzinnen, neben mir wieder an die Arbeit, nie gaben wir irgendeinen Kommentar ab.

Ich wartete darauf, daß die körperliche Abneigung, die er mir zunächst einflößte, verschwinde. Tatsächlich nahm dieser Widerwille allmählich ab, und an seine Stelle trat eine Zärtlichkeit, die noch andauert, die ich noch heute für ihn empfinde. Er war ein abstoßender Mann, und gleichzeitig war er ein rührender Mann. Er hatte etwas Kindliches an sich, er war eine riesige Anhäufung von Wünschen und Hoffnungen, die Mißerfolge und widrige Umstände nicht erschüttern konnten.

Er hatte zwei Seiten, gleichzeitig agierte und reagierte er. Unaufhörlich stumpfte sich meine von der Entdeckung seines Kalküls genährte Wut an seiner Harmlosigkeit ab. Genau dies ist das Prinzip der Arbeit in der Thermodynamik: Damit Arbeit überhaupt geleistet wird, ist ein Temperaturaustausch zwischen zwei Körpern erforderlich... Immer zwei und die Wärme...

Mit ihm lebte ich in einer Zweideutigkeit, von der ich nicht vermutete, daß sie lebbar sei. Wir waren durch Bande miteinander verknüpft, die wir nicht kannten. Jeder siedelte seine Beziehung zum anderen auf einem Terrain an, das dieser nicht vermutete. Was ihn interessierte, war das Morgen, das Später, das Danach, wann die Maschine durchdrehen würde. Wann würde sie zerspringen? Für mich ist der Raum wichtiger als die Zeit. Mit dem Projektor des Gedächtnisses gleitet die Psyche über die Zeit und erhellt die Vergangenheit. Die Vergangenheit kann zur Gegenwart werden, solange der Geist existiert.

Er nahm niemals Kenntnis von mir, weder von dem, was ich erlebt hatte, bevor ich ihn kennenlernte, noch von dem, was ich außerhalb seines Hauses erlebte, nur Luce nahm er zur Kenntnis. Kurz gesagt, wir haben meinen Raum und seine Zeit in einer absurden, aber sehr leistungsfähigen Apparatur miteinander verknüpft, denn wir haben enorm gearbeitet, sowohl gemeinsam (ich habe bis zum Schluß weiterhin seine Artikel und später sogar seine Vorträge ›ins reine geschrieben‹) als auch jeder für sich, während der ganzen Zeit unserer Verbindung. Er hatte absolutes Vertrauen in mein Urteil. Er konnte nichts mehr machen, ohne mit mir darüber zu sprechen. Ich hatte oft den Eindruck, zwei Kinder zu haben: Laure und ein ganz kleines Baby, das dennoch hätte mein Vater sein können. Es hat mehr als fünfzehn Jahre gedauert, ich weiß selbst nicht, warum...

Immer wieder die Beziehung Frau-Kind, Frau-Schlange, die zur Sprache kommt... wie langweilig!

Wir haben uns zu Beginn meines Abenteuers mit Laure und dem Heroin getrennt. Ich weiß noch immer nicht, warum ich gerade in dem Moment entschieden habe, daß Luce mir lästig wurde. Es ist wahr, daß sie sich nicht in mein Familienleben einmischte, und daß ich die Absicht hatte, mich ausschließlich diesem Leben zu widmen. Aber das ist kein zureichender Grund.

Was hat mich dazu veranlaßt, mich von der zu trennen, die die Geliebte Professor Greffiers war, von ›der schrecklichen, ergebenen Hetäre‹ (so hat er mich danach in seinen Notizen bezeichnet), der Fleißigen, der Schülerin, der Gelehrten?

Er ertrug es nicht, mich mehr und mehr von meinem Beruf fasziniert, mich häufiger und häufiger abwesend zu sehen, er ertrug an mir nichts, was nicht Luce, ›seine kleine Sekretärin‹, war. Er demütigte, er verletzte mich. Er richtete sich allein an Luce, an die Vorstellung, die er von ihr hatte: eine nichtssagende junge Frau, die er zu sich emporgezogen hatte, eine Sklavin. Unmöglich, ihn davon abzubringen. Ich war auf mich ärgerlich, weil es mir nicht gelang, der Spur, in die er mich drängte, zu entkommen. Ich war auf mich ärgerlich, weil ich zurückkehrte. Ich war auf mich ärgerlich, weil ich ihm hartnäckig zu beweisen suchte, daß ich nicht die sei, die er vermute... Er machte sich darüber lustig, wichtig war nur, daß ich wiederkäme.

Als er von François' Existenz hörte, wurde es unerträglich. Er kenne nur Stützen, Krankenschwestern, gute Geister aus dem Labor, ich sei die einzige, die alleinige Frau seines Lebens, seine Frau …

Es gab Szenen solcher Erbärmlichkeit, solcher Blödsinnigkeit, solcher Mittelmäßigkeit … Je jämmerlicher es wurde, desto zufriedener schien er zu sein: Er täuschte sich nicht, die Luce-Maschine war genauso wie er sie installiert hatte, das Experiment funktionierte, wie von ihm vorausberechnet … Wie konnte es nur so lange dauern? War es Entgegenkommen meinerseits? Masochismus? Hellsichtigkeit? Ich weiß es nicht. Dazu müßte ich Luce verstehen.

Letzten Endes sind es nicht die unvorhergesehenen Ereignisse von Laures Untergang und dann von ihrer Rettung gewesen, die mein Gleichgewicht zerstört haben. Es ist wahr, daß es hart, sehr hart, manchmal entsetzlich gewesen ist. Ich habe Freunde von Laure, die ich gut kannte, vor meinen Augen an einer Überdosis sterben sehen, ich habe meine Tochter, ich weiß nicht wieviele Male, dem Tod knapp entrinnen sehen. Ich habe drei Jahre lang, Tag für Tag, Stunde um Stunde, mit Laures möglichem Tod gelebt. Mehr als einmal ist es mir geschehen, daß ich eine Mutter beneidete, deren Kind an Krebs stirbt … Wenigstens kann sie darüber sprechen, wenigstens kann sie Mitgefühl erregen … Aber jene Krankheit, jener Tod, der Tod der Drogensüchtigen … Diese jungen Körper, die wie Abfall weggeschafft werden … Diese Scham und dieser Zorn, die sie zum Leichenschauhaus begleiten … Das schreit zum Himmel … Und doch hat mich nicht das zerstört, sondern etwas, was noch viel weiter in die Tiefe reicht.

Vorher glaubte ich weder an den Zufall noch an den Teufel, ich glaubte an die Erkenntnis. Ich glaubte, daß, was heute nicht zu lösen sei, morgen gelöst werden könne. Ich glaubte, daß die Erkenntnis, wenn man sie mit Intelligenz angeht, alles lösen könne.

Ich habe mein Berufsleben, und übrigens ganz einfach mein Leben, auf dieser Hoffnung aufgebaut. Sie ist eingestürzt. Das Heroin hat Zufall und Teufel mit einemmal auftauchen lassen, und ich bin außerstande, ihren Verwüstungen Einhalt zu gebieten.

Professor Greffier war alt, aber in Wirklichkeit hatte er kein Alter. Dieser Mann war derartig der Materie ausgeliefert, der Erforschung ihres Verfalls, dieser unablässigen, Kühle und Neuerung erzeugenden Zerstörung, daß er seinem eigenen Körper gegenüber gleichgültig war. Er veränderte sich nicht. Natürlich wurde er älter, ich sah, daß er sich gebeugter hielt, in die Breite ging, faltig und runzelig wurde, aber das änderte nichts an seinem Verhalten. Allein die Zahlen konnten ihn treffen. Das Kap der sechzig und dann der siebzig Jahre hat er mit einer Art Furcht umschifft. In jenen Jahren sagte er oft, er altere, weil er in das nächste Jahrzehnt aufsteige, wegen der Zahlen, nicht aus anderen Gründen.

Er lebte nur in seinem Laboratorium oder an seinem Arbeitstisch. Mittags machte er eine Pause für ein leichtes Gericht, das er verschlang, ohne zu wissen, was auf seinem Teller war, dann ruhte er sich nur kurze Zeit aus und nahm die Arbeit wieder auf. Ich habe ihn oft beobachtet, während er an seinem Schreibtisch saß. Er schrieb seine Berechnungen, seine Prognosen auf, er sah Welten, die er als einziger sehen konnte. Seine Ohren liefen rot an, sein Blick war leer: Er erfand. Er erschöpfte sich, indem er erfand.

Um die Zeit, die er nicht mit seiner Arbeit verbringen konnte, zu ertragen, hantierte er mit menschlichen Maschinen, mit Marionetten, deren Funktionieren ihm einfacher vorkam als das der anderen Maschinen. Immer wieder brachen die Puppen in seiner Hand wie Knospen auf, belebten sich mit der ihnen eigenen Energie, entwickelten eine nicht zu kontrollierende Unordnung und zerfielen schließlich. Trotz dieser immer wiederkehrenden Enttäuschung beharrte er darauf, sich eine Sammlung menschlicher Maschinen zuzulegen, mit denen er das gleiche Experiment anstellte, er erwartete von ihnen immer wieder die gleiche Rolle. Für ihn waren diese Traumgestalten alle identisch, weil sie alle Brüste und das Geschlecht einer Frau hatten ... Er verstand nicht, warum es nicht funktionierte. Er war von einer entwaffnenden Naivität. Er war enttäuscht. Befriedigung fand er nur im Exil seiner Welt, in seinen mechanischen Erfindungen. Deshalb interessierte ihn auch nichts wirklich außerhalb jener Welt.

Ich glaube, daß ich die einzige seiner Marionetten gewesen

bin, die sich für seine Arbeit begeisterte. Wahrscheinlich dauerte unsere Liaison deshalb so lange.

Immer wenn wir uns trafen, sprachen wir über seine laufenden Arbeiten und liebten uns.

Er besaß ein prächtiges Geschlecht, das immer funktionsfähig war und das ihn gleichgültig ließ. Während der Liebe schloß er die Augen und wandte den Kopf zur Seite; oft verbarg er sein Gesicht sogar in einem Kissen und ließ mit sich geschehen. Er vertraute meiner Phantasie diesen prachtvollen Phallus an, mit dem ich tun und lassen konnte, was ich wollte. Ich brauchte nicht zu verführen, zu gefallen, zu erregen, ich konnte einfach meine verrücktesten, obszönsten und zärtlichsten Wünsche befriedigen... Danach nahmen wir unser Gespräch über seine Arbeit dort wieder auf, wo wir es unterbrochen hatten.

Tatsächlich war er, während er sein Geschlecht auslieferte und sein Gesicht verschlossen oder verborgen war, außerordentlich aufmerksam gegenüber den Phantasien der Marionette. Er interessierte sich für sie wie ein Insektenforscher für eine Ameise oder eine Schabe. Später, als die Szenen begannen, bediente er sich dessen, was er dort über mich gelernt hatte, um mich zu verletzen und zu unterwerfen. Es war abscheulich... Da er oft die Erinnerungen an andere Frauen mit denen vermischte, die er an mich hatte, wurde mir klar, daß die sexuellen Phantasien nicht sehr vielfältig waren, daß es nur einige Variationen zu einigen Themen gab... Letzten Endes ist Sex ›diskret‹.

Niemals hat er verlangt, daß ich mit ihm schlafe, immer war ich es, die es wollte. Wie alle Männer mit großer sexueller Potenz sprach er nicht über Sex, rühmte er sich nicht öffentlich seiner Eroberungen. Sex war seinem Zimmer, seinem Bett vorbehalten, außerhalb dessen war davon nicht die Rede. Übrigens, da das Funktionieren seines Geschlechts ihm keinerlei Problem bereitete, war das, was für ihn am Sex wichtig war, seine Charaktere aufschlüsselnde Funktion, oder, genauer gesagt, das, was er an Verborgenem in den Charakteren zu Tage förderte: die Laster, die Schäbigkeiten, die Absonderlichkeiten...

Ich fühle mich nicht imstande, mehr darüber zu schreiben. Sonst müßte ich nämlich Tausende von Seiten über Hochmut, Scham, Einfältigkeit und die Verschlüsselungen des zivilisierten sexuellen Verhaltens schreiben. Und auch über die Schönheit des Geschlechtsaktes, über das Magnifikat des Orgasmus.

Mein Dasein war zum Bersten ausgefüllt. Ich hatte meine Tochter, meinen Beruf und diesen Mann. Ich war mir der Selbstentfremdung, in die ich versank, nicht bewußt. Wie hätte ich mir ihrer auch bewußt werden können? Ich hatte keine Sekunde für mich, um Abstand zu gewinnen.

Und dann muß ich, trotz allem, was ich vorher geschrieben habe und was der negativen Seite meiner Beziehungen zu Professor Greffier eine große Bedeutung beimißt, indem es sie vom übrigen trennt, dennoch sagen, daß mein Leben herrlich war. Ich war in einer Forschungsgruppe über Endokrinologie aufgenommen worden. Laure war eine große junge Frau. Mein Terminkalender war auf Monate im voraus ausgebucht. Ich glaubte, in der Gegenwart zu leben, ich glaubte, mich weiterzuentwickeln.

Ich war mir nicht bewußt, daß ich in erstickenden Gewißheiten versank. Während all dieser Jahre habe ich die Temperatur wie eine Sache gesehen, weil ich sie messen konnte. Dabei sind Kälte und Wärme keine Dinge...

Als Laure mit ihrem Drogenproblem in den Fluß meiner Arbeit einbrach, als ich sah, wie sie kochendheiß und eiskalt war, je nachdem, ob sie Heroin brauchte oder nicht, habe ich geglaubt, ich könne dieses Problem leicht lösen.

Aber ich habe es nicht nur nicht gelöst, sondern meine ganze Denkweise kam mir sinnlos, nutzlos vor.

Und an diesem Punkt befinde ich mich noch immer.«

Sie hat innegehalten. Ihr Blick war verloren. Ich kannte diesen Ausdruck bei ihr von einem Augenblick großer Verwirrung.

»Geht es Ihnen nicht gut?«

»Es geht, es geht... Finden Sie es nicht schamlos?«

»Was?«

»All das, was ich über Professor Greffier sage.«

»Schamlos ist nicht das Wort, das ich gebrauchen würde. Ich finde es skandalös.«

»Wie?«

»Skandalös, daß man das Liebe, sich lieben nennt.«

Sie hat mich angestarrt: Sie hat mein Gesicht mit ihren Augen gepackt und es fortgetragen. Nachdem sich unsere Blicke gekreuzt hatten, war mir, als hätte ich keinen Ausdruck mehr, es war, als hätte sie mich enthauptet. Ich habe nichts von ihrem Blick verstanden.

Sie hat die Seiten, die noch übrig waren, in die Hand genommen und weiter vorgelesen.

»Ich habe noch einiges zu sagen ... Ich muß noch erzählen, wie Laure davon losgekommen ist. Nicht durch mich. Ich habe damit nichts zu tun. Sie ist ganz allein davon losgekommen ...

Ich möchte es vermeiden, in eine Beichte zu verfallen ... Der Gedanke an eine Schuld verwirrt mich ... intime Einzelheiten sind ohne Interesse ... Was ich da eben gesagt habe, ist dumm ... Wo ich doch nur deshalb hier vor diesem Tonbandgerät sitze, um Intimes zu erzählen ... Intimes ... das, was am tiefsten im Inneren ist, was im Herzen ist ... Das Intime ist das Herz ... Das Private ist der Sex ... Herz und Sex sind nicht das gleiche ... Der Sex ist ›diskret‹; für einen Physiker wäre er ein diskontinuierlicher Wert: Man kann ihn isolieren und lokalisieren ... Das Herz ist kontinuierlich: Man kann es von keiner unserer Motivationen isolieren. Oder, anders ausgedrückt, wir sind nur so lange motiviert, wie es schlägt ... Ich weiß nicht, worauf ich mich hier an dieser Stelle einlasse ... Ich dachte eben, daß das Diskontinuierliche des Sex, wenn es sich verbindet oder wenn es mit dem Kontinuum des Herzens verbunden ist ... Ich dachte gerade, daß sie unter diesen Bedingungen, bei dieser Projektion, die ich anstelle, die rein spekulativ ist, die Seele sind ... In diesen Augenblicken haben wir eine Seele ... in dieser Relation ... in dieser Relativität ... Nun, das will alles nichts sagen. Oder vielleicht will es etwas sagen ... Ich bin es leid, solche Überlegungen anzustellen.

... Das Herz, all das während so langer Zeit umgewälzte Blut ... Mehr als einmal habe ich geglaubt, daß nur mein Tod dieses Getöse unterbrechen könnte ... Ich war in einem solchen Zustand der Erschöpfung ... Ich wollte nicht mehr wissen, wo ich mich befand, wieviel Uhr es sei, wer ich war, gar nichts. Nichts als entkräftete Materie. Ich hörte meine Materie in meinem Gesicht, meinem Bauch, meinen Händen, meinen Beinen schlagen... in allen Körperteilen, die mit anderem in Verbindung standen. Und da ich nicht mehr wissen wollte, daß es etwas anderes gab, verabscheute ich mein Herz, das mich bei jedem Schlag daran erinnerte, daß noch etwas anderes existierte. Ich wollte, daß es stillsteht... Diese verdammte Pumpe klopft viertausendachthundertmal in der Stunde! Sie braucht eine riesige Energie, um das Blut durch kilometerlange Kanäle bis in die Fußspitzen zu schicken... Diese Maschine hält auf erstaunliche Weise durch... Das klebrige Blut, das süßliche Blut. Das Unglück. Das viertausendachthundertmal in der Stunde wiedergekäute Unglück...

Zu Beginn der Geschichte mit Laure habe ich beschlossen, mein Verhältnis mit dem Professor abzubrechen. Ich konnte nicht länger dieses gefühlsmäßige Doppelleben, das ich mir geschaffen hatte, führen: Laure auf der einen, der Professor auf der anderen Seite. Übrigens interessierte ich mich nicht mehr für seine Arbeit, ich fand, daß er begann, ein wenig zu schwafeln. Im Grunde war er damals für mich nur noch ein Penis. Ich hatte genug von diesem leblosen Geschlecht. Ich nahm es mir übel, daß ich der Verführungskraft der garantierten Orgasmen, die ich durch ihn erlebte, nicht widerstehen konnte. Es gelang mir nicht, dem ein Ende zu setzen. Vielleicht wollte ich auch schlicht und einfach keiner anderen dieses prächtige Werkzeug überlassen, dessen einzige Benutzerin ich im Laufe der Jahre geworden war... Wie dem auch sei, von dem Tag an, wo ich ihm meine Kündigung mitgeteilt habe, hat die Angst mich nicht mehr verlassen. Ich hatte den Eindruck, meine letzte Rettung, meine Rettungsboje verloren zu haben. Erst seit kurzem beginne ich zu ahnen, daß mir nicht der Verlust dieser Rute (was für ein Wort!) Angst einflößte, sondern etwas anderes... Ich weiß nicht genau, was...

Ich hatte während der drei Jahre der Verdammnis keine Zeit, daran zu denken, ich verjagte diese Verwirrung mit Überlegungen in der Art von ›für eine verlorene Liebe finden sich zehn andere‹, ich würde schon einen anderen auftreiben, wenn ich Zeit dazu hätte... und das ganze Gewicht meiner Angst legte ich auf das, was ich mit Laure erlebte. Danach, gleich danach habe ich versucht, mir darüber klar zu werden, und mich gänzlich verloren.

Ich muß sagen, daß die Art und Weise, mit der Laure sich aus der Droge gerettet hat, für mich ein noch größeres Wunder gewesen ist als ihr drei Jahre andauerndes Unvermögen, davon loszukommen.

Eines Tages ist sie mit Adrian losgezogen, einem Fixer, der noch süchtiger war als sie, wenn das überhaupt möglich ist. Sie sind zu Freunden von mir gegangen, die in einem abgelegenen, wirklich abgelegenen Winkel wohnen, kilometerweit vom nächsten Dorf entfernt. Diese Freunde kannten Laure seit langem und liebten sie sehr. Sie waren überhaupt nicht auf dem laufenden. Sie sahen sie krank ankommen mit ihrem Freund. Sie haben sie in einem Gebäude untergebracht, das sie gewöhnlich im Sommer vermieten. Laure hat mir ausrichten lassen, daß sie dort sei.

Sie ist mit Adrian sechs Monate lang dageblieben.

Die Spezialisten behaupten, daß zwei Drogensüchtige nicht gemeinsam davon loskommen, daß einer den anderen immer wieder hineinzieht. Sie haben es geschafft...

Um aufzuhören, hatten sie die üblichen Medikamente, die von dem Freund in Marseille verschrieben worden waren. Wir haben auch andere ausprobiert, sind aber immer wieder auf diese zurückgekommen. Adrian besaß einige Methadon-Tabletten. Methadon macht ebenso abhängig wie Heroin, das wußten sie. Am Tag ihrer Ankunft sind sie losgegangen, um sie, sorgfältig in eine Plastiktüte eingewickelt, unter einem großen Stein zu verstecken, der weit, ungefähr fünfhundert Meter, von ihrer Unterkunft entfernt lag. Sie wußten, daß es in dem Zustand, in dem sie sich bald wegen des Entzugs befinden würden, eine beträchtliche Anstrengung wäre, fünfhundert Meter in Kälte und Regen – sie befanden sich in einer Heidegegend, wo es unaufhörlich regnete – zurückzulegen... Sie sind niemals hingegangen, die Tabletten müssen noch immer dort liegen.

Ich habe sie dreimal besucht, jedesmal für vierzehn Tage.

So haben sie gelebt, in diesem Verzicht, dieser Einsamkeit, dieser Nässe, unfähig, etwas anderes zu tun, als sich an ihren Wunsch zu klammern, mit der Droge Schluß zu machen. Hartnäckig, voller Schmerzen, nur auf ihren Entzug konzentriert, den sie den ganzen Tag lang beobachteten, abtasteten, abschätzten. Die ersten Tage verbrachten sie schlaflos in einem hochgradigen Erregungszustand. Der Tortur dieser Schlaflosigkeit konnten sie widerstehen. Dann schliefen sie nachts ein paar Stunden. Während des kurzen Schlafs träumten sie von der Droge. Alpträume, die sie sich schlotternd vor dem Torffeuer, das sie kaum erwärmte, erzählten. Während dieser Periode habe ich sie zum erstenmal besucht. Sie träumten das gleiche: Sie bereiteten sich einen guten Schuß vor, verliebt erwärmten sie die Flüssigkeit, sie sogen sie ein in die Spritze. Sie drückten die Nadel in die abgebundene Vene in der Armbeuge, und in diesem Augenblick, wo sie auf den Kolben der Spritze preßten, fuhren sie aus dem Schlaf empor! Wenn der eine damit fertig war, die Einzelheiten seines Traums zu erzählen, gab der andere seine hinzu: die gleichen. Ihr Unterbewußtsein war von der Droge befallen und gleichgeschaltet. Übrigens verhielten sie sich in allem wie eineiige Zwillinge: die gleichen Vorlieben, die gleichen Abneigungen, die gleichen Bilder, die gleichen Worte. Zwischen ihnen herrschte ein vollkommenes heimliches Einverständnis, das ganz und gar um die Droge herum aufgebaut war. Es war ihre Welt, es gab keine andere Welt. Sie waren in einem Gefängnis, unter der Oberaufsicht des Dope. Erstarrt wohnte ich diesen Sitzungen bei, und ich fragte mich, wie lange sie der Versuchung wohl würden widerstehen können, nach Paris zurückzukehren oder ganz einfach ihr Methadon zu holen. Ich glaubte, sie würden nicht durchhalten, sie würden zum großen Stein gehen, wenn es sein müßte, im Schlamm, auf allen vieren oder auf dem Bauch kriechend.

Einmal wöchentlich fuhren sie mit ihren Gastgebern Lebensmittel einkaufen. Laure kannte die Gefahren des Alkohols, sie trank keinen. Adrian kaufte ein wenig Bier, sie rührte es nicht an. Sie hatten kein Geld. Sie kochten sich Suppen und Nudeln. Wenn ich da war, feierten wir Orgien mit Steaks, Müsli, Fisch, Kuchen. Ihre Körper, denen man das Heroin vorenthielt, marterten sie. Laure hatte eine Bronchitis nach der anderen, sie menstruierte unaufhörlich unter entsetzlichen Schmerzen. Adrians Zähne waren in einem fürchterlichen Zustand, sein Zahnfleisch war geschwollen von Abszessen. Sie wußten, daß dies Wirklichkeit war und sie es leicht ausnützen könnten, um ganz legal Beruhigungsmittel, sogar starke Beruhigungsmittel zu beschaffen, die der Arzt des Dorfes ihnen gutgläubig verschrieben hätte. Sie haben widerstanden. Sie haben sich mit Aspirin, Antibiotika, Wärmflaschen und Nelkenextrakt begnügt... Laure sagte mir, der Entzug habe sie dieses Mal weniger leiden lassen als die anderen Male. Die Entwöhnung war hart gewesen, aber unvergleichlich weniger als zuvor. Warum?...

Nach drei Monaten – drei Monate! – dieser Abgeschiedenheit haben sie mit Übungen begonnen: Torf holen, das Haus saubermachen, die Gastgeber auf der anderen Seite des Flusses besuchen. Das Methadon war erreichbar geworden. Es kam ihnen nicht in den Sinn, es zu holen. Sie sprachen von ihm, sie verhöhnten es, machten sich darüber lustig. Aus einem der Fenster im Haus konnten sie in der Ferne den großen Stein sehen.

Adrian sagte: ›Es dauert sechs Monate, bis Leber und Nieren wieder einigermaßen funktionieren. Wenn diese Frist vorbei ist, können wir an unsere Rückkehr nach Paris denken.‹ Ich weiß nicht, woher er das hatte, aber diese Frist von sechs Monaten ist unantastbar geworden.

Er begann zu schreiben, seine Erfahrungen zu erzählen. Er war der Älteste einer kinderreichen, extrem armen Familie. Er posaunte gern herum: ›Ich gehöre zum Lumpenproletariat.‹ Der Vater hatte sie verlassen. Er selbst wollte seiner Mutter, die er sehr verehrte, helfen. Er begann kleine Arbeiten zu verrichten, Geld zu verdienen, so gut er konnte. Er war damals fünfzehn. Ich habe Fotos gesehen: ein großer Junge mit intelligentem Blick, kastanienbraunem, gelocktem Haar und sehr schönen, sehr hellen Augen. Für die Dealer, die den Schaum von der Gosse des Elends abschöpfen, war er eine leichte Beute. Der reinste Zola... Jemand hat aus ihm eine fleißige Ameise gemacht, hat ihn herumreisen lassen, um Drogen zu transportieren. Das brachte Adrian mehr Geld ein, als alles, was er bisher getan hatte. Er ist also mehr und mehr gereist. Er hat Dope ausprobiert. Immer wieder der gleiche Weg: zu Beginn ein paar Joints, um es den anderen gleichzutun, und dann ein bißchen Coke, daraufhin ein wenig Heroin, zuerst geschnupft und dann gespritzt. Er ist abhängig geworden. Er hat Laure getroffen... All das hat er in seinem Text erzählt. Laure half ihm beim Schreiben. Sie liebten sich... Er hat seinen Text an ein sehr bekanntes Wochenblatt geschickt. Er wurde angenommen, gut bezahlt und in zwei Folgen veröffentlicht.

Nach sechs Monaten sind sie nach Paris zurückgekehrt. Sie wollten bei mir wohnen, unter dem Schutz meines Telefonbeantworters, meiner Adresse, der Ruhe meines Viertels, der Sicherheit meines Hauses. Sie hatten sich eine weitere Frist gesetzt: zwei Jahre.

Adrian ist Journalist geworden. Laure hat ihr Glück in der Produktion von Kurz- und Werbefilmen versucht. Sie machen sehr interessante Dinge.

Während sie auf dem Land lebten, versuchte ich, wieder eine Tätigkeit aufzunehmen. Aber ich mußte verfügbar bleiben für den Fall, daß ihr Experiment scheiterte. Ich habe daher nicht wieder Patienten angenommen. Ich habe ein paar Lehrgänge geleitet, einige Artikel geschrieben, ich habe sogar halbtags im Bereitschaftsdienst der Sozialversicherung gearbeitet. Das hat mich in die Anfangszeit meines Berufes zurückversetzt. Es hätte mich interessieren müssen, es hat mich nicht interessiert. Mich interessierte nichts.

Zuerst glaubte ich, es läge an meiner Erschöpfung, die Jahre des Abdriftens hätten mich ausgelaugt, es sei nur eine Frage von Tagen oder vielleicht ein paar Wochen. Dann habe ich geglaubt, es läge daran, daß ich mich nicht gänzlich meinen Beschäftigungen hingab, daß ich mit meinen Gedanken woanders war. Dann, als sie nach Paris zurückgekehrt sind, als ich feststellen konnte, daß sie das Leben wirklich wieder anpackten und immer weniger über die Droge sprachen, als ich verstand, daß sie vom Heroin losgekommen waren, um sich an etwas zu klammern, zunächst an ihre Zweisamkeit und dann an ihre Arbeit, bin ich untergegangen.

Ich habe Professor Greffier wiedergesehen. Ich fand, daß er sehr alt geworden war. Er watete herum in der Endphase eines tristen Daseins. Was diesen Mann am Leben erhalten hatte, war seine Arbeit. Deshalb versuchte er hartnäckig zu arbeiten, aber er fand nichts mehr. Er konnte nichts mehr finden, weil er nicht mehr suchte. Er stöberte in alten Experimenten, er versuchte nichts Neues. Auch er erstickte. Er, der nie ein normales Leben geführt hatte, klammerte sich daher an den Gedanken, ganz normal zu leben.

Es war der Zusammenbruch, das Ende unserer Welt. Wir

hatten uns nichts zu sagen. Er ging in den Ruhestand, gehüllt in sein beträchtliches Renommee, mit seinem sehr lebendigen und in seinen Hosen gut vermummten, bewundernswerten Phallus, seinem Bäuerinnenfänger. Ich trat ein in das Nichts.«

»Und danach? Was kommt danach?«

»Noch ein Abschnitt über Professor Greffier.«

»Das ist zuviel.«

»Sobald ich ihn ins reine geschrieben habe, bekommen Sie ihn per Post. Ich werde mich ein wenig erholen.«

»Davon haben Sie mir nichts gesagt.«

»Nein, ich habe es auch eben erst beschlossen.«

»Sind Sie erschöpft?«

»Im Augenblick hab' ich genug, genug von allem.«

»Kann ich Sie irgendwo erreichen?«

»Ich weiß noch nicht, wohin ich gehe. Ich nehme mein Auto und fahre irgendwohin. Das wird mich am ehesten auf andere Gedanken bringen.«

»Kann ich irgend etwas für Sie tun?«

»Nein, ich glaube nicht, leider… Aber ich weiß gar nicht, warum ich eigentlich leider sage… Sie wissen, ich bin ein ganz banaler Mensch: Es ist Sommer, ich brauche wie jeder andere Urlaub, so einfach ist das.«

»Langweile ich Sie mit meinen Geschichten?«

»Ja, ein wenig.«

»Werden wir das Buch nicht beenden?«

»Ausgerechnet jetzt wollen Sie das Buch beenden!«

Sie war fassungslos. Sie sah aus wie eine Schülerin, die man bei einem Fehler ertappt hat. Diese Frau brachte mich zum Sieden… Oh nein, ich wollte nicht noch einmal von vorne anfangen. Ich wollte nicht noch einmal in die Falle gehen. Ich hatte gesagt, ich führe los, dann mußte ich auch losfahren.

»Auf Wiedersehen, ich werde mich melden, sobald ich zurück bin.«

(Am 1. August per Post geschickte Seiten.)

Professor Greffier (Folge)

Da waren die drei Jahre der Sucht.

Danach waren da die sechs Monate des Entzugs auf dem Land, mit der Versuchung des unter einem großen Stein begrabenen Methadons.

Schließlich waren da die zwei Jahre der Wiederanpassung an die Stadt.

Fünfeinhalb Jahre, während derer ich Tag für Tag ein wenig tiefer in die Zusammenhanglosigkeit gesunken bin.

Solange Laure mit ihrem Tod jonglierte, habe ich mich ausschließlich mit diesem makabren Jonglieren befaßt. Ich ertrug die Zusammenhanglosigkeit, die mich befiel, ohne sie zu analysieren. Keine Ruhe. Zuviel Dringliches. Zuviele Überraschungen, Schocks, Infragestellungen, Änderungen, Reisen ... und auch zuviel Reichtum ... Die Süchtigen sind unfähig, über ihren Zustand zu sprechen, daher drücken sie ihn durch betörende Schminke, durch eine großartige Aufmachung, eine erstaunliche Zusammenstellung von Farben, Formen und Mengen aus ... durch freien Umgang mit den Worten, ungezwungenen, komischen, ernsten Worten, Worten, die mehrere Sprachen auf einmal bedeuten ... Ich mußte all das auslegen ... Es betäubte mich.

All das überrollte mich wie eine Lawine. Ich erlebte mich, als sei ich fester Boden, das Solide, das Stabile. Ich verbarrikadierte mich, um nicht verschüttet zu werden. Mir kam es so vor, als würde Laure sterben, wenn ich mich nicht an meine Überzeugungen, meine Gesetze, mein Wissen klammerte. Und doch ist all das mitgerissen worden, und Laure lebt ...

Wenn ich sage, mir sei während dieser Jahre alles genommen worden, so ist es falsch. Mir ist die leuchtende Wärme ihres Blickes geblieben, der schwarze Samt ihrer vom Entzug erweiterten Pupillen oder die kräftige Farbe ihrer Heroinsucht-Iris mit den von der Befriedigung zusammengezogenen Pupillen, der Iris, die den Raum zwischen den Lidern grün, blau oder braun lackierte, der Iris à la Modigliani. Ihre Augen strahlten Seligkeit aus und Bedenken, die der Vernunft unerträglich sind. Man hätte meinen können, sie wüßten das Wesentliche und wären verpflichtet, es zu verschweigen, es im Inneren zu bewahren. Wenn sie berauscht, verschwommen waren, gab es in ihrem Blick ein unglaubliches Zutrauen. Es geschah, daß ich sie für Orakel in einer lautlosen Sprache hielt, oder aber für Opfer, die auf den Altären eines dämonischen Geistes dargebracht wurden. Ich glaubte an nichts mehr, und durch diese Augen fand ich wieder Gefallen daran zu glauben. Es war verrückt! Verrückt!

Ich versuchte mich zu retten, das heißt mir selbst zu Hilfe zu kommen. Ich habe bei Professor Greffier eine Untersuchung durchgeführt. Ich sah ihn mehrmals wieder. Ich habe ihn gebeten, mich in seinem Salon zu empfangen, ich wollte nicht in sein Zimmer gehen. Er war einverstanden. Aber als ich ankam, gab er vor, krank zu sein... Probleme mit dem Blutdruck... Es ginge ihm derzeit nicht gut, er müsse liegenbleiben, sein Arzt habe es ihm verordnet... und wir fanden uns in seinem Zimmer wieder, verlegen, uns dort so wiederzusehen, in unsere Kleider eingepfercht, er mit seinen Schuhen, ich mit meiner Handtasche auf den Knien. Ich machte ihm einen Besuch...

Die Absurdität der Situation kam schließlich meiner Befragung zugute. Wir spielten das Spiel eines Interviews.

Warum interessierte er sich für Thermodynamik? Was bedeutete Physik für ihn?

Er wußte es nicht. Aber da er wollte, daß ich bleibe und zurückkomme, suchte er nach Antworten. Es hatte ihn in seiner Jugend gepackt, schon in seinen Jahren als Student. Er hatte ein Praktikum in einem Laboratorium absolviert, etwas hatte ihn in Bann geschlagen. Er hätte nicht genau sagen können, was. Irgend etwas sagte ihm zu, ein Labyrinth, worin sich sein Geist mit Leichtigkeit bewegte. Er empfand da Vergnügen, wo die anderen es für schwierig hielten. Er konnte es nicht erklären. Dort gab es einen Weg, der wie für ihn gemacht war. Es war die Thermodynamik, aber es hätte genausogut etwas anderes sein können. Seine Projekte waren einfach, ergaben sich von selbst, die anderen hielten sie für genial.

Wenn ich ihm im Verlauf unserer Gespräche erklärte, was

mir die Thermodynamik gebracht hatte, all das, was ich mir, von ihr ausgehend, unter Unordnung, Freiheit, Zeit und Charakter vorgestellt hatte, schloß er die Augen und kniff seine Lider fest zusammen, als würde ihm das, was ich sagte, Schmerzen bereiten, als wolle er es nicht hören, und nach einer gewissen Zeit unterbrach er mich: »Ich mag keine Gemeinplätze.« Alles, was die Psychologie betraf, nannte er abschätzig »Gemeinplätze«.

»Aber erinnerst du dich denn nicht, daß du mir vor langer Zeit, anstatt auf meine Frage nach der Entropie zu antworten, einen Text zu lesen gabst, einen Text von Charon? Er ist dort, in deiner Bibliothek.«

»Ich hab's vergessen.«

»Ich werde ihn dir zeigen, er ist nicht lang. Ich weiß die Seitenzahl auswendig, Seite 28. Ich habe ihn -zigmal gelesen... hier, schau.«

»Das Wort Entropie ähnelt ein wenig dem Wort Unordnung, so wie es generell verstanden wird. Wenn man stoffliche Elemente aufeinander einwirken läßt, sind die physikalischen Gesetze der Welt der Materie so beschaffen, daß die Unordnung sich nur verschärfen kann. Zum Beispiel ist die Ordnung eines stofflichen Systems meßbar, indem man die Energie betrachtet, die man aus diesem System gewinnen kann. Das Gesetz der Entropie besagt: Je mehr Zeit vergeht, desto weniger wird es wegen der ständig zunehmenden Entropie (der wachsenden Unordnung) des Systems möglich sein, Energie aus diesem System zu gewinnen. Das beginnt beim Kessel mit kochendem Wasser, der, nimmt man ihn vom Feuer, im Laufe der Zeit nur abkühlen kann, bis hin zum Stern, der sich auch nach und nach auf Abkühlung und Tod zubewegt. Wenn man sich kurz fassen möchte, wird man sagen, daß das Gesetz der wachsenden Entropie dasjenige ist, welches jegliches Ding auf seinen Tod zusteuern läßt. Ganz im Gegensatz dazu besitzt der Gedanke die Kraft, in diesen ›natürlichen‹ Entwicklungsgang der Materie einzugreifen, in gewisser Weise den unerbittlichen Gang der Materie in Richtung auf Unordnung und Tod zu verlangsamen, indem er ihm eine Ordnung einflößt, die er spontan zu ›erschaffen‹ imstande ist, wobei er seine Ordnung aus seiner eigenen psychischen Substanz entleiht.«

»Keinerlei Erinnerung... Es muß Jahrhunderte her sein, daß ich dir das zu lesen gegeben habe... Damals haben wir uns sicherlich noch nicht geduzt... Das ist ein populärwissenschaftlicher Text. Man sollte nicht popularisieren, was wissenschaftlich ist.«

»Und doch hast du es häufig getan. So habe ich hier angefangen...«

»Ich mache es weniger und weniger. Es ist nicht dasselbe, ich blieb wissenschaftlich, das war für wissenschaftliche Zeitschriften... Und dann sagt dieser Monsieur, ich weiß seinen Namen nicht mehr, daß der Geist fähig ist, das Fortschreiten der Entropie umzukehren, das ist unbegründet. Ich arbeite mit der Realität, verstehst du, ich arbeite nicht mit Träumen. Es ist einfach, sich dessen, was man weiß, zu bedienen, um den Schädel der anderen mit Unsinn vollzustopfen.«

Seine Einstellung verletzte mich, sie verstärkte meine Befürchtung: man könne die mentale Unordnung und die mechanische Unordnung nicht miteinander vermengen. Er sagte zu mir: »Deine Geschichte ist willkürlich, du kannst nichts beweisen, du kannst nicht eine thermodynamische Gegebenheit nehmen, und wenn sie noch so einfach ist, und davon Vorgänge im Verhalten ableiten, das ist ohne Methode. Man kann jedes x-beliebige Wort x-beliebig auslegen. Du hast den Fakten gegenüber eine poetische Haltung, daran ist nichts wissenschaftlich.«

Meinen Argumenten fehle es an Präzision, ich könne sie nicht gleichsetzen. Ich könne die Produktion und Reproduktion gewisser einzelner Fakten feststellen, ich könne aber nicht ihr Auftreten vorhersagen, und noch weniger ihre Wiederholung... Wie ich ihn so sprechen hörte, mußte ich gestehen, daß ich mich ganz und gar geirrt hatte.

Ich zeigte ihm einige meiner Fetisch-Texte, die ich über meinem Schreibtisch an die Wand geheftet hatte, die mir Mut gaben, die mich träumen ließen:

»Die durch die Relativitätstheorie entstandene Vereinheitlichung der Begriffe Zeit und Raum hat eine Harmonie herbeigeführt, die es vorher nicht gab.« (P. Langevin, ›Die Relativität‹)

»In der relativistischen Physik darf man Raum und Zeit nicht länger getrennt betrachten und der Zeit auch nicht mehr einen universellen Charakter einräumen: Man muß gewissermaßen Raum und Zeit zu einem vierdimensionalen Kontinuum, Einsteins Raum Zeit oder Minkowskis Universum, verschmelzen, aus dem jeder Besucher auf seine Weise seinen Raum und seine Zeit herausschneiden kann.« (L. de Broglie, ›Physik und Mikrophysik‹)

Er las diese Worte, als hätte ich ihn bestraft. Und dann brummte er:

»Wo hast du das gefunden?«

»Bei dir.«

»Schon wieder! Mir war nie klar, daß du so in meinen Sachen herumgeschnüffelt hast... Und nun?«

»Ich möchte, daß du zu mir über deine ganz persönliche Art sprichst, Raum und Zeit herauszuschneiden. Ich möchte, daß du über deine ganz eigene Thermodynamik sprichst. Ich möchte, daß du zugibst, daß die Gesetze das sind, was jeder daraus macht. Daß das, was dir dazu dient, Physik zu betreiben, mir dazu dienen kann, Psychologie zu betreiben. Daß auch ich relativ mit Energie, mit Arbeit, Unordnung und Ordnung arbeiten kann... Du machst ganz genau das gleiche wie ich, nur geht es bei dir um Physik, also ist es seriös, während es bei mir um Psychologie geht, und darum ist es nicht ernst zu nehmen...«

»Wie du meinst. Arbeite, denke, meine Tochter. Man kann die Leute nicht daran hindern, Blödsinn zu verzapfen und zu machen!

Hör zu, Luce, ich bin kein Psychologe, ich bin kein Intellektueller, ich bin ein Wissenschaftler, und die Individuen sind mir völlig egal. Du weißt das, du hast mir oft genug vorgeworfen, keinen Unterschied zu machen zwischen einer Frau und einer anderen. Ich mag die Philosophen nicht, sie reden, um nichts zu sagen.«

»Alle großen Philosophen sind auch Wissenschaftler.«

»Verunglückte Wissenschaftler... In meiner Jugend hat mich ein Satz von Aristoteles stark beschäftigt: ›Dem Unmöglichen, das wahrscheinlich ist, muß man das Mögliche, das unvorstellbar ist, vorziehen: Unsinn... alles Unsinn!«

»Und doch...«

»Unsinn, sag ich dir! Nichts als Unsinn.«

Ich besuchte ihn wieder. Wir hatten nie soviel über mich gesprochen. Ich wollte glauben an das, was ich geglaubt hatte. Ich habe ihn über meine Hormonforschung informiert. Ich betrachtete die Hormone als bestimmte Knotenpunkte eines Systems. Sie verbessern dessen Leistung, wobei sie die Erwärmungen, also die Energieverluste, die Entropie, vermehren. Man wisse zum Beispiel vom Einfluß der Neurohormone auf die Hypophyse, wie könne man also der Versuchung widerstehen, zu behaupten, die menschliche Maschine sei auch mit diesen Substanzen verknüpft? Wie könne man das außer acht lassen? Wie nicht einräumen, daß die »Charaktere« diesen Substanzen einige ihrer Züge verdanken? Wie nicht zugeben, daß der Geist auch Materie ist, wie die Temperatur, die sich messen läßt und dennoch kein Ding ist?

Er hörte mir besser zu, weil es nicht genau um sein Gebiet ging, er nickte mit dem Kopf, als wolle er sagen: »Das ist möglich, das ist möglich, ich weiß nichts darüber, das ist nicht meine Angelegenheit.« Ich glaubte ihn zu überzeugen, ich trieb meine Argumente voran, ich rechtfertigte meine Schritte, und jedesmal, wenn ich innehielt, damit er mir seine Ansicht mitteile, sagte er: »Und ich habe immer geglaubt, du interessierst dich meinetwegen für meine Arbeit ... ist es das Gegenteil?« Er sah mich an wie jemand, der in seiner Erinnerung nach einem Traum sucht ... »Du hast mich aber doch geliebt. Du hast mich während all dieser Jahre geliebt ...«

»Ja, ich habe dich geliebt ... Ich verdanke dir viel ... Aber du weißt sehr wohl, daß ich immer eine Arbeit, eine Tochter hatte ... mein Leben. Dafür hast du dich nicht interessiert.«

Er wollte nicht weiter sprechen, er wollte mir nicht weiter zuhören. Er suchte meine Hand und legte sie auf sein Geschlecht, er wollte, daß ich es streichle. Es war sehr traurig. Ich hatte keine Lust mehr auf dieses Geschlecht, dessen ich mich so oft bedient, mit dem ich mir soviel Lust verschafft hatte. Am traurigsten war es, zu wissen, daß sein Geschlecht auch für ihn unwichtig war. Nur ein Apparat, den die Frauen bewundernswert fanden, eine einfache Maschine, die immer funktioniert hatte, die schon immer so gewesen war, ohne Geheimnis, ohne Interesse. Er wollte um einer anderen Sache willen geliebt werden, nicht dieses Penis wegen, der unter dem Flanell seiner Hose anschwoll, warm, seidig, fügsam, unendlich liebenswert ... unnütz. Das war alles, was uns blieb.

Ich glaube, ich habe nie eine deprimierendere Situation erlebt als die, in der wir uns damals befanden. Diese so intime, so private Position, in der wir waren: Er, auf seinem Bett ausgestreckt, ich, auf der Bettkante sitzend, ganz nah neben ihm, meine Hand auf seinem Geschlecht, seine Hand hielt meine dort zurück, all das im gelben Licht der Nachttischlampe. In diesem Augenblick erkannten wir mit perfekter Genauigkeit das Nichts unserer Beziehung... Es war der absolute Nullpunkt, der Tod, dort, wo die Temperatur überall gleich ist.

Ich weiß nicht, wohin seine Seele aufbrach – ich will nicht länger versuchen zu erahnen, wohin die Seele der anderen entweicht –, aber ich weiß, daß die meine eine so schwindelerregende, so beängstigende Irrfahrt antrat, daß das einzige Mittel, der Angst, die mich damals erfüllte, ein Ende zu setzen, der Tod gewesen wäre. Wenn nur das Aufeinanderfolgen der Tage abbräche, wenn nur das Heute sich nicht wiederholte, wenn nur mein kleines Feuer erlosch!

Ich sagte ihm, ich sei verzweifelt. Er schleuste meinen verzweifelten Zustand durch seinen persönlichen Destillierapparat und kam zu dem Schluß, daß er es sei, der mich verzweifeln ließ.

Ich versuchte, von Laure zu sprechen, von dem, was ich mit Laure durchlebt hatte, von dem verheerenden Schlag, den mir das Heroin versetzte. Er glaubte damals, ich spräche wie eine Mama, Laures Mama sei verletzt worden. Er tröstete mich mit ungeschickten Worten, mit jenen schon fertigen Wendungen, die die Leute, die keine Kinder haben, denen gegenüber benutzen, die Kinder haben. Er staunte, daß ich, die »so Intelligente«, mich von Laure derartig hatte überraschen lassen. Es sei nichts, es sei vorüber, es sei vorbei, ich würde mich erholen, und alles käme schon wieder in Ordnung. Er schien sogar erleichtert, er glaubte, endlich die Gründe für meine Kündigung zu verstehen. Es sei nicht schlimm, ich würde vielleicht zurückkehren, würde ihn vielleicht noch lieben. Ihm seien die drei Jahre ohne mich recht lang vorgekommen...

Ich habe ihn seit langem nicht mehr wiedergesehen.

Dritter Teil

Ich verlängere meine Reise. Ich bleibe im Nirgendwo.

Was soll ich in Paris? Es ist Sommer, ich werde keine Arbeit finden. Die Zeitungsredaktionen und die Verlagshäuser halten Siesta. Während zweier Monate trifft man dort nur einige Unglückliche, die auf ihren Urlaub warten, oder andere Unglückliche, die sich von ihrem Urlaub ausruhen. Dort ist jetzt nichts zu holen. Paris im Sommer; wenn man nicht glücklich ist, kann man sich gleich eine Kugel in den Kopf jagen.

Ich liebe mein Viertel, das Bistro an der Ecke, wo ich morgens hastig meinen Milchkaffee schlürfe, weil ich zu spät dran bin, oder das große Café auf dem Boulevard, das nachts mit all seinen goldenen Glühbirnen die Nachzügler an seine Bar oder seinen Tabakstand lockt... Ich liebe die Bäckersfrau und ihre Tochter, mit der sie noch ihr blaues Wunder erleben wird, sie ist durchtrieben. Sie ist erst dreizehn und weiß schon, wie sie mit ihrem Hinterteil wackeln muß. Wo lernen die Mädchen das bloß? Als ich dreizehn war... reden wir lieber nicht davon. Den Schlachter mag ich auch gern; ein Rugby-Fan. Er verpaßt nicht ein Match. Er gehört zu einem Club, der während des Fünf-Länder-Turniers der französischen Mannschaft überallhin folgt. Wenn es zu einem »Treffen« im Ausland kommt, fährt er Freitag abends los und kehrt am Sonntag zurück. Ich habe ihn mit dem Trikolore-Schal um den Hals und der Tweedkappe auf dem Kopf aus seinem Laden kommen sehen: fürchterlich. Seine Frau und seine drei Gören folgten ihm mit blau-weiß-roten Papierfahnen, sie rannten, um ihn nicht aus den Augen zu verlieren. Sie begleiteten ihn bis zur Gare du Nord... Wir diskutieren, während er mir meine Steaks zurechtschneidet. Für ihn gibt es auf der einen Seite Frankreich, und auf der anderen Irland, Schottland, Wales und England. Die übrige Welt setzt sich vor allem aus Neuseeland und Australien zusammen. Abgesehen davon gibt es nichts Bedeutendes: Woanders wird nicht Rugby gespielt.

Die Läden sind jetzt geschlossen, es ist Sommer.

Ich bin wie der Schlachter. Nur ist mein Universum nicht Rugby, sondern Elsa.

Ich habe mit meinem »Pager« bei mir zu Hause angerufen, um zu hören, ob es auf meinem Anrufbeantworter Nachrichten gibt. Sie hat mich am 9. August angerufen. Sie hat nur ihren Namen, das Datum und die Stunde ihres Anrufs hinterlassen. Methodisch. Immer methodisch! Bereit! Ich hasse die methodische Elsa! Ich verabscheue sie, sie ist meine schlimmste Feindin. Ich liebe Elsa, die Verrückte.

Ich werde erst nach Paris zurückkehren, wenn ich eine Wahl getroffen habe: Entweder ich verdufte, lasse alles fallen, schade um das Buch. Ich werde sie nie wiedersehen. Oder aber ich gehe direkt zu ihr und sage: »Elsa, ich liebe Sie. Ich möchte mit Ihnen leben.«

Klipp und klar. Das ist bescheuert, das ist eine bescheuerte Entscheidung.

Ich komme an bei ihr, sie öffnet die Tür, ich trete ein, und dort im Flur sag ich zu ihr: »Elsa, ich liebe Sie.« Sie trägt ein strenges Sommerkleid, womöglich aus weißem Leinen, sie ist barfuß. Sie ist oft barfuß. Ich weiß nicht, wie viele Male ich sie gesehen habe mit ihrem schottischen Kilt, ihrem Twinset aus schwarzer Shetlandwolle, alles vom Besten, und ohne Schuhe. Ah, ich liebe diese Frau, das ist zuviel für mich!

Ich komme herein, sie ist barfuß, sie trägt ihre alten Jeans und ein T-Shirt. Ich sage zu ihr: »Elsa, ich liebe Sie.« Was macht sie? Es gibt verschiedene Möglichkeiten:

1. Sie antwortet mir schlagfertig: »Also, hören Sie, Sie könnten doch mein Sohn sein.« Elsa hat alles schon gemacht, hat alles gesehen, ist zu allem imstande, aber Konventionen, die sind ihr wichtig. Es würde mich nicht wundern, wenn sie mir das antwortete, auch wenn es nicht ganz stimmt, daß ich ihr Sohn sein könnte. Nie habe ich den Altersunterschied zwischen ihr und mir empfunden, aber ich bin sicher, daß er für sie existiert, sorgfältig eingeordnet in ihre persönliche Liste von Gesetzen und Regeln.

2. Sie sieht mich an mit ihren hellbraunen, wie mit Pailletten bestickten, beinahe gelben Augen, die fast von der gleichen Farbe sind wie ihr Haar, und sie antwortet nichts. Aber ich habe in ihrem Blick ihre Naivität gesehen, diese ihr eigene

Fähigkeit, alles ernst zu nehmen, sich für alles zu interessieren. Sie wird einige Sekunden brauchen, um sich von ihrer Überraschung zu erholen und zur Analyse überzugehen. Einige Sekunden, in denen ich von einem Romeo zu einem Don Quichotte werde. Sie wird mich in den Salon bitten. Ich werde mich in »meinen« Sessel, sie wird sich auf »ihr« Kissen setzen, und ich werde herumstottern. Ich werde alles verderben. Sie wird mich wenden wie einen Pfannkuchen, sie wird mir durch a + b beweisen, daß ich für Liebe halte, was keine ist, daß ich eine Übertragung anstelle... Man wird zur Liste der Gesetze und Regeln unter Punkt 1 zurückkehren, dieses Mal über den wissenschaftlichen Weg. Ich werde mir nicht aus der Patsche helfen können. Schluß mit der Liebe, Glück adieu!

3. Ich trete ein, sie trägt ihr graues Kostüm, ihre tadellosen Mokassins, sie hat ihr offizielles Gesicht aufgesetzt, mit dem Blick der Pythia. Sie ist wieder einmal dabei, die Welt von Grund auf zu erneuern. Ihr Gesicht, ihre Bewegungen bezeugen, daß sie zu verstehen versucht, was Leben und Tod bedeuten. Sie ist derartig intelligent, derartig hellsichtig, derartig leidenschaftlich, derartig tragisch, daß ich lieber auf der Stelle tot umfallen würde, als ihr meine unbedeutende Liebe zu gestehen.

4. Ich trete ein, ich sage: »Elsa, ich liebe Sie.« Sie steht vor mir, groß, aufrecht wie die Freiheitsstatue in der Hafeneinfahrt in New York, und versetzt mir eine Ohrfeige, die sich gewaschen hat... Nein, das wird sie nicht tun, sie hat zuviel Achtung vor Gefühlen.

5. Meine Elsa öffnet. Ich brauche nichts zu sagen. Sie hat alles verstanden. Sie weiß genau, wo ihr Platz in meinen Armen und mein Platz in ihren ist. Es ist sehr einfach, es gibt nur uns beide, sanft, zärtlich... Denkste, Charles, so wird es bestimmt nicht sein. Meine Chancen, daß es sich so abspielt, stehen nicht einmal eins zu einer Milliarde.

Das Beste ist, ich fahre zu meinen Eltern aufs Land. Richte mich in meinem guten alten Kinderzimmer ein, hole mein Manuskript aus der Reisetasche – zehn Tage lang habe ich es nicht einmal aufgeschlagen – und arbeite, rotte diese Geschichte in meinem Kopf aus. Ich bin in ein unmögliches Wespennest geraten. Bis zu diesem Tag hat die Schreiberei all meine Probleme gelöst, ich wüßte nicht, warum sie nicht auch dieses lösen sollte. Komm, meine Schöne, leg dein Spitzenkleid aus Lettern an, laß mich die Kastagnetten meiner Schreibmaschine hören. Es gibt keine schönere Musik. Du und ich, wir sind schon mit ganz anderem fertiggeworden.

Vierzehn Tage lang bin ich nun schon hier, die Schreiberei schmollt mit mir, sie ist eifersüchtig. Die Konfitüren meiner Mutter riechen gut im Haus, die Gartenarbeit meines Vaters ist zu schön draußen. Das Leben hier ist zu regelmäßig, zu glücklich, zu schnurgerade. Alles ist zu einfach, zu sanft, zu zärtlich. Zu sehr, weil es ohne sie geschieht. Weil es so viel Gutes, Sanftes, Leichtes, Zärtliches in sich birgt, das sie nicht hat. Die Freude, die ich ohne Elsa empfinde, steht mir nicht zu. Meine Freude steht ihr zu, mein Glück gehört ihr. Ich kann es hier nicht länger aushalten. Ich fahre zurück.

Die Vorstadt wiederzusehen, die Tore von Paris, mein Viertel, meine Straße, mein Haus, mein Tonbandgerät, ihre Stimme wiederzuhören. Sie wiederhaben.

Es geht nicht voran. Es ist Hauptverkehrszeit. Mein Vergaser spinnt. Ich würge dauernd den Motor ab. Die Staus bei Denfert-Rochereau. Dabei sind die Ferien noch nicht zu Ende. Was haben all diese Leute in Paris zu suchen?

Der Geruch. Der Geruch der Metro und der Auspufftöpfe. Der Geruch meiner Stadt. Der Geruch meines Lebens als Erwachsener. Der Geruch des Mannes, der ich hier, in der Flucht dieser Straßen, geworden bin, mit dem Eiffelturm als Zielscheibe zwischen zwei Haussmann-Gebäuden. Das Gedächtnis von Paris ist mein Gedächtnis. Die Lichterstadt hat kein Gedächtnis. Gleichgültig läßt sie sich errichten und zerfällt, sie läßt mit sich geschehen. Mein Leben und mein Tod haben keinerlei Wichtigkeit für sie. Sie ist meine Chimäre und meine Kloake, mein Paradies oder mein Friedhof, je nachdem, sie ist, wie ich sie haben will, das hängt jeweils vom Tag ab. Heute stellt sie, weil ich Angst habe, den Prunk zur Schau, den ich erfunden habe, um meine Ängste zu besiegen, und da meine Ängste weiterbestehen, macht sie mir auch noch Angst. Ich lehne mich auf gegen sie, sage, daß sie mich erstickt, mich verpestet. Ich war noch nicht einmal in Fontainebleau angekommen, da hielt ich schon nach ihrem Smog am Himmel Ausschau. Sie verunreinigt nicht, jedenfalls heute nicht mehr als früher. Sie ist der Bauch, den ich mir für meine Geburt ausgesucht habe. Ich habe mir diese Mutter mit meinen Jobs, meinen Bistros, meinen Lieben fabriziert, mit meinen Wegen, meinen Brücken, meinen Palästen, meinen Triumphbögen und meinen Traumvillen. Sie hat städtische Kloaken, Kläranlagen und Mülldeponien, aber sie hat nichts, um meine Feigheit und meine Mittelmäßigkeit abzutransportieren, sie bleiben an ihren Mauern kleben, zusammen mit Plakatfetzen, Erinnerungen an vergangene Spektakel, Sterne der Enttäuschungen, Gestirne meiner Scheiße.

Mir ist ganz mulmig, wie ich in deine Eingeweide zurückkehre, meine nach kalten Kippen und warmem Asphalt duftende Stadt, meine mit Neonlichtern und Wallace-Fontainen geschmückte Dirne. Ich hab' Bammel. Ich flehe dich an, sei nett, mach, daß Elsa da ist, bei sich zu Hause, lieb, glücklich, mich zu sehen. Ich bitte dich, sei gnädig. Ich bin dein verlorener Sohn, schau, ich kehre zurück. Ich werde eine Kerze anzünden, auf dem Montmartre, wenn du willst, oder in den Folies-Bergère, wenn dir das lieber ist. Ich kann aus mir auch einen Clochard oder Touristen machen, um dich zu verführen, oder einen Autobuschauffeur, oder ich kann Austern auf dem Trottoir in Montparnasse verkaufen. Vor allem sei nicht böse, das Unglück ist bei dir schlimmer als anderswo. Aber dir ist es ganz schön egal, was ich erzähle, du bist taub, du bist eine Stadt, das ist alles.

Jedenfalls sind die Pariser nicht alle zurückgekehrt, denn ich habe in meiner Straße ganz nah von meinem Haus einen Parkplatz gefunden. Das ist ein gutes Zeichen, vielleicht hat die Stadt mein Gebet erhört.

Mein Briefkasten ist randvoll mit Prospekten, Rechnungen und all dem Papierkram, den man in seinem Briefkasten findet, sobald man der Wohnung den Rücken kehrt. Und dann, und dann, und dann zwei Briefe von Elsa. Zwei Briefe von Elsa. Ich würde ihre Handschrift unter Tausenden wiedererkennen, ich habe ihre Schrift in den Passagen über Professor Greffier ausgiebig entziffern müssen. Ach, den, ihn hatte ich vergessen. Was soll ich kleiner Ghostwriter, Autor von Dreigroschenkrimis, was soll ich wohl neben einem solchen Typ darstellen. Dem bin ich nicht gewachsen. Im Fahrstuhl überprüfe ich die Poststempel. Ja, tatsächlich, sie sind bei mir an der Ecke eingeworfen worden. Aber was ist los mit ihr, mein Herz schlägt wie verrückt. Ich finde meinen Schlüssel nicht, ich werde nervös, ich werfe die Post im Korridor auf den Boden, ich brauche eine Stunde, um sie wieder aufzulesen. Das fängt ja gut an, reichlich rasant.

Es riecht stickig da drin, ich habe bei der Abreise nicht einmal daran gedacht, ein Fenster offenzulassen. Seit einiger Zeit weiß ich nicht mehr, was ich tue. Ich erinnere mich daran, daß Elsa zu mir sagte: »Ich weiß nicht, wo mir der Kopf steht. Wenn Sie wüßten, in welchem Grade ich nicht mehr weiß, wo mir der Kopf steht.« Es war unmittelbar, bevor sie aufgab...

Jedenfalls, bevor ich ihre Briefe öffne, mache ich mir erst einmal einen Kaffee und setze mich hin. Denn was Elsa schreibt, hat die Gabe mich umzuwerfen. Lieber treffe ich meine Vorsichtsmaßnahmen.

Ein Brief, am 12. abgeschickt. Das heißt drei Tage, nachdem sie ihre Nachricht auf meinem Telefonbeantworter hinterlassen hat: »Hier spricht Elsa, heute ist der 9. August, es ist 17 Uhr...« Elsa. Elsa! Ich hatte nicht darüber nachgedacht. »Hier spricht Elsa, heute ist der 9. August, es ist 17 Uhr.« Nur vor sich selbst und für mich nennt sie sich Elsa. Ich hätte daran denken sollen, das muß etwas bedeuten. Ich werde später darüber nachdenken.

Ich darf nicht zuviel Kaffee trinken. Ich habe den Eindruck, daß mein Herz gleich meine Rippen sprengt und beginnt, im Wohnzimmer wie eine Heuschrecke herumzuhüpfen, toc, toc, toc, toc, toc, bis zur Tür: Hallo, alle miteinander.

Gut, übertreiben wir nicht, ich bin ja schließlich nicht dabei, einen Krimi zu schreiben.

Erster Brief:
Guten Tag, einen guten Tag,
Stellen Sie sich vor, ich habe Ihren Vornamen vergessen. Jetzt, wo ich diesen Brief beginnen will, merke ich, daß ich Sie immer nur mit »Sie« angesprochen habe. Weil ich Sie auf keinen Fall kränken wollte, habe ich ihn im Buch von Doktor

Bourget gesucht. Sie sind dort nicht einmal erwähnt... Ich habe im Straßenverzeichnis nachgesehen, ich habe den Anfangsbuchstaben P gefunden. Pierre? Patrick? Philippe? Paul?... Ich habe sogar das Telefonbuch unter die Lupe genommen, es kann nicht Pedro oder Philibert oder Philemon sein oder Pancrace oder Pantaléon, das wäre mir aufgefallen...

Also, Ihnen einen guten Tag, ich hoffe, daß mein Vergessen Sie nicht schockiert.

Ich möchte Ihnen schreiben, daß Sie mir fehlen und daß ich es kaum erwarten kann, Sie wiederzusehen. Ich habe eine Menge Sachen gefunden. Dieses Mal werden wir bis zum Ende weitermachen.

Ich wünsche Ihnen schöne Ferien.

Mit freundlichen und dankbaren Grüßen,

Ihre Elsa

Ihr Brief ist freundlich und gar nicht traurig. Ja, so ist es, er ist freundlich, aber das ist auch alles. Nichts, was mein Herz zerspringen läßt.

Was erwartete ich? Was sollte sie mir sonst noch schreiben? Und warum sollte sie mir eigentlich mehr als das schreiben? Aus welchem Grund?

Zweiter Brief. Dieser ist dick:
Guten Tag, ich fahre heute abend mit Laure nach Aix. Wir wollen ein paar Tage bei meinen Eltern verbringen.

Lassen Sie sich Ihre Post nachschicken?

Werden Sie vor mir wieder in Paris sein? Ich bin am 3. September wieder zurück.

Falls das Buch Sie noch immer interessieren sollte (ich konnte mir Ihre plötzliche Abreise nicht erklären. Haben Sie ganz einfach aufgegeben?), schreibe ich Ihnen hier in großen Zügen das, was ich gern zum Schluß ausführen würde:

– Die Droge ist eine Liebesgeschichte. Man fängt mit ihr an, weil sie einem die Illusion des Absoluten (die Ekstase, den Rausch) gibt, man kommt durch die Leidenschaft (den Orgasmus) von ihr los. Das Absolute und die Leidenschaft, die beiden großen Prachtstraßen der Liebe.

– Wenn der Süchtige mit der Droge anfängt, hat er sich eine Krankheit zugezogen: die Sucht, die Abhängigkeit, und durch eine andere Sucht, eine neue Abhängigkeit wird er davon loskommen.

– Die Abhängigkeit von harten Drogen ist eine tödliche Krankheit. Einen Drogenabhängigen behandeln, würde bedeuten, ihn von einer Leidenschaft loszubekommen, um ihn an eine andere zu binden. Das ist eine Utopie. Die erste Phase der Operation läßt sich leicht vollziehen wegen der angemessenen pharmazeutischen Hilfsmittel, aber die zweite Phase ist auf wissenschaftlichem Weg nicht durchzuführen. Selbst die vollkommenste physiologische und psychologische Kenntnis einer drogensüchtigen Person (zu wissen, warum und wie sie oder er der Ekstase begegnet ist) kann ihr nicht dabei helfen, eine andere Ekstase oder einen anderen Orgasmus zu finden. Es gibt da unglücklicher- oder auch glücklicherweise ein Rätsel, dem gegenüber die Wissenschaft machtlos ist. Die Heilung ist problematisch: Welcher Orgasmus kann der Ekstase gleichkommen? Nur die betroffene Person ist imstande, auf diese Frage zu antworten, und das erst, nachdem sie den gleichwertigen Orgasmus erlebt hat, das heißt, wenn sie geheilt ist.

– Das Wissen verdirbt den Instinkt.

– Auf seinem Höhepunkt hat der Orgasmus nichts mehr mit Sex zu tun.

– 1 und 2. EINS und ZWEI. Das Wissen setzt erst bei ZWEI ein. EINS ist der Erkenntnis nicht zugänglich. Den Drogensüchtigen und den Mystikern gelingt es, EINS zu sein. EINS ist nichts, das ist das Unmenschliche, das Unverständliche, es heißt aus der *Conditio humana* herauszutreten.

Man müßte all das in die richtige Form bringen, und ich kann es nicht. Ich brauche Sie, denn Sie sind an den Umgang mit Fiktion gewöhnt.

Seit Ihrer Abreise habe ich meinen Kopf zermartert und nach Anekdoten, nach Bildern gesucht. Ich habe an Mademoiselle Véla, meine Katechismuslehrerin, gedacht.

Sie hatte krumme Beine. Sie ging rückwärts. Ich kann mir Mademoiselle Véla nicht anders vorstellen als rückwärts gehend. Sie führte uns rückwärts von unserem Klassenzimmer zum Katechismusraum oder in die Kapelle. An großen Festtagen, wenn man zur Pfarrkirche gehen mußte, bewegte sie sich, mit dem Gesicht uns zugewandt, auf dem Trottoir vorwärts. Sie überquerte die Straßen rücklings und trotzte – wenn ich so sagen darf – dem Verkehr, dem Strom der Autos und Straßenbahnen auf diese Weise, im Rückwärtsgang, wobei sie die Gefahr in unseren Augen las. Sie hatte ein wahrhaft blindes Vertrauen in uns. Was für sie am meisten zählte, was ihr mehr bedeutete als ihr Leben, war, daß wir aussähen wie kleine Mädchen, in denen Christus wohnt, und die sich auf dem Weg zu seinem Heiligtum befinden, sie hätte es nicht ertragen, uns ihren Geliebten in aller Öffentlichkeit verspotten zu sehen. Es ist wahr, daß ihre Leistung und die Verantwortung, die auf uns lag, uns in Bann schlugen. Es wäre uns nie eingefallen, uns ablenken zu lassen, uns zu »verflüchtigen.«

Ein zum Knoten aufgedrehter Zopf in ihrem Nacken zerrte ihre ergrauenden Haare nach hinten und ließ ihren Schädel glatt und glänzend erscheinen, eine Art Helm, der den groben Zügen ihrer Nase, ihres Mundes und ihres Kinns gestattete, ihre Häßlichkeit noch weiter nach vorn zu projizieren. Aber ihr Blick war sanft, und von ihren Lippen kamen Wunderdinge: die ersten Liebesgeschichten, die ich hörte. Maria Magdalena, die die Füße von Christus mit ihrem langen, roten Haar (warum rot?) trocknete, das Gesicht des Geliebten, das sich auf dem Schweißtuch der Veronika abdrückte ... Die Fische und die Brote, die sich vermehrten, die Toten, die wieder auferstanden, das tiefe Wasser, das zum Floß wurde, all das aus Liebe zu ihm, all das, um die Liebe, die er uns entgegenbrachte, zu verherrlichen! Auch ich wollte diesen friedlichen Bärtigen lieben, der auf dem Schweißtuch eingeschlafen war. Ich wollte glauben.

Bei den Morgenmessen – »in der Stille und Andacht«, wie Mademoiselle Véla es nannte – kniete ich andächtig, schweigsam, aber ungeduldig nieder. Jedesmal hoffte ich, das Wunder vollzöge sich, und wir würden uns lieben, Er und ich. Die Sonne ging hinter den Chorfenstern auf, ich sah das Kruzifix des Altars im Gegenlicht erhaben glühen. Das Aufflammen des Lichtes, dieses überwältigende Gold, war der greifbare Beweis der Existenz Gottes. Ich senkte den Kopf und wiederholte: »Mein Gott, ich liebe dich. Jesus, ich liebe dich.« Ich glaubte, daß diese Liebe, indem ich sie immer wieder in Worte faßte, Wirklichkeit würde. Aber sie wurde es niemals, sie blieb theoretisch. Ich war nicht verliebt. In Mademoiselle Vélas Augen konnte ich jedoch feststellen, daß diese Liebe möglich war, ich sah, wie die Flutwelle der Liebe in sie eindrang und sie ganz erfüllte.

Ich habe meine Unfähigkeit, Gott zu lieben, lange Zeit wie einen Makel mit mir herumgetragen. Später, als ich Jacques liebte, fühlte ich mich manchmal schuldig, Gott nicht zu lieben, wie ich diesen Mann liebte. Denn, dessen war ich mir sicher, was ich für Jacques fühlte, war dem vergleichbar, was Mademoiselle Véla für Christus empfand: eine triumphierende Freude, ein warmes Sich-öffnen, ein Verlangen nach dem anderen, nach dem ganzen anderen, eine Betrachtung des anderen, des ganzen anderen, von Kopf bis Fuß, mit seinen Wünschen, all seinen Wünschen, einschließlich des Wunsches nach Aufopferung... Abgesehen davon, daß Christus nicht existierte, während Jacques einen Körper hatte, ich konnte ihn spüren, sehen, berühren, hören...

Und daß er ein Geschlecht hatte, durch das erschütternde Sehnsüchte gingen...

Trotz all der Liebe, die ich für Jacques empfand, beneidete ich Mademoiselle Véla...

Nach Jacques' Tod hatte das, was mich an ihn band, etwas Mystisches. Das Witwendasein gab mir eine Gelassenheit, die ich vorher nicht hatte. Ich liebte woanders, außerhalb der Welt, auf eine vollkommen befriedigende Weise. Ich war von hier und von dort, vom Jenseits. Im Jenseits gab es die Idee Jacques. Seine Seele... und auch seinen Körper, seinen lebendigen Körper... Ich habe mich niemals mit der heiligen Therese von Avila, mit dem heiligen Johannes vom Kreuz, mit der Maria der Inkarnation aus Québec verglichen... Diesen Leuten, die in der Luft schweben, blutige Tränen weinen und ebenso leicht zur Decke aufsteigen, wie ich zum Markt gehe... Ich habe nie über die Ekstase nachgedacht... Und warum, welchen scheinheiligen Verbots, welcher Bigotterie wegen, habe ich nie eine Verbindung zwischen Ekstase und Orgasmus gesehen? Zwischen dem Orgasmus und der Seele?

Meine eigenartige Beziehung zu Professor Greffier hat nicht zerstört, was mir das Witwendasein gegeben hatte. Dieser mir zur Verfügung stehende Penis, so schön wie der Mann selbst häßlich, so aufmerksam wie der Mann gleichgültig, so gefügig wie der Mann besitzergreifend war. Dieses männliche Geschlecht, das seine Unabhängigkeit besaß, als gehörte es nicht zu dem Mann, wie das Magnifikat des Sex, als sei es der Sex selbst, als sei es abstrakt trotz seiner Robustheit...

Ich denke an das, was ich vor ein paar Wochen über Herz und Sex auf das Tonband gesprochen habe: das Intime und das Private, das Kontinuierliche und das Diskontinuierliche, ihre Verbindung, die der Weg zur Seele wäre ... Ich sprach damals, wie ich heute schreibe, indem ich die Worte ungehindert kommen lasse... Und doch gehen diese Worte ihren Weg, und ich merke, daß ich mein Privatleben, mein Geschlechtsleben transzendiert habe... Ich habe so gehandelt, als existiere der Sex nicht...

Über die Erkenntnis bin ich zur Ekstase, zur Begeisterung gelangt. Woran dachte ich, während ich allein mit dem Geschlecht von Professor Greffier schlief! Jedenfalls nicht an ihn. Der Orgasmus wird in der Einsamkeit erlebt.

Warum nicht wagen, Orgasmus und Ekstase in Zusammenhang zu bringen? Ich gehe an die Worte mit einer Naivität heran, die an Schwachsinn grenzt. Ich stehe vor ihnen wie ein Kind vor einem Puppentheater oder vor einem Zauberkünstler... Sie blenden mich... manchmal bis zur Blindheit... Der Orgasmus, die Ekstase. Warum soll das eine heilig sein, und das andere nicht? Beide führen zum gleichen Resultat: der Ohnmacht, der Verzückung, dem vollkommenen Ausbrechen aus der Materie, der absoluten Einsamkeit, dem totalen Durcheinander dessen, was ist, und dessen, was nicht ist, der Schwerelosigkeit. Schweben... endlich den Traum des Ikarus verwirklichen... Warum soll Sex unrein sein? Warum hat man ihn in diesem Maße pervertiert? Warum dem Wort Liebe diese perverse Zweideutigkeit gegeben? Warum schuldig sein, wenn man mit seinem Körper liebt, oder schuldig, wenn man nicht mit seiner Seele liebt? Warum ist der Sex der bevorzugte Ort für die Unzucht?... Die stark Heroinsüchtigen, die wirklichen Junkies, führen ein sexuelles Leben, das beinahe gleich null ist... Die Spritze transzendiert den Sex... Warum kommen manche Menschen schließlich dazu, sich zu spritzen, um »rein« zu sein? Reinheit ist ein Wort, das ich oft gehört habe, während ich unter Drogensüchtigen lebte. Die Reinheit und der Stoff: »Der ist gut, der ist sauber«... und die tausend verschiedenen Arten und Weisen, wie die Dealer seine Reinheit trüben... das geht soweit, daß der Stoff, wenn er zu sauber ist, die tötet, die ihn bis dahin nur gemischt konsumiert haben ...

Ich habe nur im Absoluten gelebt, wie Laure. Alle Leidenschaften streben zum Absoluten, und sie machen süchtig. Aber ich hatte das nicht verstanden. Ich hatte vom Absoluten und von der Leidenschaft falsche, zu enge Vorstellungen.

Mir geht es gut: Ich bin ausgeglichen ... Sagen wir, ich fühle mich im Zentrum meines Universums ... Abgesehen davon, daß mir mein Universum unbegreiflich erscheint ... Aber ich weiß, wo ich bin ... Das ist ein großer Fortschritt. Das Heroin hatte, indem es mir die Enge und vor allem die Anmaßung meines Wissens bewußt machte, meine Zweifel, meine Ungewißheiten vervielfacht, mir mein Verlangen genommen ... Ich hatte Angst vor meinem Wissensdurst, ich ging ihm aus dem Weg. Ihnen habe ich es zu verdanken, daß ich ihm heute nicht mehr aus dem Weg gehe. Wissen Sie eigentlich, daß Sie mir das Leben gerettet haben?

Ich hoffe, daß Sie nicht verärgert sind und daß Sie da sein werden bei meiner Rückkehr. Ich vermisse Sie.

Glauben Sie an meine große Freundschaft.

Elsa

Alles, was mir von diesem Brief bleibt, ist, daß sie nicht da ist. Was soll ich bloß in den fünf Tagen tun? Ich werde durchdrehen.

Die Eins und die Zwei, Mademoiselle Véla ... kann diese Frau denn nicht einmal fünf Minuten ruhig bleiben! Wie soll ich an all das denken, wo ich doch nur an eine Sache denke, nämlich daran, daß ich sie liebe.

Eine seltsame Figur, diese Mademoiselle Véla. Ich kann mir gut vorstellen, daß sie ein Doppelleben führt. Katechismuslehrerin am Tag und nachts Hure wie Maria Magdalena. Wie sie sich den Männern wie eine Hostie hingibt. Diese Geschichte würde schlecht ausgehen. Man würde am frühen Morgen unter dem Portal einer Kirche ihre Leiche finden. Aber das ist alles dummes Zeug. Das kann ich Elsa nicht vorschlagen. Obgleich man bei ihr nie weiß ...

Unmöglich, zu schlafen. Die Stunden vergehen nicht. Ich sehe immer wieder auf meine Uhr. Es geht nicht voran. Was macht sie in Aix? Sie ist mit Laure zusammen. Ich habe sie erst einmal zusammen gesehen, aber das reicht, um mir vorzustellen, was sich zwischen den beiden abspielt: Schwatzen, Lachen, Vertraulichkeiten. Laure wird ihr von ihrem Freund erzählen. Wird Elsa über das Buch sprechen? Wird sie über mich sprechen? Existiere ich überhaupt für sie? Bin ich mehr als nur ihr Ghostwriter?

Ich könnte sie anrufen. Bei der Auskunft die Telefonnummer des Ladens in Aix erfragen. Aber ich kenne den Namen ihrer Eltern nicht. Sie trägt nicht ihren Mädchennamen, sie trägt den Namen ihres Mannes.

Und dann, selbst wenn ich sie anriefe, was sollte ich ihr denn sagen? »Guten Tag, hallo. Ich bin zur Kur in Bad Paris. Und Sie? Wie geht's?« ... Das mit dem Anruf würde nur gehen, wenn ich ihr etwas Intelligentes für den Text vorzuschlagen hätte, und ich habe ihr nichts dergleichen anzubieten. Ich denke nicht mehr, ich habe nichts mehr im Kopf.

In meinem Kopf gibt es nur sie, ihre Stimme, ihre Haare, ihre Hände, ihre Beine – Beine altern nicht. Ihre Augen. Vor allem ihr Blick. Oft erinnert sie mich an ein Foto. Ein Foto von wem noch gleich? Von Riboud, glaube ich, ich weiß nicht mehr. Ein Foto, auf dem man das Gesicht eines tauben Kindes sieht, das zum erstenmal seine eigene Stimme hört. Es trägt Kopfhörer, einen Apparat, irgend etwas, aber man sieht nur seine weit geöffneten, erstaunten, begeisterten Augen. Es hört in sich hinein ... So schaut Elsa oft. Und dann schmelze ich jedesmal. Ich fühle mich ritterlich: Hab' keine Angst, Elsa, ich bin da, ich, der Lancelot vom Krimi. Ich trage meinen Helm und mein Kettenhemd, mein großes Schwert und führe mein Streitroß. Hopp, ich helfe dir in den Sattel, und wir machen uns davon. Halt dich gut fest, es ist Schluß mit der Thermodynamik und dem ganzen Kram, hab' keine Angst, wir reisen ins Paradies, meine Elsa ...

Warum ist mir so danach, sie zu beschützen? Sie ist zehnmal so stark wie ich. Sie ist stark, ja, aber sie ist ebenso zerbrechlich wie stark.

Und dann ihr aufmerksamer, leichtgläubiger Blick, ihr Blick einer braven Schülerin. Sie hört zu, sie lernt, sie hat Vertrauen, sie wird alles in ihre kleine Schulmappe einräumen, und morgen wird sie alles auswendig können und alles verstanden haben. Elsa kann man alles glauben machen. Sie will nur glauben, lernen, erschließen, wissen.

Aber da ist auch ihr Blick einer Wilden, der Blick ihrer Einsamkeit. Sie will nichts mehr wissen, nichts mehr aufnehmen und nichts mehr geben. Wenn sie diesen Blick nicht hätte, würde ich ihr schon vor langer Zeit »Ich liebe dich« gesagt haben. Aber sie ist schrecklich, wenn sie verletzt ist, wenn sie sich verschließt. Sie ist unnahbar.

Ich bin jemand Banaler, Mittelmäßiger. Ich bin weder klein noch groß, weder dick noch dünn, weder schön noch häßlich, ich habe nicht einmal einen Schnurrbart. Auch keine Brille. Und bis ich Elsa traf, führte ich ein Leben, das meinem Äußeren entsprach, ein ganz unauffälliges, leichtes Leben. Nur mit meinen Büchern bin ich nicht unauffällig, sogar ganz und gar nicht unauffällig. Ich bin anscheinend meiner eigenen Vorstellungskraft nicht gewachsen, ich übertrage sie schlecht.

Heute morgen hat mich ein Käseblatt angerufen. Sie wollten mich in die Provinz schicken. Ein Bericht über eine mysteriöse Angelegenheit in der Nähe von Belfort. Ich habe abgelehnt. Vor einem Jahr wäre ich an die Decke gesprungen. Ich hätte nicht nur alles auf die Beine gestellt, um für dieses Blatt zu arbeiten, sondern diese Art Thema hätte mich auch noch begeistert. Ich habe gesagt, ich sei nicht frei. Ich will nicht weg von Paris, ich will Elsas Rückkehr nicht versäumen.

Gestern abend habe ich, um auf andere Gedanken zu kommen, eine alte Freundin angerufen. Wir kennen uns seit langem, wir mögen uns, zwischen uns gibt es keine Unklarheiten, hat es nie gegeben. Sie war froh, von mir zu hören, es schien ihre Stimmung zu heben: »In Paris ist ja wohl wirklich niemand im Augenblick.« Wir haben uns in einem Bistro getroffen, sie hatte sich in Schale geworfen. Ein schönes, sympathisches Mädchen und gar nicht dumm, mit großem Busen. Wir verbringen den Abend zusammen, ich nehme sie mit zu mir. Und dann: Vorhang. Nichts. Sie gibt sich wahnsinnige Mühe. Null. Nichts.

»Sag' mal, was hast du? Geht's dir nicht gut? So hab' ich dich noch nie erlebt.«

»Vergiß es. Reden wir von etwas anderem. Es tut mir leid.«

»Ist es mein Kleid? Hab' ich was gesagt, was dir die Sprache verschlagen hat?«

»Ich flehe dich an, ich bin schon genug gedemütigt. Aber nein, es liegt nicht an dir, im Gegenteil. Du warst sympathisch, ich hatte einen schönen Abend. Es liegt an mir. Ich fühle mich im Moment nicht sehr wohl.«

Ich hatte nur einen Gedanken: Wenn sie bloß ginge! Ich habe sie nach Hause begleitet und mich tausendmal, zehntausendmal entschuldigt.

Ich bin impotent, Elsa.

Noch zwei Tage.

Seitdem das mit meiner Freundin passiert ist, geht überhaupt nichts mehr. Ich habe die Reportage abgelehnt und mich dann zu Hause nur im Kreis gedreht, ohne irgend etwas zu tun. Ich konnte nicht einmal mehr einen alten Film im Fernsehen anschauen, dabei tue ich das eigentlich gern. Ich habe abgeschaltet ...

Ich bin auf Entzug, das ist klar. Es hat keinen Zweck, es noch länger vor mir zu verstecken, die Sache unnötig zu komplizieren. Ich bin auf Entzug. Ich brauche Elsa, ein lebenswichtiges Bedürfnis. Ich hätte nie geglaubt, daß mir so etwas passieren kann, und doch ist es gerade mir geschehen.

Noch zwei Nächte und ein Tag. Es ist nicht auszuhalten.

Ich krame in meinem Medikamentenfach. Da muß noch eine alte Schachtel mit Schlafmitteln sein, die seit Jahren da drin liegt. Ich schluckte zwei Tabletten und falle um wie ein Baum. Ich hatte gerade noch genügend Zeit zu merken, wie der Schlaf mich übermannte, und fand es gut, von Elsa befreit zu sein.

Das Telefon klingelt. Das Telefon klingelt, großer Gott! Soll es doch klingeln, mir soll's gleich sein! Das Telefon klingelt. Du brauchst nur eine Bewegung zu machen, es ist dort auf dem Boden, neben deinem Bett. Und wenn es Elsa wäre! Wie spät ist es? Welcher Tag ist heute?

»Hallo!«

»Hallo, sind Sie's? Hallo?«

»Hallo, hallo, ja.«

»Hier ist Elsa.«

Mein Kopf ist wie eine überreife Melone, hochrot, mit schwarzen Kernen, voller schwarzer Kerne.

»Haben Sie gerade geschlafen? Es tut mir leid.«

»Nein, ich habe nicht geschlafen, ich war dabei ... mir einen Kaffee zu machen.«

»Ich störe Sie. Es tut mir leid.«

»Überhaupt nicht, überhaupt nicht, Sie stören mich nicht. Sie sind in Paris? Ist heute der dritte?«

»Nein, ich bin in Aix. Ich komme morgen zurück. Ich bin froh zurückzukehren. Haben Sie meine Briefe bekommen?«

»Ja, ja.«

»Was halten Sie davon?«

»Was halte ich wovon?«

»Von dem, was ich Ihnen schreibe, Mademoiselle Véla und all das?«

»Es ist sehr gut. Das kann man verwenden ...«

»Ich habe das Gefühl, daß wir es fast geschafft haben. Wir werden das Buch beenden ... Ich dachte, wir könnten uns sehen, wir könnten zusammen zu Abend essen. Was denken Sie darüber?«

»Ich denke, das ist eine gute Idee. Wann?«

»Morgen. Ich komme im Laufe des Nachmittags an. Morgen abend.«

»Wann soll ich bei Ihnen sein?«

»Nein, nicht bei mir, wir gehen aus. Wir müssen das Ende der Arbeit feiern. Und außerdem haben wir uns noch nie woanders getroffen.«

»O. k. Wo?«

»Ich weiß nicht. Ich gehe selten ins Restaurant. Haben Sie nicht eine Idee?«

»Mal sehen ... Wir könnten im ›Louis XIV‹ auf der Place des Victoires essen.«

»Ich hoffe, das ist nicht zu feierlich, und man muß sich nicht feinmachen?«

»Nein, es ist einfach, eine Art Bistro, man ißt dort gut.«

»Na gut! Also bis morgen, gegen halb neun, neun?«

»Halb neun.«

»Großartig. Ich freue mich darauf, Sie wiederzusehen. Sie werden erstaunt sein, ich habe alles in meinem Kopf gegliedert.«

»Sehr gut, sehr gut.«

»Bis morgen.«

»Bis morgen.«

Vorbei, Elsa entschwunden. Verloren im Netz der Telefonverbindungen. Hat sie, Elsa, je eine so blöde Unterhaltung geführt? Hat sie je mit einem so blöden Typen gesprochen, wie ich es bin? Sie ist ganz aufgeregt, ganz glücklich zurückzukehren, sie schlägt mir vor, mit ihr zu Abend zu essen... Und ich: »Ja, ja. Nein, nein...« Was ich von ihren Briefen halte? Na ja, nicht viel: »Es ist sehr gut, sehr gut...« Zum Glück habe ich ihr wenigstens das »Louis XIV« vorgeschlagen, ich hätte ihr genausogut die Kneipe an der Ecke vorschlagen können, wo es Platten mit altem Aufschnitt und ranzigen Quiches zu essen gibt. Und was, wenn das »Louis XIV« am 3. September geschlossen ist?

Nein, es ist nicht geschlossen. Ich habe einen Tisch im Obergeschoß bestellt, den vor einem Fenster, von wo aus man den erleuchteten Platz mit der Statue des Sonnenkönigs auf seinem Pferd in der Mitte und ein schönes Haus auf der anderen Seite sieht.

Um acht Uhr zwanzig bin ich da, sie nicht. Nicht schlimm, ich bin ja zu früh. Was mache ich jetzt? Soll ich am Tisch sitzen bleiben oder nach unten gehen? Ich gehe runter. Ich gehe auf und ab vor dem Restaurant. Der Abend ist mild, es ist immer noch Sommer. Der Himmel von Paris, nachts rosig über den Dächern. Rosig und mauve. Rosig und mauve und tiefblau.

Eine Autotür, die zuschlägt. Warum in Richtung der zugeschlagenen Tür blicken? Weil Elsa sie zugeschlagen hat. Dabei habe ich sie noch nie eine Wagentür zuschlagen sehen, noch nie ihr Auto, Elsa noch nie draußen gesehen. Elsa in Freiheit in der Stadt, das habe ich noch nie gesehen.

Meine Blonde kommt auf mich zu. Sie hat mich nicht gesehen, sie betrachtet im Vorübergehen ihr Spiegelbild in einer Fensterscheibe, sie legt eine Haarsträhne zurecht. Es gibt keine schönere Frau als sie. Sie ist noch schöner als in meinem

Kopf. Sie ist wunderschön. Diese Frau ist die wandelnde Liebe. Sie ist Gegenwart und Zukunft, die mit großen Schritten nahen.

Ich hätte nicht draußen bleiben sollen. Jetzt stehe ich da mit herabhängenden Armen. Aber wo ist Lancelot vom Krimi geblieben? Wohin ist dieser Idiot Krieg führen gegangen? Nie da, wenn er gebraucht wird ... Sie bemerkt mich, lächelt. Sie ist braungebrannt. Wie kommt es, daß sie braungebrannt ist? Sie hat sich verjüngt. Wo hat sie sich wohl mit Laure herumgetrieben? Bestimmt haben die zwei sich zusammen ausgetobt. Sie sind Komplizinnen ...

Guten Tag. Guten Tag. Glücklicherweise gehen die Frauen bei solchen Gelegenheiten vor den Männern. So konnte sie mein Gesicht nicht sehen, das gab mir Zeit, mich zu fangen. Sie trägt ein strenges rosa Leinenkleid und Sandalen, und dann ihre schönen Beine.

Es gefällt ihr. Alles gefällt ihr: das Restaurant, der Tisch, der Blick, die Blumen auf dem Tisch. Um so besser, das wäre erstmal geschafft.

Sie ist heiter, sie ist lustig, sie redet viel ... Sie hat einen Kerl getroffen, ich bin sicher, sie hat einen Kerl getroffen, während ich ... Sie spricht über das Buch, sie sagt, das Buch habe sie befreit, es sei mir zu verdanken ... Ich höre ihr zu, das müßte mir eigentlich Freude machen. Nein, ich höre ihr nicht zu, ich denke an den Kerl, den sie getroffen hat:

»Sind Sie am Strand gewesen?«

Sie hat wieder ihren braven Schulmädchenblick: sie möchte verstehen.

»Am Strand?«

»Sie sind ganz braungebrannt.«

»Das war in Aix. Wir sind die ganze Zeit im Garten geblieben. Dort gibt es eine große Platane und ein kleines Rasenstück, gerade groß genug für Laure und mich. Wir haben unsere Tage schwatzend auf dem Gras verbracht, wir beide in der Sonne und meine Eltern im Schatten der Platane.«

»Mitten in der Stadt.«

»Ja, mitten in der Stadt, und mitten in den Touristenführungen durch das alte Aix. Glücklicherweise ist unsere Straße Fußgängerzone geworden. Auf der Gartenseite glaubt man, auf dem Land zu sein«

»Und der Laden?«

»Meine Eltern haben eine Verkäuferin und eine Kassierin angestellt. Meine Mutter ist müde, mein Vater auch, er überwacht das Ganze... Ich werde schnell braun, und Laure noch schneller. Es war herrlich, wir haben draußen gegessen. Wir haben uns nur manchmal von der Stelle bewegt, um am Abend in der Kühle auf einer Terrasse einen Pastis zu trinken...«

Und Laure dies und Laure das, Laure macht phantastische Sachen, Laure möchte ein Baby haben... Ich werde auf meinem Stuhl immer kleiner, von meiner eigenen Dummheit niedergedrückt. Wenn eine Frau glücklich und schön ist, heißt das für mich, sie hat einen Kerl. Elsa hat keinen Kerl. Sie ist schön und glücklich, weil es Laure gut geht und sie das Buch im Kopf hat.

Sie fragt mich höflich nach meinen Ferien. Ich schildere sie in den schönsten Farben... Wenn sie wüßte.

Sie geht zu Mademoiselle Véla über. Ich fühle mich derartig jämmerlich, derartig überrollt von den Ereignissen, derartig wenig der Situation gewachsen, daß ich, wo sowieso nichts mehr zu retten ist, nach vorn presche: Ich spreche über den Mord an Mademoiselle Véla, über ihre im Morgengrauen auf dem Vorplatz der Kirche Saint-Ambroise gefundene Leiche. Elsa hat den Blick des stummen Kindes, den, der mich am meisten erschüttert, sie kann es nicht fassen. Sie fragt nur:

»Wo ist die Kirche Saint-Ambroise?«

»Keine Ahnung. Irgendwo in der Christenheit wird es schon eine Kirche Saint-Ambroise geben.«

»Und demnach soll sie sich nachts prostituieren?«

»Sie würde sich zum Verzehr zur Verfügung stellen, wie Christus. Das wäre ihre persönliche Art und Weise, Jesus nachzueifern. Eine lebendige Hostie... Ich finde, daß die Verzehrung der Prostitution mit der Theophagie des Abendmahls verwandt ist.«

»Und Mademoiselle Véla soll Orgasmen erleben?«

»Nein, Ekstasen. Jedesmal, wenn ein Mann in sie eindringt. Deshalb nimmt ihre Geschichte ein schlechtes Ende.«

»Warum?«

»Weil Prostituierte im allgemeinen keinen Orgasmus haben, sie erbringen Dienstleistungen, das ist alles... Aber einer ihrer Kunden merkt, daß sie Lust empfindet, und daß diese Lust abnormal ist. Er begreift, daß man ihm schlechte

Ware angedreht hat, daß diese Frau Heiliges in etwas einbringt, wo er nur Profanes, die niedrigste Sexualität sieht. Er ist schockiert. Denn dieser Mann ist gottbesessen, eine Dostojewski-Figur... Eines Tages wird er ihr vorschlagen, sie nicht zu bezahlen, und sie wird nicht einverstanden sein«

»Warum?«

»Weil das Geld sie am meisten erniedrigt, weil es für sie das Schwierigste ist, weil es das ist, was ihren nächtlichen Ekstasen den größten Wert verleiht.«

»Wird er das verstehen, der Freier?«

»Nein, er wird denken, daß sie käuflich, daß sie ein wandelndes Sakrileg ist.«

»Beide befinden sich in einem Zustand der Sucht...«

»Ja, süchtig nach dem lieben Gott.«

»Man kann es nicht in diesem Buch ausführen, das wäre ein neues Buch, aber es ist interessant...«

Sie beugt sich über ihren Hecht in zerlassener Butter und verharrt so, indem sie mechanisch mit ihrer Gabel in einem Stück Fleisch herumstochert. Ich glaube, sie gibt sich riesige Mühe, mir nicht ins Gesicht zu lachen. Sie findet mich idiotisch... Warum habe ich überhaupt angefangen, ihr die Geschichte von der sich prostituierenden Mademoiselle Véla zu erzählen? Was ist bloß in mich gefahren? Ich hab' alles verdorben, alles kaputtgemacht. Sie ist betrübt. Ich versetze mich in sie. Sie schreibt an einem Buch über die Droge, über das Unvermögen der Wissenschaft, der Erkenntnis, angesichts des Drogenproblems. Ein Buch auch über die Liebe... Und ich, ich serviere ihr eine dick aufgetragene Geschichte über eine Prostituierte und einen Fanatiker. Mit einem Mord als Lösung, natürlich. Bluttriefend. Meine Geschichte gehört nicht einmal in Serie B, sie paßt in Serie W. Könnte ich im Erdboden versinken, würde ich es tun. Ich würde am liebsten verschwinden, das, was ich gesagt habe, löschen und den Film von da an neu beginnen, wo wir uns unten auf der Straße wiedersahen. Wir wären uns in die Arme gefallen wie Verliebte, wir wären nicht einmal ins Restaurant gegangen, wir wären über die Quais geschlendert, ohne zu sprechen – vor allem ohne zu sprechen. Ich mit meinen Kriminalgeschichten...

Wie kommt es nur, daß ich solche Geschichten erfinde, wo ich doch ein so ruhiges Leben führe. Das einzige Drama meines Lebens ist, Elsa getroffen zu haben. Sie sagt, die Droge sei entlarvend. Nun, für mich ist sie entlarvend. Ich bin ein kümmerlicher Typ, nichts als ein kümmerlicher Typ.

Schon seit einiger Zeit zerstückle ich die Reste meines blutigen Chateaubriands. »Englisch, ganz englisch, wenn möglich« ... Keine Nuancen, mein Alter, vor allem keine Spitzfindigkeiten ...

Mir scheint, ich werde nie wieder wagen, meinen Kopf zu heben. Und doch muß ich es tun.

Sie ist bestimmt noch immer vertieft in die Betrachtung ihrer Hechtgräten ... Sie könnte doch schließlich vermitteln. Was soll das, mich so mit der Schnauze im Futter zu lassen. Gut, ich bin ein armer Trottel. Da sind wir uns einig. Sie sieht es doch genau, daß wir uns da einig sind, daß ich kapiert habe ... Es kribbelt mich im Hals und am Rand der Augenlider. Ich würde am liebsten nach Hause gehen und losheulen ... Ich habe zuviel an dieses Abendessen gedacht, es war zu schön, ich habe diese Frau zu sehr erfunden.

Sie hat sich bewegt. Ich hebe den Kopf. Sie sieht mich an. Sie hat einen Blick, den ich noch nie an ihr gesehen habe. Ich denke – aber das ist verrückt –, daß sie wahrscheinlich Laure so ansieht, wenn sie allein sind. Sie schlägt die Augen nicht nieder, sie sieht mich noch immer an. Sie öffnet die Tür. Ich trete in ihren Halbschatten. Ich wußte, daß es darin so sein würde. Farne, Moos, Samt. Ein Kamin für Lancelot, hoch und tief, mit einem Feuer, das knistert. Bücher, viele dicke Bücher. Auch Bildbände. Wasser. Wasser, das fließt, und Wasser, das ruht. Im Hintergrund, ganz im Hintergrund: Sonne. Ein Strand mit Möwen, Wellen und Segelbooten. Es riecht nach Meer, man hört die Brandung.

Sie hat eine Bewegung mit der Hand gemacht. Schluß. Aus. Der Blick hat sich verändert. Ich sitze auf meinem Stuhl, sie sitzt mir gegenüber. Sie spricht:

»Ich glaube, ich habe Ihnen noch nicht gesagt, wie dankbar ich Ihnen bin. Ich werde nie Ihre Besuche vergessen, Ihre Geschenke, all das, was Sie mir geschenkt haben, als ich nicht mehr sprechen konnte ... Sie wissen, all diese verschiedenen Dinge. Ich habe sie nicht angerührt. Eines Tages habe ich sie in der Küche aufgetürmt. All diese Kleinigkeiten waren für mich bestimmt, sie repräsentierten eine Beziehung zwischen jemandem und mir ... zwischen Ihnen und mir ... Ich habe mich davor gesetzt, ich habe sie aus der Nähe betrachtet, habe versucht zu verstehen, wer ich bin, wer diese Frau ist, der Sie diese Geschenke machten. Sie haben mich gut kennengelernt, und jedes Ding paßte zu mir. Aber insgesamt stellten Sie eine derartige Unordnung dar! Es war verrückt ... ich habe schon immer versucht, meine Unordnung zu meistern ... Nein, nicht immer ... Von dem Tag an, wo ich mit Laure Jacques' Leichnam in Port-Vendres in Empfang nahm, von dem Tag an, wo ich mit ihr allein war, habe ich meine Unordnung als unseren ärgsten Feind angesehen, hab ich alles getan, um meine Tochter vor ihr zu bewahren ... ich saß in der Küche vor diesem Haufen, ich sah mich mit den zwanzig Jahren meiner Ordnung, meiner Regeln, meiner Disziplin konfrontiert, meinen Entscheidungen, die ich getroffen, und an die ich mich mit äußerster Strenge gehalten hatte ... Da dachte ich, ich hätte mich verloren, ich dachte, ich könnte mich nie wiederfinden ... Meine Energie hat mich verlassen, ich habe mich nicht mehr aus meinem Zimmer gerührt. In dem Moment haben Sie das Tonbandgerät auf meinen Nachttisch gestellt ... Mir kam die Idee, zu dem Haufen in der Küche, mit mir selbst zu sprechen. Dieser Stapel war ich, war meine Unordnung, war das, was es an Bestem in mir gab. Ich habe gesagt, ich sei gleich Null, ich verstünde Laure nicht, ich verstünde nichts, ich, die ich vorgab, die anderen zu verstehen ... Seit zwanzig Jahren hatte ich nichts anderes getan, als mich vor der Liebe zu schützen ... Letzten Endes ist die ganz einfache Liebe viel schwieriger zu leben als die Leidenschaft, als das Absolute ... Das Absolute ist eine Zuflucht ... Laure hatte sich daraus befreit, ich mußte mich auch daraus befreien, oder ich würde sterben ... ich habe gesprochen, gesprochen, gesprochen über die Festung, in die ich mich geflüchtet hatte, über die Thermodynamik, über Professor Greffier, über meinen Beruf ... Sie kennen das jetzt alles. Ich verdanke Ihnen mein Leben, ohne Sie hätte ich mich sterben lassen. Heute geht es mir gut. Ich kann es noch immer nicht fassen. Ich glaube, ich bin noch nie so glücklich gewesen, am Leben zu sein.«

»Das liegt daran, daß Sie nicht mehr auf Entzug sind.«

Sie amüsiert sich über das, was ich gerade gesagt habe, ich sehe es in ihren Augen. Noch einmal, aber nur kaum, eine Sekunde lang, ihr zärtlicher Blick.

»Sie sind lustig. Ich mag Ihre Art, Probleme zu lösen. Sie

überrascht mich, und verführt mich. Es ist ganz einfach... Ich bin nicht mehr auf Entzug wovon?«

»Von Elsa der Gelehrten. Sie brauchen sie nicht mehr.«

»Ich weiß nicht... Während wir in Aix waren, habe ich mit Laure gesprochen. Sie wußte nicht, daß ich nicht mehr arbeite. Ich habe es ihr schließlich gesagt, denn meine Eltern sind in einem Dilemma, sie sind zu alt, sie können nicht mehr. Entweder müssen sie ihren Laden verpachten oder ihr Geschäft aufgeben. Das ist eine Riesengeschichte, sie sind praktisch gezwungen umzuziehen, denn der Laden ohne die Wohnung darüber würde ihnen nicht genügend einbringen... Kurz, wir haben über all das gesprochen, und ich habe zu Laure gesagt: ›Wir könnten das Geschäft übernehmen, du wärest die Verkäuferin und ich die Kassiererin.‹ Es war ein Scherz, aber nicht ganz. Laure hat verstanden, daß ich es mit diesem Vorschlag nicht wirklich ernst meinte. Wenn Sie gesehen hätten, in was für ein irrsinniges Gelächter sie ausgebrochen ist... Sie konnte nicht mehr, ich dachte, sie würde ersticken. Sie schrie vor Vergnügen: ›Bestimmt nicht, bestimmt nicht, du wirst die Verkäuferin sein! Ja, du, das wird dir guttun, mit all den sexy Höschen, den Büstenhaltern, den Garnituren mit Spitzen und kleinen Röschen aus Kreuzstickerei herumzufummeln. Und ich an der Kasse, das wäre genau richtig! Dann würde ich endlich rechnen lernen, denn über 2 + 2 = 4 hinaus ist bei mir Sense...‹ Bei dem Gedanken daran haben wir uns königlich amüsiert... Nein, ich habe nicht den Wunsch, mich von Elsa der Gelehrten zu trennen, ich werde ihr nur nicht mehr den ersten Platz einräumen... Aber Sie haben recht, sie fehlt mir nicht mehr, überhaupt nicht mehr.«

»Werden Sie wieder Patienten annehmen?«

»Ich weiß nicht. Jedenfalls nicht wieder unter den früheren Bedingungen. Nicht mit derselben Einstellung... Materiell gesehen, kann ich noch drei oder vier Monate durchhalten... Ich würde gern genügend Geld haben, um mich einem Werk zu widmen, einer Zusammenstellung sämtlicher wissenschaftlicher Rätsel, die all jene bescheiden machen sollten, die den Anspruch erheben zu wissen, einem klaren und erschöpfenden Verzeichnis der Geheimnisse, denen sich der menschliche Geist gegenübersieht. Auf gewissen Gebieten, in einigen bestimmten Punkten, machen wir täglich einen Schritt vorwärts. In bestimmten anderen Punkten, die doch lebenswichtig sind, die unseren Alltag bedingen, stagnieren wir, tun wir so, als existierten sie nicht. Selbstverständlich denke ich an die Selektion, die in der Synapse stattfindet und die Reaktionen der Nerven unvorhersehbar macht. Aber ich denke auch an die Veränderungen des Magnetpols, die wir nicht genau lokalisieren können und die die illusorischen Bemühungen der Meteorologie durchkreuzen, die atmosphärischen Phänomene auszuwerten. Ich denke an den Krebs... Es gibt Tausende von Rätseln, die sich Tag für Tag in unser Leben einschalten... Ich habe keine Lust, ins Zeitalter der Höhlenbewohner zurückzukehren und den Blitz in meinen Kopf einschlagen zu lassen, wenn ich von der Wirksamkeit eines Blitzableiters für den Fall eines elektrisch aufgeladenen Gewitters weiß. Aber ich finde, daß Leute wie ich, die beruflich mit anderen Menschen zu tun haben, sich immer ihrer eigenen Ungewißheit bewußt bleiben sollten, sie sollten bescheiden gegenüber den anderen sein, gegenüber ihren Verwirrungen, ihren Nöten. Ich spreche nicht nur von Psychologen, Medizinern, all denen, die sich mit dem Körper befassen, sondern auch von denen, die Gesetzeskraft besitzen, der Polizei... Man sollte die Leute um der Geheimnisse willen achten, die in ihnen verborgen und ihnen unbegreiflich bleiben... Nun, all das ist utopisch... Ich werde immer Arbeit in einer Fürsorgestelle finden... Aber vorher werden wir unser Buch fertigschreiben!«

Ich weiß nicht mehr, woran ich bin. Da war ihr Blick, und dann ihre Heiterkeit, und dann ihre Art, alles wieder in Ordnung zu bringen, die Türen zu schließen, nachdem sie sie geöffnet hatte. Ihre Weise, ihr Leben ganz allein zu organisieren. Ihre Autonomie, ihre Unabhängigkeit.

Sie fragt mich:

»Wann wollen wir uns wieder an die Arbeit machen?«

Inzwischen haben wir aufgegessen. Der Kellner kommt und fragt, ob wir einen Nachtisch wünschen oder einen Kaffee. Bevor Elsa noch Zeit hat, den Mund aufzumachen, sage ich: »Nein, danke. Die Rechnung bitte.«

»Sind Sie verabredet? Sie hätten mir das sagen müssen, wir hätten dieses Essen auf morgen oder auf einen anderen Tag verlegt. Es tut mir leid...«

»Ich bin nicht verabredet. Niemand erwartet mich, ich habe nichts vor, aber mir reicht's...«

Der Kellner kehrt mit der Rechnung auf der Untertasse zurück, die er neben mich stellt. Sie streckt die Hand aus:

»Ich möchte mich beteiligen.«

»Kommt nicht in Frage.«

»Hören Sie, Sie würden mich kränken.«

»Eher könnte ich mich gekränkt fühlen, wollen Sie, daß man mich für einen Prinzgemahl hält?«

»Was ist los mit Ihnen?«

»Der Kellner hat mich nervös gemacht. Sie haben recht, teilen wir ... heute abend läuft aber auch alles falsch.«

Wir regeln es so schnell wie möglich, einer so verlegen wie der andere. Sie beugt sich nieder, um ihre Handtasche aufzuheben, gleich wird sie aufstehen. Ein Desaster.

»Hören Sie, ich muß mit Ihnen sprechen.«

»Ja? Wegen des Buches? Wollen Sie es nicht mehr machen?«

»Nein, das ist es nicht. Elsa, ich liebe Sie.«

Ich habe sie dabei nicht einmal angesehen.

Ich starre vor mich hin auf das Tischtuch voller Krümel, auf die Untertasse mit den Scheinen und Münzen, auf meine zerknitterte Serviette ...

»Sagen Sie bitte nicht, Sie könnten meine Mutter sein, ich erlebe nur eine Übertragung ... Erklären Sie mir bitte nicht, was Leben, Tod und Liebe bedeuten, und geben Sie mir keine Ohrfeige ... Ich liebe Sie, das ist alles, schon lange. Ich habe nichts anderes im Sinn, keinen anderen Wunsch, als Ihnen zu sagen, daß ich Sie liebe. Ich habe nicht die Absicht, unsere Beziehung durch meine Gefühle zu komplizieren und sie jeden Augenblick zur Sprache zu bringen. Sie brauchen mir nicht zu antworten, mich zu trösten oder mir gut zuzureden. Was mir das Leben verdirbt, ist nicht, daß Sie mich nicht lieben, das finde ich ganz normal. Nein, was mir das Leben verdirbt, ist, Ihnen nicht zu sagen, daß ich Sie liebe ... Ich habe keinerlei Sinn für Tragödien, nicht einmal für Dramen, trotz meines Interesses für Kriminalromane ... Ich bin ein ruhiger Mensch, bin gern ein ruhiger Mensch, und seit ein paar Monaten bin ich es nicht mehr. Lassen Sie sich von mir auf eine stille Weise lieben, das heißt, Sie sollen wissen, daß ich Sie liebe, und daß das wenigstens etwas Solides ist. Meine Liebe ist so solide wie der Himalaya. Ich bin ein Gebirge von Zärtlichkeit und Zuneigung, in dem Sie jederzeit Schutz finden können. So, das ist alles ... Jetzt, wo dies gesagt ist, bin ich bereit, mich schon morgen wieder mit Ihnen an die Arbeit zu machen, wenn Sie wollen.«

Ich weiß nicht einmal, ob sie das Ende meiner Tirade gehört hat. Als ich sie ansehen wollte, war sie nicht mehr da. Ich stürze die Treppe hinunter, laufe auf die Straße. Niemand. Ich habe sie verloren. Ich weine. Wenigstens das ist positiv. Denn dieser Kloß von Tränen, den ich im Hals hatte, erstickte mich. Meine Schöne ist fort.

Nein, sie sitzt in ihrem Auto. Ich sehe ihre Silhouette. Ich renne, wische mir das Gesicht ab. Vielleicht kann ich etwas wiedergutmachen, mich wenigstens entschuldigen.

Sie sieht mich herbeirennen und steigt aus dem Auto. Wir stehen jeder auf einer Seite des Wagens, das Dach zwischen uns. Sie ist nicht wütend, im Gegenteil, sie ist sanft. Sie hat ihren ernsten Ausdruck. Wir sehen uns an. Ich sage:

»Es macht nichts.«

»Doch, es macht etwas.«

»Nein, es ist einfach. Es ist höchst einfach, und es ist unvermeidlich.«

»Was wollen wir tun?«

»Nun... Wir könnten ein wenig gehen.«

Wir gingen los, in Richtung Seine.

Als ich zuerst in Paris wohnte und mich manchmal verlief, suchte ich nach der Seine. War ich erst einmal an der Seine, fand ich mich wieder zurecht. Ich erzähle ihr das. Sie sagt mir, daß sie es genauso machte. Wir gehen mit eiligen Schritten. Es ist mild. Ziemlich viele Menschen sind auf den Trottoirs, die Passanten trennen uns, und wir finden uns wieder. So geht es bis zum Louvre. Dort werden unsere Schritte langsamer. Der Raum ist weiter, dunkler. Wir gehen eine Treppe hinunter, wir sind auf dem Quai. Wir gehen an den Rand. Wir setzen uns, die Beine hängen über dem Wasser. Wir sehen das Wasser vorüberfließen. Wir wagen nicht, einander anzusehen. Alles ist in der Schwebe, ist zerbrechlich. Alles kann sich in die eine oder die andere Richtung wenden. Man weiß es nicht.

Sie sagt:

»Man könnte denken, wir wären dabei, etwas zu beginnen, dabei hat es schon vor langer Zeit begonnen. Vielleicht hätten wir daran nicht rühren sollen.«

»Abstraktion, Theorie, all das ist nicht meine Stärke. Ich

ziehe es vor, Geschichten zu durchleben... selbst wenn sie traurig sind.«

»Also beginnen wir diese Geschichte. Sehen wir uns wenigstens erst einmal ins Gesicht.«

Sie ist das stumme Kind, die brave Schülerin, die Wilde, die Zärtlichkeit, alles auf einmal. Sie gibt mir ganz sanft zu verstehen, daß sie all das ist. Mit meinen Augen sage ich ihr, daß ich es weiß und daß ich sie liebe. Schließlich wird alles vom Wasser verwischt.

Sie sagt:

»Was geschieht mit uns?«

»... Ich glaube, das, was Sie Entropie nennen, Elsa.«

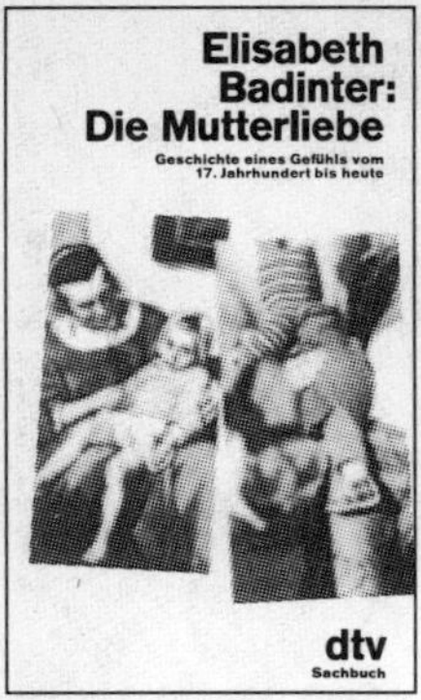

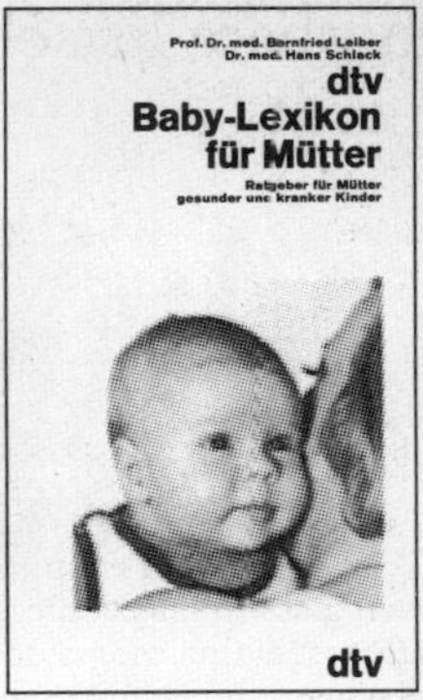

Das sollten Eltern lesen

Elisabeth Badinter:
Die Mutterliebe
Geschichte eines Gefühls vom 17. Jahrhundert bis heute
dtv 10240

T. Berry Brazelton:
Babys erstes Lebensjahr
dtv 1148

Frauen berichten vom Kinderkriegen
Herausgegeben von Doris Reim
dtv 10242

Roswitha Fröhlich:
Ich und meine Mutter
Mädchen erzählen
dtv 11194

Torey L. Hayden:
Sheila
Der Kampf einer mutigen Lehrerin um die verschüttete Seele eines Kindes
dtv 10223

Ich habe ein behindertes Kind
Mütter und Väter berichten
Herausgegeben von Edith Zeile
dtv 10859

Robert Lane:
Robby
Ein Zeugnis für die unglaubliche Kraft des Menschen, Leid durch Verständnis und Liebe zu überwinden
dtv 10771

Bernfried Leiber/
Hans Schlack:
dtv-Baby-Lexikon für Mütter
dtv 3135

L. Joseph Stone/
Joseph Church:
Kindheit und Jugend
Einführung in die Entwicklungspsychologie
2 Bände
dtv 4299/4300

Anneliese Ude:
Betty
Protokoll einer Kinderpsychotherapie
dtv 1367

Anneliese Ude-Pestel:
Ahmet
Geschichte einer Kindertherapie
dtv 10070

Barbara Frischmuth im dtv

Foto: Isolde Ohlbaum

Die Ferienfamilie

Auf den ersten Blick sind die Verhältnisse im Ferienhaus ein wenig kompliziert, aber nachdem alle erst einmal eingezogen sind, erscheint ihnen ihre Gemeinschaft ganz selbstverständlich.
dtv 10273 (Juni 1991)

Die Mystifikationen der Sophie Silber

Die Begegnung mit zaubernden Märchenwesen führt die junge Frau in eine Krise ... dtv 10489

Kai und die Liebe zu den Modellen

Angespornt durch das lebhafte, eigenwillige, Zuwendung fordernde Wesen ihres kleinen Sohnes Kai sucht Amy nach neuen Lebensmodellen. dtv 10491

Traumgrenze · Erzählungen
dtv 10553

Das Verschwinden des Schattens in der Sonne

Eine Studentin entdeckt das verwirrende, faszinierende Leben der Türkei im Aufbruch. dtv 10932

Kopftänzer

Eine arbeitslos gewordene Journalistin trifft auf einen frischgebackenen Abiturienten ...
dtv 11032

Amoralische Kinderklapper

Gewitzt und mit unerschöpflicher Phantasie versuchen sich die kleinen Helden dieser neunzehn Skizzen den Forderungen der Erwachsenen zu entziehen. dtv 11103

Herrin der Tiere

Eine junge Frau gibt ihren Büroberuf auf, um sich ganz ihrer Leidenschaft, den Pferden zu widmen.
dtv 11230

Über die Verhältnisse

Die attraktive Wirtin eines Wiener Spezialitätenrestaurants, die mit höchsten Politikern der Republik eng befreundet ist, setzt alle Hebel in Bewegung, um ihre verschwundene Tochter wiederzufinden.
dtv 11346

Rückkehr zum vorläufigen Ausgangspunkt/Haschen nach Wind
Erzählungen
dtv neue reihe 6339

Marlen Haushofer im dtv

Foto: Peter J. Kahrl, Etscheid

Begegnung mit dem Fremden

Siebenundzwanzig zwischen 1947 und 1958 entstandene Erzählungen. dtv 11205

Die Frau mit den interessanten Träumen

Zwanzig Kurzgeschichten aus dem Frühwerk der großen österreichischen Erzählerin. dtv 11206

Bartls Abenteuer

Kaum stubenrein, wird der kleine Kater Bartl von der Mutter getrennt und muß sich in seinem neuen Zuhause einrichten. Zögernd beginnt er die Welt zu erkunden, besteht Abenteuer und Gefahren, erleidet Niederlagen und feiert Triumphe, wird der Held der Katzenwelt und in der Familie die »Hauptperson«. dtv 11235 / dtv großdruck 25054

Wir töten Stella und andere Erzählungen

»Marlen Haushofer schreibt über die abgeschatteten Seiten unseres Ichs, aber sie tut es ohne Anklage, Schadenfreude und Moralisierung.« (Hessische Allgemeine) dtv 11293

Schreckliche Treue. Erzählungen

»... Sie beschreibt nicht nur Frauenschicksale im Sinne des heutigen Feminismus, sie nimmt sich auch der oft übersehenen Emanzipation der Männer an ...« (Geno Hartlaub) dtv 11294

Die Tapetentür

Eine berufstätige junge Frau lebt allein in der Großstadt. Sie hat einige Affären, deren immer gleicher Ablauf sie langweilt. Die Distanz zur Umwelt wächst, begleitet von einem Gefühl der Leere und Verlorenheit. Als sie sich leidenschaftlich in einen Mann verliebt, schwanger wird und auch heiratet, scheint die Flucht in ein »normales« Leben gelungen ... dtv 11361

Die Wand

Eine Frau wacht eines Morgens in einer Hütte in den Bergen auf und findet sich, allein mit ein paar Tieren, in einem Stück Natur eingeschlossen von einer unüberwindbaren gläsernen Wand, hinter der offenbar keine Menschheit mehr existiert. Aber sie will und kann weiterleben. Dieser Roman ist Marlen Haushofers Hauptwerk. dtv 11403 (Juli 1991)